父亲的树

莫灵元 著

北方联合出版传媒(集团)股份有限公司
春风文艺出版社
·沈阳·

图书在版编目（CIP）数据

父亲的树 / 莫灵元著． — 沈阳：春风文艺出版社，
2023.1

ISBN 978-7-5313-6300-2

Ⅰ．①父… Ⅱ．①莫… Ⅲ．①短篇小说—小说集—中国—当代②小小说—小说集—中国—当代 Ⅳ．①I247

中国版本图书馆 CIP 数据核字（2022）第 145012 号

北方联合出版传媒（集团）股份有限公司
春风文艺出版社出版发行
沈阳市和平区十一纬路 25 号　　邮编：110003
成都市兴雅致印务有限责任公司印刷

责任编辑：韩　喆　平青立		责任校对：　陈　杰	
装帧设计：四川悟阅文化传播有限公司		幅面尺寸：　145mm×210mm	
字　数：207 千字		印　张：　8.5	
版　次：2023 年 1 月第 1 版		印　次：　2023 年 1 月第 1 次	
定　价：78.00 元		书　号：　ISBN 978-7-5313-6300-2	

目录

父亲的树

一

我们老家那地方有个习俗，就是谁家添丁生个男孩的，都要种下一棵树，种在房前屋后或者自留地都行，但必须要种，而且必须管活。这棵树的生命，被视同这个孩子的生命。树长得越快，越茁壮，就越好，越吉利。树长大了可留可砍，这要看主人家的需要，砍的话可给主人做家具，或者是拿去卖钱。

当然，这个习俗是老辈的事了，现在已经不存在了。

那时，也就是我小的时候，老家那地方地多人少，树木葱茏，到处都有鸟叫声，每个村子都裹在树林里。人们去找哪个村子，看树林大小、树木高低就知道了。

我老家那个村，那时候不大，只有五六十户人家，但树木很多，从三面浓浓地包住了整个村子。特别是村后面，林子成片地长，面积比房屋总面积还要大，乔木、灌木簇拥在一起，人躲在树林里根本看不见。村前是一片汪汪的水域，水从东往西流，一直流到河里去。村东头和村西头有两座石桥通到村外。村东石桥边，以前还有一棵大大的榕树，枝丫旁出，巨伞一样，遮天蔽日。树根部四个大人牵手才能合围，而且中空，可以钻进去两三个小孩。大暑天，村里大人小孩都喜欢在树下

纳凉、聊天。可惜，这棵树现在没有了。

我的家在村西头。

父亲是独子，住的是祖屋。祖屋是一座平房，青砖碧瓦，五间相连，中间是厅堂，两边是居室，前面有走廊，柱子亦是青砖所砌。五间平房的前面左右两边还有两间小厢房，屋顶是用瓦盖的，只是墙换成泥筑的了，一间是厨房，一间用来堆放农具等杂物。我小的时候，就看见这些房子墙面有些剥落，显见祖屋是上了岁数的，久经了风雨。据说我的祖父、曾祖父生前都很能干，可惜我没有见到，他们在我出生前就去世了。祖屋是曾祖父建的还是祖父建的，父亲没跟我说过，或许他也不知道。

砖砌的祖屋在我们村子里只有两三家，这些年来其他两家同别的老房子一样先后都被拆了重建。因为父母还健在，我每年春节都要回老家过年。年年回家，年年所见不同。现在我们村已经看不到多少树木，一座座钢筋水泥建成的两三层楼房逐步取代了过去的瓦房。新楼在增多，村子在扩大。倒霉的是树木，麻烦的是占地纠纷。

所幸，我家没有与哪家哪户发生宅基地纠纷，这也许归功于父亲的先见之明。

我家祖屋有矮墙、荆条围着。正前方七八米便是水塘，水塘到厢房墙脚这块地面做了晒谷场，我家大门就开在晒谷场的东边。晒谷场听说是填土打平做成的，以前是石灰泥夯实拍光的地面，现在是水泥地板了。这个地方曾经是我儿时的乐园，我在这里捉迷藏、数星星，还练过拳脚。父亲得意的地方是在屋子的西面。屋子西面是我家菜园子。菜园子约有半亩地，呈半月形从屋后根一直延伸到晒谷场最南边，三面种了荆棘，用作围墙。荆条密匝匝的，高过人头，猪鸡牛狗都进不来，别人家当然也占不进来。园子里除了种菜，原先还种有一棵龙眼树和两棵蟠桃树，在我读初中时这三棵树却先后不明不白地枯死了。父亲给我们种的树也是种在这个菜园子里。父亲给我种的是榕树，给老二和三弟种的是苦楝树。为什么？父亲说："榕树长得茂，苦楝长得快，榕树拿来遮阴，苦楝用来做衣柜。"如今两棵苦楝树已经砍去了，不过不是用来做衣柜，是卖给了人家。我在南宁工作，老二去了柳州，三弟结婚时嫌苦楝做的家具土，加上时间也急迫，到街上买了现成的。父亲也不是死脑筋，随了三弟的意。剩下的一棵榕树，突兀在村里，成了一道风景。它遒枝苍叶，蓊蓊郁郁，斜出的枝丫挂着根须，生机盎然。这棵榕树栽种在祖屋的旁边，枝叶盖到了屋顶，白天虫鸣，夜间宿鸟，这让父亲喜不自胜。

父亲喜欢鸟。我曾专门买了一个鸟笼和一对画眉送给父亲。听三弟说，父亲每天早早起床，把画眉挂到榕树下，像逗孙子一样逗着画眉叫。画眉叫的时候，树上的鸟也啾啾地叫了起来，彼此应和。在家乡树木渐少渐无的当今，这棵榕树，堪称鸟儿最后的家园。

父亲对这棵幸存的榕树非常爱惜，容不得任何人伤害它。有一次，父亲不在家，村里一位大叔为清扫自家屋内房顶、墙面的蛛网和灰尘，擅自到我家榕树下，用长柄钩刀钩下一杈树枝，拿回家做扫把。这事第二天被我父亲知道了，我父亲望着树上的伤疤痛心不已，于是气冲冲地上门去同那大叔理论。那大叔认为我父亲太小气，便硬顶了我父亲几句，说："又不是砍你家的树，就折根树枝，用得着这样伤气吗？"我父亲说："能不伤气吗？树也是有生命的，一枝一叶也不是说长就长出

来的，都像你们那样，都不爱惜，一棵树也不留，这村还像个村吗？"此事以后，那大叔和我父亲，或者说是我父亲和那大叔，好长一段时间都不曾搭话，如路人一般。村上的人，也因此知道我父亲特别爱护我家这棵榕树，所以不会再有谁打这棵树的坏主意，小孩子若是想爬上树去掏鸟窝，也得事先问我父亲同意不同意。

父亲对我家这棵榕树的喜爱和珍惜众所周知，但这并不等于说父亲就放任这棵树自由生长，不加修整。其实，父亲是很在意这棵树的造型和实用性的。一般来说，榕树的树枝多是横着生长的，所以往往树冠都很大，天长日久，从树杈上垂挂下来的气根还会连接到地面，扎入地下，渐长渐大，形成树干，故有独木成林的景象。当然，能够这样得有些年月，需要较长的生长期。父亲显然不想看到我家这棵树也独木成林。不是他不喜欢，是因为家里的地盘实在不够宽，如果由着这棵树随意生长，不但要占着菜地，还可能毁了祖屋。这是父亲绝对不允许的。所以，父亲未雨绸缪，老早就把这棵榕树低处的枝丫砍去了，不让它们平着地面伸展，只允许它们斜着往高处伸去。对枝丫上长出来的气根，父亲把它们集束起来，扭成绳子，引着它们像蛇一样绕着枝干缠向树身，就是不让它们直接通到地面。对这么个创举，父亲很是得意。他成功地养育了我们，也成功地培养了一棵别具一格的树。

这棵榕树，它不单纯是父亲的宝贝，更像是我老家的守望者，是我对于老家的记忆。

我在外地工作，每每想起老家，想起父亲，这棵树总是不思自来，进入我的脑海，连着祖屋，也连着父亲的音容笑貌。

三弟说，在晴朗的日子，或者是月明星稀的夏夜，父亲喜欢躺在树下的凉床上，一边听收音机，一边迷迷糊糊地睡。三弟还说，父亲得意的时候还会唱山歌，像年轻时那样自我陶醉。但父亲的山歌没有与时俱进，去去来来都是那么几首，那么几句。三弟笑称，一开声就知道老爸唱的是什么了。

在我的记忆中，父亲的山歌似唱又似吟，旋律简单易记。我记得最清的是下面这首：

喔——嘿——
牛吃江边草，
鱼吞水尾花；
鹧鸪飞过岭（啊），
凤凰落吾家，
喔喔嘿——
凤凰落吾家……

二

恢复高考以后，我和老二、小妹相继从家乡考了出来，我考取了中专，老二考上了大专，小妹进了重点大学。

我毕业后分配回本县工作，后来我又参加了本科函授学习。我就是在参加函授学习时认识我老婆的。老婆的家在南宁，她那时也参加函授，我们每两个月到学校听课一周，然后进行科目考试。三年函授毕业，我们俩的关系也确定了下来。我和老婆算不上一见钟情，应该算有缘分。有缘千里来相会。我们是有缘百里来恋爱。我感谢上苍，感谢函授。我们结婚不久，我便调来了南宁工作。我对我现在的工作和生活都比较满

意。

老二毕业后进柳州的一家大型国有企业，家便安在那边了，活像个上门女婿。他现在是这家企业的办公室主任。

小妹现在在上海工作。她最初的愿望是想去当兵，考上大学后还是初衷不改，向往军营，毕业不久即嫁了个军人。妹夫运气好，转业到了上海，并进了金融部门。小妹有高文凭真本事，不费什么周折也找到了银行的工作，而且是在浦东。

我们三兄妹都跳出了农门，在老家自然成了人们羡慕的对象，也让老爸扬眉吐气了。老人家唯一恨铁不成钢的就是三弟了。

三弟是尾儿，最受父母的宠爱。宠爱的结果，是让三弟无所事事，专生花花肠子。

父亲上过中学，只是没能读到毕业，但在他那一辈人里也算是个有文化的人了。也正是因为这一点，他在年轻时曾经两次被抽出来吃公家饭，分别进了粮所和百货公司，后来又自动回村务农了。听说那时候当工人干部，生活比农民也好不了多少，加上村里人的要求，父亲便又回村里来。这让我们做儿女的很生父亲的气，如果父亲坚持在外工作，我们便都是城镇户口了。但是，父亲似乎从来就没有后悔过他的这个选择。他训斥我们说，有本事你们自己闯出去！怎么闯？父亲说，知识可以改变命运，就看你们哪个读好书了。父亲说的和想的，确实是一致的。父亲非常看重读书，甚至是逼着我们读书。在我们小的时候，他常常说"万般皆下品，唯有读书高"，过年时他写的对联也往往是"家有余粮鸡犬饱，户多书籍子孙贤"。父亲的家训，让我们真真实实受了益。读书真的改变了我们的命运，只有三弟成了另类。

三弟对读书全不上心。我们兄妹三个还没有考出来的时候，父亲叮嘱我们多教三弟学学算术、背背唐诗。三弟坐在我们面前，浑身像有蚂蚁咬，总不消停，你讲了半天的数字，或者念了一遍又一遍的唐人绝句，最后考考他时，他像没听过一样："哈？你说什么？"这个时候，我必定弯起手指凿他的头，让他不长记性就长见识。有时候凿得太痛了他会哭，母亲见了就骂我，说是打人不能打头，打傻了怎么办。我说，不打他都傻了。

三弟最终读不成书。不是家里不给他读，是他自己把自己开除了。

三弟读小学留级过一年，读到初二下学期就辍学了。他在学校期中考试又蝉联全年级倒数第一。班主任找他谈话，他比班主任还想得开。他说："反正有人排最后，我排不行吗？"班主任又说："你经常不做完作业，上课也睡觉，你到底想不想学习？你看你哥哥姐姐那么优秀，你怎么是这个样！"他说："我不读了。"

三弟说不读书就真的不读了，他自己打起铺盖回了家。父亲逼他再回学校去，他一句话就噎住了父亲："要读你自己去！"

父亲气不打一处来："不读书就去做工，从今以后你自己养活自己！"

那时，读大学已经不再有工作分配，毕业了还得自己找事做，考不进公务员就只好去参加企业招聘。读书读出这样的结果，一些农村人就觉得读也没用，不如早早出来打工。所以，村里有几个与三弟同龄的伙伴干脆连初中也不上了，到广东打工去了。三弟联系他们，便也去了广东。父亲无奈，他的"唯

有读书高"对三弟等于古老的传说。生出这么个不肖子，他能怎么样？认了！

三弟弃学出去打工，是他亲自告诉我的。他在广东那边找工作，找了两个星期也没有着落，钱花光了便打电话来让我给他寄。

我一听就冒火，叫他给我马上回来上学。他听了好久没有出声。我又说："我只给你寄路费，你不回来我死活不管你。"

挂了三弟的电话，我即刻拨了老二和小妹的手机，防止三弟又向他们伸手要钱。老二和小妹听了也很生三弟的气，都认为必须劝三弟回来读书，说这样没有文化，找工作肯定找不好，将来也只能没头没脑地混日子。

许是老二和小妹也给三弟打了电话，三弟最终屈服了，回了家。我给他的卡只打了三百元，他大概是想混也混不下去了。

三弟回来的第二天我也抽空回了趟老家。

三弟旷课这么长时间，我得回来帮他复学。他那初中校长是我的高中同学，我不好意思只打个电话就接受人家的恩典，我得亲自带三弟去认错。

我回家了，老爸当然高兴了。老爸在我面前再一次把三弟骂了个狗血淋头。我也跟着老爸把三弟再教训了一遍。

我问三弟为什么在广东找不到工作，人家为什么又能找到。

他说："他们做的我不想做。"

我说："你想做什么？皇帝啊？你以为你是谁？扫厕所人家都嫌你笨！"

经过这一番折腾，三弟还是复了学。

但三弟终究不是读书的料。他初中读完了考不上高中，去读了个职业技术学校，学习汽车修理。毕业了先后在南宁和柳州帮人打下手干了三年多，除了死不了，一个钱也没攒下，等于白打工。这样，还不如回老家帮父母种田种地。

老家约有四十亩田地，十一二亩是水田，二十多亩是旱地，父母只种近家的一块地，有五六亩左右，种玉米，其余都租给了人家。本来，我们兄妹都劝父母只打理屋边的菜园子就行了，把所有田地都出租。父母不同意，说闲着也是闲着，身子骨还能做，等做不动了再说。

二老这么不听劝，也有他们的道理。如今年轻人大多外出打工，在家种田种地的只剩老年人了。父母也许觉得他们不是很特别。但二老毕竟年事已高，都过七十了，还这么干活，我每次回家总感到背后像是有人在指指戳戳。都说养儿防老，父母含辛茹苦养大了我们几个，儿孙却没一个留在身边，让他们成了"空巢"老人。

我对父母说："给三弟找个人，让他回家结婚算了。"

我对三弟说："你回去结婚，跟爸妈过日子。"

我的这个想法，正合二老的意，但三弟给我们泼了盆冷水。他说："结什么婚，谁爱来我们家？人家都建了新楼新屋，我们家老土了，我要是女的都不愿嫁进来。"

我跟父亲说："我们家也建楼吧，钱我和老二、小妹分摊凑齐。"

父亲说："不用建新的，这座老屋够高，好住，换些新梁新瓦、批批沙就可以了。"

父亲大概是恋着这座祖屋，不愿毁了它。于是，我们听从父亲意见，把老屋翻新了一遍，依旧是木梁青瓦，剥落的墙面补平了灰色的砂浆，还按砖的样子划了格。我揣摩父亲的意思，尽量保持老屋的原样，参照了文物保护"修旧如旧"的原

则。只是前面两间小厢房改为砖砌的了，但还是用瓦盖。像这样修修补补地翻建房子，在我们村，是独一无二的，就是邻近十里八乡，看来也找不到第二家了。

老屋修好后，父亲就催促母亲抓紧托人为三弟物色对象。

然而，没等到父母相中谁，三弟就自己把个人的事给解决了。

那天，三弟从柳州回来，还带回了个大肚妹。三弟对正尴尬着的二老说："爸，妈，这就是你们儿子的媳妇了，叫阿香，叫玉香也行。"

这阿香是南下打工的女孩。她嘴巴甜，见了我父母，未待三弟介绍完毕就问候爸好、妈好。她用的是我们家乡的方言，半生不熟的，显然是三弟提前做过了培训。看到阿香清清秀秀的，又懂礼貌，人又大方不怕生，两位老人家由尴尬转为自然，由自然转为眉开眼笑了。他们认了这个儿媳妇。

于是，家里很快为三弟请了个喜酒。但请的人并不多，就村上几个老人和几家亲近的亲戚。

父亲不想把场面闹大，毕竟三弟是"先上车后补票"，儿媳又挺着个大肚子。

三弟结婚后，就不再出去打工了，夫妻两个从此待在家里务农。弟媳也是从农村出来的，所以对老家的生活环境适应得较快，没有什么不习惯的，还逐渐学会了说我家乡的方言。

有三弟在家，父母亲不再感到冷清，见人都是笑脸相迎。

没多久，大概是家里办喜事后的第三个月，弟媳阿香便生了个女儿。婴儿的啼哭声，为老家，为父母亲带来了无与伦比的快乐。

这是我家祖屋时隔多年再一次传出孙辈婴儿的声音。

母亲老泪纵横。父亲老泪纵横。

孙女出生三个月后，父亲轰轰烈烈地为她办了一场百日宴。全村每家每户都有人来参加，我家所有的亲戚都到齐。我和老二当然不会缺席，带着老婆、孩子回来了。只有小妹没有回来，她说单位有事，她请不得假，老爸在电话里把她骂了一通。

宴席主要摆在晒场上，小院子扎盖起蛇皮塑料布帐篷，用作炒菜操作和洗碗洗筷的地方。那棵枝叶婆娑的榕树也被装点一新，挂满了红红的小灯笼。这是父亲别出心裁，学着城里的喜庆做派。

父母亲两个穿戴齐整，一会儿走这走那，一会儿又凑到抱着孙女的儿媳身边，迎候着、接受着客人们的声声赞美和祝福。

从此，老家那祖屋里，充满了天伦之乐。

三弟这回算是做了件对的事。他曾经带给我们的所有不快，被父亲一笔勾销了。父亲讨好地盼望三弟再生个胖儿子。

家里添了两个劳动力，租出去的田地又拿了回来，由我家自己种。

父亲依旧做着他力所能及的活，放牛、驾车、种甘蔗、晒谷……空闲下来，也仍旧爱在榕树下纳凉和听收音机，有的时候，偶尔还会传来他那不高而扬的歌声："……鹧鸪飞过岭（啊），凤凰落吾家……"

我完全想象得到，父亲躺在树下那怡然自得的样子。那多像一幅画，一幅乡居野趣的画。而这幅画的美好意境，都因有我家这棵榕树的存在！

三

去年夏秋之间，我老家那地方暴雨成灾，发了一场大水。据说是一场百年未遇的大水。是不是百年未遇的大水我不敢肯定，因为没有谁活了一百岁又曾经遇到过这样的水，但家乡的报纸就是这么说的。不过，这场大水确实是够大的，三弟后来向我讲述时还心有余悸。

那天，雨仍在下个不停，大水说涌进来就真的涌进来了。三弟和老爸老妈以及弟媳阿香手忙脚乱地搬东西，东西多得不知放哪里合适，只好尽量抬高来搁置，因为没想到水会这么大，也没有够高的地方放置东西，到后来许多家具、粮食还是被浸泡了。

这场大水对我们家最大的危害是把祖屋泡成了危房。由于地基松软沉陷，祖屋东边两间房的墙面开裂，墙体倾斜，如果不是有木梁牵拉，随时都会倒塌。

祖屋变成了危房，当然不能长住了。三弟建议推倒重建，像村里别人家那样建楼房，钢筋水泥的，风雨不动安如山，不怕大水泡。我支持三弟的意见，老二和小妹听了也都说要建楼。小妹还特意吓唬父亲，说这种砖瓦房要是有地震，一震就倒，一点都不安全，让人住着总是担忧，再不能住了。母亲从来都是站在儿女一边，也说是建楼好，全村都建，没有哪家住瓦屋了。父亲这回不再唱反调，大概是不想逆了全家人的意吧，说："我老了，你们爱怎么建就怎么建吧。"

于是，三弟着手建楼。

三弟问我要建几层楼，我说全村都是两层的多，我们家也建两层吧，高过人家不好，两层也够住了，你把地基打牢一些，以后有必要可以加建一两层。建楼的资金我们匡算了一下，需要十来万，三弟要我们在外工作的分担。父母在，不远游。我、老二、小妹三个做不到，就指望三弟了。我答应三弟，我们每人先给三万，不够再加一些，叫他不得乱花钱。三弟笑笑，说："大哥，你把老弟看成什么人啦？以后我有钱了，一分都不要你们的。"

秋收过后，天空已不再有雨，老家建楼的事进入了实质性操作阶段。

建新楼得先拆老屋。菜园子宽度不够，不拆老屋就没有地方建。三弟到集市买回了两个大帐篷，搭建在晒谷场上，用作临时住所，其他家什也都搬出来放在旁边。

按照以前的做法，拆房子得先把瓦片和木梁卸下来，然后再推倒墙壁。如今是建楼房，那些瓦片、木梁已用不着，想卖也没有人要，所以也就不再多此一举了。三弟把拆屋和建楼的活全包给了施工队，自己倒变成了袖手旁观的闲人。

家里住的地方不成样，三弟就建议父母亲带上三岁的孙女到我和老二处住上一段日子，等建好楼再回来。

父母亲往时也来跟我们住过，这时觉得在家帮不上什么忙，反倒碍手碍脚，便听从了三弟的意见。

二老先是到老二那住了两个星期，再来我这住了差不多一个月。这个时候，小妹那边搬了个新居，由两室一厅一厨一卫换成了三室两厅一厨两卫，宽敞多了，所以也要求父母亲去跟他们住一住，顺便看看大上海。小妹说，老爸老妈还没有跟她住过，这回有条件了，一定要来。父母亲到小妹那里一住就是一个月。

就是在父母亲离开老家的这段时间里，三弟做了件父亲认为最不该做的事。

三弟把家里那棵榕树给卖了。

三弟拆了祖屋，又即刻让施工队按图纸开挖新楼地基。这下子问题来了。祖屋旁边那棵榕树地下的根串到了地基下面，地上树枝树叶也显然占着楼身的位置，不砍树就建不了楼房。其实也不用自己砍，大概我家这棵树早就被人看上了，这时候有人过来问三弟，说要买这棵树，开价一万元，三弟稍懂些行情，就跟他讨价还价，最后以两万元成交，由买方自己挖树搬走。

三弟把树卖了才告诉我。

我说："这事你不先跟老爸说恐怕不好，你这是先斩后奏，你也太自作主张了。"

三弟说："屋是老爸同意拆的，楼也是他让建的，树挡着建楼还留它干什么？又不是白送人，有钱不赚傻呀？"

我说："算了，卖就卖了，赶快把楼建起来，以后有什么事先商量一下。"

楼房落成的时候，父母亲回来了。

正如我所料，父亲回来后看不到那棵榕树，周边空荡荡的，一下子就铁青了脸。

这个神情，三弟自小就没有见到过，我们也是很少见过。

三弟是在当晚就打电话告诉我这个情况的。这个时候他已经被父亲骂了一个下午。

父亲骂三弟，主要集中在两点，一是千不该万不该毁了那棵榕树，二是为什么不事先问问他的意见。三弟的解释，父亲听来全都是在顶嘴，三弟只好默不作声，任由父亲数落。

母亲也是喜欢那棵树的，但不至于像父亲这样痛惜，说没有就没有了，以后再种就是了。

　　父亲迁怒于母亲，说："这不是种不种的问题，是家的问题，村的问题，这个败家子一点都不懂。现在村前村后都没有树了，光秃秃的，成什么样子，哪里是个村。要是还像以前那样，到处是树，护着村子，房子肯定不会被大水冲坏的！以前，树多，雀多，水里鱼也多，现在有什么？什么都没有了。可惜呀，太伤心了！"

　　父亲说的是事实，也有道理。

　　在我印象中，老家那里也曾经发生过两次大水，只是洪水涌到村边，被树木挡着，再加上大家用麻袋装上泥土垒到墙头、树旁一堵，水就会绕道两边，从村前水塘和村后沟渠流过，对村内房屋造不成多少冲击，所以村里总是能够有惊无险地度过水灾。如今不同了，村周围一棵树也没有，洪水一来，挡都没有什么挡了，只能任由大水肆虐。

　　树木生态对村庄的保护作用，父亲先前也许没有明确意识到，但他对于村里人毁树建房持的反对态度是一直不变的。他说："有村就有树，有树才是村。"然而，说归说，没有谁听得进父亲的话。特别是那些孩子多的人家，有了几个钱以后，都想着扩地起楼建屋，老屋宅基地不够，于是你争我抢，你占我建，有的人家甚至为此大伤了和气。在这种情势下，只几年时间，那些曾经围着村子的树木便一一罹难，被砍伐殆尽。

　　村里不再有树，我家幸有那棵榕树，这让父亲还不至于彻底失望。

　　可是，现在三弟把这棵仅存的大树给卖了，父亲能不生气吗？

不生气，那就怪了！

我家有辆老式自行车，那是父亲年轻时买的。当时全村上下仅此一部，时髦得很。现在这辆车早已不能用了，钢圈生锈，牙轮断齿，链条也不知跑哪里去了。但车身尚好，车把和后座仍在，父亲就是舍不得扔掉，一直保存着。我家那么好的一棵榕树，现在说没有就没有了，父亲能不伤心，能不生气吗？

但事已至此，我们又能怎么办？人死不能复生，树移了还能搬回来吗？

"不能了，绝对不能了！"三弟在电话里头大喊，说："钱都拿来用了，还退得了？人家自己来挖，自己来搬，你知道那树是拿去干什么吗？人家早运到深圳那边，种了，还能搬得回来？你当是小孩做生意呀！"

我说："你怎么知道？"

三弟说："我怎么不知道，那个买树的人跟我熟，他只是个中介，挖树时他也没有把钱给齐，只给了一万，树送到深圳那边，他拿到老板的钱了，才再补给我一万。"

我说："原来你做事这么马虎？不怕人家骗了你？"

"不怕的，我有他电话，也知道他家住哪里。"三弟接着求我说，"大哥，你回来一趟吧，帮我劝劝老爸。"

第二天一早，我告了个假，飞车回老家。

我心里想好了个办法。榕树卖了肯定拿不回来了。人挪活，树挪死，我们若再把它搬回来，绝对是瞎折腾，我们不懂技术，那树必死无疑，这一点要向父亲说清楚。人家懂技术，才敢挪，也挪得了，而且能够保证把树种得活转过来。如果这样讲还说服不了父亲，我还想换个角度去劝他，我们家这棵树在农村活了几十年，现在是去了大城市，是全国开放发达的地方，是时来运转了，富贵显赫了，这对我们家是个好兆头，我们应该高兴。只要那树在那边种下去，种活了，就是好事、吉庆的事。如果不相信，父亲可以亲自去看一看，看了再说三弟做得对不对。

我猜想，那树肯定种活了，说不定已经发了新芽，长了新叶，只要父亲听得进我的话，就可以化解他同三弟的矛盾了。如果听不进，或者半信半疑，大不了就带他去深圳那边看看，眼见为实，包他放心。父亲老了，但还能行走，若有机会带他出去走一走，让他在有生之年多开开眼界，长长见识，也算是尽了我们做儿女的本分。

回到老家，还不到晌午。眼前所见一片零乱：那棵老家标志性的大榕树当然不见了，刚落成的两层新楼旁无所依地兀立着，菜园子有一半遭了践踏，泥块、砖头、砂浆杂陈，用作围墙的荆条也被打开了好长一个缺口，一切都显示出重新再来的样子。我悄无声息地绕过新楼，走到屋前的晒场上，看到母亲正在喂孙女吃红薯，阿香正在临时厨房里烧火煮什么，没有看到三弟和父亲。我问母亲，母亲说："三弟早早出去放牛了，你爸那个老不死的，刚刚还在，不知转哪里去了。"

我送小侄女一袋糖饼，便去仔细参观新楼房，看到底建得怎么样。

我在二楼的一间房子里看到了父亲。父亲正在捡拾整理房间内的砖头、木片碎块，嘴里叼着烟，神情没有我想象中的那么金刚怒目，已经完全是我往时见到的模样了。

我打招呼说："爸，你不用理这些东西，这由工匠来做，去歇着吧。"

父亲回头看见是我，说："回来啦？早回来就好了，不然

你三弟那个糊涂蛋也不至于毁了那棵树！"

　　我心里打鼓，但还是笑着说："这楼建得不错呀，够宽敞，够大气的。"

　　父亲说："是不错，就是旁边没有了树，总觉得缺了什么。"

　　我说："我也觉得是，家里有棵大树多好！不过呢——"我望着父亲，见他一副心平气和的样子，才接着说，"我听三弟说，那棵树地下的根太长太大了，不挖掉它们，这楼地基就不牢。再说，树也傍着屋，截了根，风吹倒下来怎么办？三弟也曾想挪到菜园那边起楼，可那里位置又不正，所以就……"

　　父亲叹了一声，说："算了算了，楼都建起来了，还能怎么样，只是，太可惜那树了，也不知它能不能活得下去。"

　　我说："放心，现在科学那么发达，没有种不活的树，何况，我们家这棵树是去了深圳。深圳，你知道吗？是很有钱的地方，我们家那树是去了好地方，大地方，是去给人欣赏，给人赞美呢！现在一定活得好好的。"

　　听我如此吹嘘，父亲的眉头舒展开来，脸上也有了笑意，说："能够这样子也好，也只能这样子了，那树要保管活，千万别整死了。"

　　我说："死不了，绝对死不了！你若不信，可以找个时间去看看，深圳离这也不远。"

　　父亲有些不信，说："屁，那种大地方，你知道人家把树种在哪里？找不到了，还能看得见？看不见了。"

　　我说："怎么看不见？三弟知道人家送去哪里，问问就知道了。"

　　父亲一脸灿烂起来。他低头想了想，最后说："是得去看看，也怪想它的。"

临近吃午饭时，三弟放牛回来了。他看见我同父亲坐在晒场上欢欢喜喜地说话，知道我做通了工作，一块悬着的石头从他的心上落了下来。他冲我打了个响指。我回头瞪了他一眼，他回厨房去了。

带父亲去深圳看看，原本只是我想走的第二步棋，现在看到父亲心情这么好，这么理解儿女，我决计要让父亲和母亲去一回深圳了。

但由谁带二老去呢？老二是指望不上的，小妹又太远，我也没空，那只有派三弟了。

吃午饭的时候，我乘兴把这事安排了，说："深圳那里有个'世界之窗'，三弟你顺便带老爸老妈去看看，相当于出国旅游了，便宜了你这小子，做错了事还能捡到好处。"

三弟犹豫说："哥，我装修，这屋，你看……"

我向他使了个眼色，说："外墙做完了，架子也拆了，不就是铺铺地砖、抹抹内墙嘛！你买好材料给工匠，不就成啦？出去又没用几天，飞去飞回两三天也就够了，我叫深圳的朋友接送你们。"

三弟看了看父亲，父亲正伸出筷子将孙女嘴里掉在桌上的一颗米粒夹起来。三弟说："好吧。"

就这样，父亲从上海回到老家没待上几天再次外出。他一辈子没坐过飞机，来我这和去老二那坐的都是班车，去小妹那里坐的是火车，一方面是嫌坐飞机贵，另一方面是母亲不敢飞上天。这次，我咬咬牙，打算多支几个钱，要让老爸老妈尝试一下坐飞机的感觉，享受享受一回。但母亲还是不敢坐飞机，也不愿再出去走，于是留在家里同三弟媳阿香一起照看房屋

装修。父亲由三弟陪着从老家坐快巴出发，我到车站接去了机场，他便飞了深圳。我朋友在那边接机，帮安排食宿和出行。

没承想，这次动员父亲去深圳看树，弄巧成拙，好事变成了坏事。

四

那天，父亲和三弟到深圳后，我那朋友把他们接出机场，找地方吃了个便餐，就直接去了宾馆。其时，深圳那边正下大雨，雨脚如麻，积水满地，哪也不方便去，所以不如住下来好好休息。

第二天雨不下了，深圳的空气清新得可以，也凉爽得可以。父亲和三弟早早起床，洗漱完毕收拾行李，专候我朋友来接。

将近十一点钟，我那朋友终于来了。得知父亲和三弟早早起了床等候，便连连道歉，说是堵车，又说人家参观点也没开门那么早，去早了也得等。解释完他又要带我父亲和三弟去吃早餐，三弟说他们已买方便面冲水吃了。

朋友又是道歉，说照顾不周，然后问："今天是先去'世界之窗'还是去哪里？"

我父亲说："去看树吧。"

于是，三个人坐上车直奔种树的地方而去。

来前，三弟向那买树的中介人问了栽树的地点，跟我朋友说了，那是个公共场所，朋友知道，所以并不难找。

大约一个小时后，父亲他们到了种树的地方。

这是一处新开发、新改造的商住区。十几幢摩天大楼错落有致地簇拥在一起，中间挖掘出一个人工湖，湖上曲桥卧波，把湖面分割成一大一小两块，湖岸四周被辟为市民休闲游乐功能区：西面用作儿童乐园；东面是广场；南面有凉亭、走廊，可供人休憩；北面为不规整的坡地，种着草皮，点缀着奇石，移栽有各种大树。我家那棵榕树就移种到了这里。

父亲来到这里，寻来寻去的，就是找不到自家那棵树。三弟也同样找不到。

这里没有铺天盖地、枝繁叶茂的大树。所有的树都截去了枝杈，仿佛被砍了头砍了手一般。有的还包扎着草绳、挂着水瓶打点滴，有的在树的根部斜插着手臂一样粗的塑料硬管。父亲看着这些受伤的树木，就像看着满营伤兵，有悲无喜，感同身受。

三弟怀疑是看错了地方，于是打电话再问那个中介，中介确定找对了地方，并且说移栽的树都是这样的，不砍去枝叶就运不走，也种不活。

三弟似懂非懂、半信半疑，就地继续寻找。

终于，在中间稍微凸起的地方找到了我家那棵树的影踪。

三弟急忙招呼父亲过来看。父亲正无精打采地弓腰坐在一块滑溜的大石头上吸烟，听到三弟的喊叫，便站起来，循声径直走上去。将近那树时，父亲却又站定了，先是用疑惑的眼神张望一番，足有两分钟，之后，才慢慢地走过去，审视着绕树一周，然后停下来，伸出颤抖的像干树枝一样的手，轻轻地抚摩树身，嘴里不停地说："造孽呀！造孽呀！造孽！"

父亲抚摩的这棵树犹如一根盘龙柱，有水桶那么粗，高约两米一二，所有的枝丫几乎都齐根砍了去，直挺挺地裸立在那里，无语问苍天。

这无疑是我家那棵榕树的树身。父亲早年把树丫上长出的根须簇集到一起，绕树而下，特意制造的那条"龙"仍然攀盘在树身上，粘连为一体，颜色依旧，"鳞片"依然，只是"龙首"已不知所踪。

父亲说过"造孽"之后就再无言语，眉头紧锁，双目微闭，神情无奈而沮丧。也许，他正在缅怀，正在追思，正在痛惜，正在愤懑。他的脑海中，也许正活现着那棵已经逝去的榕树。它，深深地扎根在我家的祖屋旁，高擎如伞，浓密的枝叶间鸟鸣啾啾，高低错落的遒枝四向伸展，父亲把鸟笼挂在树枝上，把吊床拴在枝丫与枝丫之间，烈日晒不到，小雨打不湿，那些鸡呀、鸭呀、鹅呀，在树荫下无惊无扰地觅食或者打盹——可是，所有这些，现在都已不复存在……

三弟看见父亲这个样子，便想安慰老爸。他仔细地察看这棵与其说是树不如说是木头的树干，希望能够找到一丝惊喜。果然，他找到了，在树的顶部，一条断臂一样的枝丫下方。他兴奋地指上去，说："爸，你看，这树出芽了，活了！"

父亲抬头望上去，什么也看不见，以为三弟是蒙他，于是喝声说："活你个头！走，不看了，回去！"

父亲说着转身就离开那树，向停车的地方走去。

三弟紧步跟上来，问："去哪里，爸？"

父亲不答，只管走。

我朋友没有陪我父亲和三弟去找树，老是在打他的手机或者接听手机，见我父亲走来，便问："看完啦？那我们就换地方啰？"

父亲说："哪也不去了，回去。"

朋友问："回宾馆？"

"回家！"父亲没好气地说。

三弟觉得父亲那样冲我朋友说话有些失礼，忙接过话说："刚来就回去呀？我还想去看'世界之窗'呢！"

父亲剜了三弟一眼，说："看什么看，回去！你个糊涂蛋！"

"那我要问大哥看看，原先是怎么安排的。"三弟不甘心白来深圳一趟，什么特色的东西也看不到就回去，于是抬出我来想劝阻父亲。

父亲狠狠说："问什么问？你们两个，一路货！"

"回就回！"三弟顶了父亲一句，便请我朋友送他们到机场，买票飞回来。

这就是父亲去深圳的全过程。

我原本要让父亲出去寻开心，没想到却找来了伤心！

五

从深圳回来，父亲和三弟在我南宁的家住了一晚。

我家是三房一厅。我儿子上大学不在家，正好让父亲和三弟一人住一间房。要是儿子在家，三弟就只能睡沙发了。

父亲不喝酒，与我们不说话，无声无息地睡了一夜，第二天早早起来，独自出门去了。

我起床时，三弟还蜷曲在小床上，鼾声如拉断锯一般。父亲出门我不知道，他肯定也不知道。我由房间到卫生间找不见父亲，只好把三弟推醒。三弟急急忙忙掬水洗脸漱口，便跟我下楼去。

我和三弟下了楼，来到小区的花园，一眼就看到保安正在

训父亲。父亲像个做错事的冥顽小孩，笑非笑、哭非哭地低头站在那里，任保安呵斥。我们迅速跑过去，我问是何原因，三弟伸手就想推那个保安，被我拦住了。

原来，父亲走在花园里，尿急了，就站到花带旁撒尿，被保安及时发现了，所以训他。

父亲平时是个很保守的人，讲究公德和礼节，怎么就变得这样随便，这样不知羞耻了呢？

我向那保安道歉，随即把父亲带回家。

家里，老婆刚煮好面条。我让父亲去洗手，然后吃早餐。父亲不说话，像个乖孩子，端起碗来就吃，吸溜吸溜的声音很大。老婆看了我一眼，我看了父亲一眼，感觉父亲沉浸在自己的世界里，仿佛没有旁人了。

三弟三下五除二扒完了他那碗面，便悄悄对我说："哥，爸的样子，看来是病了，你带他去医院检查检查，我先回去装修房子，得空了我再来接他，或者你把他送回去。"

我接口说："我也没空，不过，万事爸为大，你也不要急着回去，我请个假，我们一起陪老爸去看看，看了再说。"

我和三弟带父亲到医科大，做了心电图，做了胸透，量了血压，七七八八地检查了好多个项目。最后，医生说，我父亲什么问题也没有。

我和三弟听了，长长地舒了一口气。

从医院出来，我和三弟顺便带父亲到南湖公园逛逛，有意让父亲看到那些移栽的树木。我推想，父亲心中有郁结，那郁结可能就是因为树。

我和三弟指着一棵又一棵形形色色的大树，向父亲介绍，说这些树都是从别的地方移过来的,现在长得又青又绿又好看。

父亲终于开口说话。他说："移就移嘛，非得要砍去那些树枝？"

我说："不砍呢，反倒种不活。"

父亲说："我就不信！"

下午，三弟说什么都一定要回去，父亲也不愿住我这里。我把他们送到长途汽车站，丢两百块钱给三弟，随了他们。

此次一别，我同父亲竟成永诀——这是后话。

[后话补记]

我把父亲和三弟送到车站坐大巴回老家之后，就再也没有回去看过父亲。

三弟入新屋那天，我还在俄罗斯考察。回国后不久，组织上给我增压担子，派我下到一个县去挂职。我责任在心，压力在肩，忙得不可开交，也干得不亦乐乎。

我几乎抽不出空闲的时间回老家，就是南宁的家我也很少回来。关于老家的情况，关于父亲，我只能时不时打电话向三弟了解。

从三弟的反馈中，我得知父亲已无大碍，只是比前老态了一些，也沉默多了，有时还丢三落四的，记不了多少事情，再也不能放心给他做事。三弟开玩笑说，现在牛都不愿意给父亲去放了，说不定哪天不是牛不见了，就是老爸自己把自己搞丢了。

我想，父亲可能是得了轻度阿尔茨海默病。如果加重，那就更麻烦了。这种病现在比较常见，主要发生在大城市，农村也偶尔有。父亲的症状，分明就是这种病了。细究原因，这十有八九跟那棵榕树有关系。父亲的心情，父亲的性格变化，就是从那个时候开始的。那是三弟的错，也是我的错！但错就错了，后悔的药是没有吃的。我希望三弟能早日生个儿子，这样，我家就再种一棵树，不，就直接种一棵大树，让父亲看着高兴，盼着高兴——说不准，他的病就好了。

然而，非常痛心，非常遗憾——父亲他等不来这个让我们弥补过错的机会！

在我老家推倒祖屋、建了新楼的第二年，也就是我下去挂职的第十四个月，父亲爬上楼顶，去喂一只不知从哪里飞来的麻雀，摔下楼，去世了。

我闻讯，不顾一切从数百里之外赶回老家奔丧。

我到家时，父亲已经入殓，厚重的棺材搁在厅堂中间，用碗做成的油灯置于地上，火光如豆，我与父亲已阴阳两隔。

我端详父亲的遗像。相片中的父亲，眉开眼笑，嘴巴微张，我仿佛还能看到听到父亲一边在劳作，一边在歌唱："牛吃江边草……"

我止不住泪眼蒙眬……

又过两年，三弟果然生了一个大胖儿子。

三弟有了儿子，三弟高兴，阿香高兴，母亲高兴，我也高兴，全家谁都高兴。

我想到了父亲。我对三弟说："你生了儿子，赶快种一棵树吧，看看种在哪里，我看种在屋边就最好，像老爸以前那样。"

电话那头，三弟大声回答我："大哥，你神经病啊？现在还有谁生了小孩要种树！"

好想去旅行

一

沉下去，沉下去
一步一步地沉下去
戴着头盔和面罩
扶着扶梯
沉——下——去
阳光逡巡在清波之上
水下越来越冰，越来越暗
潜水灯如隔着厚重的玻璃
鱼儿花花绿绿，无惊无扰
有的靠向你，不停地耳语
在这幽深宁静的水底
你多想做一条自由自在的鱼
…………

姐姐如扶喜欢旅游，每到一地，回来后总写点东西，有的还发到报刊上，这让妹妹如将很是羡慕。

上面这首诗就是如扶姐姐刚刚发表在本市晚报上的，诗的题目叫"海底漫步"。这是姐姐最近出行归来的新作，散发着油墨清香的报纸是女婿带回家的。

姐姐以前是语文教师，能说能写，这不奇怪，关键是退休了几乎年年出去旅游一到两趟，这让如将更为羡慕。

姐姐如扶每次外出旅游，都邀请妹妹一起去，可如将都不能同行。

如将也是想去旅游的，工作时说没有时间，放了寒假暑假又总是去兼职，现在也退休了，更没空了，被外孙彻底捆住了脚。这让姐姐如扶每次都想骂出口。

这次出行，如扶还是继续邀请妹妹。那天，如扶发了狠说："这次你再不去，我就再也不理你了。"

姐姐说完，就撂了电话。

如将举着手机，杵在那里，脑袋一片空白。

"外婆，出去玩！"

两岁的外孙阳阳扯住如将的裤管，嚷。

"玩玩玩，就知道玩！"

如将扬起一只手，狠狠地落下来，但到了最后，还是没有落在阳阳身上。

阳阳哭了。他头一次看见外婆这副凶相。

"祖宗，外婆吓你呢，外婆这就抱你去。咱们去看狗狗。"

出门时，如将一手抱着阳阳，一手提着玩具车，阳阳手上也捧着支塑料枪。家在三楼，得从楼梯一级一级往下走。如将曾劝女儿、女婿换新居，住电梯楼，可女儿、女婿就是"哦哦哦"，不见落实。这个住宅小区高低不一，先建的楼房只有六层高，无电梯；后建的则高达二三十层，配装有电梯。女儿烁珺家住的房子是足够大，四室两厅，如将觉得最欠缺的就是没有电梯，她腿脚已不如从前，走着有些困难。女儿、女婿也许是满意这里住得宽敞，舍不得搬走。

如将一步一探下楼梯。塑料枪磕到墙上，掉了。

阳阳喊："将（枪）……将（枪）……"

如将蹲下身子，松开玩具车，要去捡枪，车子滚下楼去。

阳阳喊："者（车）……者（车）……"

如将发了狠，连枪也一脚踢下楼去。

于是阳阳哭。

"哭？再哭，把你也扔下去！"

于是阳阳大哭……

二

晚上，如将和女儿烁珺发生了激烈的争吵。

母女俩就像一对欢喜冤家，经常唇枪舌剑，往时乒乒乓乓一阵子，就偃旗息鼓了，可这回没有很快停下来的意思。

女婿阮竑显然已司空见惯，他回到家，事不关己一般，端坐在沙发上只管看报纸，既不拉偏架，也不当和事佬。

没承想，烁珺扩大战火，把恶话喷向他。

"老妈，我懒得跟你吵了，你看看，这个家里居然还有个人呢，可他真是人吗？闷葫芦吧？木头，废柴！你要去哪里你就去吧，爱去多久就多久，我是不会请假的，这个家这回就交给他！"

阮竑终于抬起头来，讪讪地说："我回去找我妈吧。"

于是，雨过天晴。

三

阮竑说去找老妈，又不知道如何去开这个口。

他同老妈已有半年多不搭话。

他老爸走得早，老妈跟着弟弟阮晖一直待在农村老家务农，二十亩果园，三十亩甘蔗地，一大群三黄鸡。弟弟明显是把老妈当免费长工使。可老妈偏偏就乐意。

阮竑和孙烁珺生第一胎时，老妈来过，挑来两笼三黄鸡。烁珺不爱吃鸡肉，家里两天才宰一只，这些鸡就搁在阳台上，臭烘烘的，熏得满屋子都是鸡屎、鸡毛味道。阮竑只好把它们分给邻居享用。

这就特别伤了老妈的心。

老妈私下里认为，阮竑什么都听老婆的，把她的好心当作了驴肝肺，于是借口老家有事，拍屁股回去了。

从此，如将长期入住这个家，事无巨细当起了主人兼保姆，母女俩经常怄气却又谁也离不开谁。

如将是单亲母亲。当年丈夫拈花惹草，竟然在外面养有小三。如将发现后，也不闹，好聚好散，丈夫羞愧难当，自愿净身出户，又辞了工作，领着小三远走他乡，至今杳无音信。

如将要强，又当妈又当爸，带着烁珺苦挨苦熬，还是把烁珺送上了大学。这期间，姐姐如扶多次劝妹妹再找一个。如将铁了心，说不信没有男人就活不成。

如今，外孙女素素十岁了，已上小学三年级。原本如将可以轻松了的，可是，赶上国家放开政策准生二孩，女儿、女婿又生了个阳阳，如将只得继续把保姆当下去。

家有一老，如有一宝。但在如扶看来，妹妹如将就是棵草，是烁珺家任劳任怨的长工。所以如扶总觉得妹妹不值，一生的劳碌命，都是自己找的。同样是独生子女，如扶对儿子近乎放养。儿子钟海比表妹孙烁珺大两岁，三十有六了，就是不谈女朋友。如扶催促几次等于水过鸭背，于是不再过问，听之任之。她和老伴都退休了，因无牵无挂，又都是喜欢热闹的性情，白天双双去上老年大学，晚上如扶去跳广场舞，老伴则到街边去下象棋。如扶还有个喜好，就是出去旅行。老伴患有痛风症，腿脚不方便，远行一概戒了。于是如扶就亲自组团，把同样有兴趣的姐妹圈起来，组了个微信群，有什么想法就发到群上。这次要到海边城市，也是如扶在群里先提出来的，一下子就有八九个人参加。如扶非常希望妹妹如将也能参加。如将曾说过特别想去看看海。

　　母女的口水战，这回着实惊醒了阮竑。他并非木鱼脑袋。他对丈母娘的付出一清二楚，也一直心怀感激。他现在最需要的是得把老妈请来，让丈母娘安心出去走走，散散心，开开眼界。

　　老妈当初一拍屁股走人，从此不再来帮他带孩子，只是偶尔来看一眼，阮竑是有埋怨的。丈母娘心甘情愿住进来帮忙，他慢慢也就适应了，甚而觉得与丈母娘相处比和老妈还随意，所以老妈爱来不来。有空的，阮竑也回乡下老家看看，特别是女儿素素长大些后，回去的次数更多了些，素素特喜欢乡下的花花草草，相比之下，这些在城市里就不那么多。奶奶虽然没有亲手带大素素，但祖孙俩就是天然亲，素素每次从乡下回来，总能带回满车子的蔬菜瓜果和一两只土鸡土鸭。如将有时也去，两亲家都相处甚欢，没有什么生分的。

　　阮竑与老妈不搭话,只因一件事。弟弟阮晖承包果园旁边的一座山塘养鱼,又在山塘一侧起房子,办农家乐,资金不足,就想到借哥哥一点。阮竑认为弟弟是在瞎胡闹,不借。于是,老妈亲自找上门,开口就是十万。阮竑干脆推说没有钱。老妈气上来了,好一番数落。她翻旧账,说阮竑读大学时,阮晖去放鱼笼,去戽水沟,找到鱼回来了,舍不得吃,拿去卖,把钱寄给阮竑。阮竑毕业了,有工作了,也没有帮过弟弟什么。老家建楼房阮竑不出一分钱,阮晖买车缺两万哥哥也不帮一把,还得阮晖去跟别人借,如此等等,老妈的意思就是阮竑这个哥哥白当了。最后老妈一针见血,断定钱都被媳妇管着,阮竑半毛都没有,完全指望不上,说以后再也不登这个门。

　　后来,阮竑私下凑了五万元寄给阮晖。老妈也许不知道,阮竑也不告诉她,母子俩就这样耗着。

四

　　周末,阮竑和妻子、丈母娘还有素素、阳阳,开上他的凯美瑞一同回老家。

　　从市区到老家就三十多公里,二级柏油公路。公路两旁,满眼的绿色,甘蔗林、果园、茶树林,还有一口口人工鱼塘,透过车窗,迎进来又飘过去,赏心悦目。

　　阮竑的老家在村东头。听到门外响动,阮竑妈从一楼里屋迎了出来,乐呵呵地招呼亲家母和孙儿孙女进屋,对阮竑和烁珺却视如空气。

　　阮竑问阮晖去哪里了。老妈说:"你还知道有个弟弟?"

　　阮竑从裤袋掏出手机打给阮晖,阮晖很高兴,说:"哥,你们回来啦？今天就到饭庄来吃饭，让你们见识见识。"

阮晖说的饭庄，就是他办的农家乐。阮竑想不到居然有来客，今天足有二三十人，开了五桌。

阮晖说："平时基本没有客，就是周末两天多一些。"

阮竑觉得这就够了，人多了，服务若跟不上，反而不好。乡村旅游讲究的就是清静闲适，嘈嘈杂杂的那是在城里。

阮晖和妻子程美香穿上防水服准备下塘里网鱼，阮竑也想尝试一把，叫住弟媳，改由他来拉网。兄弟俩下到塘里，各从一边扯着渔网慢行，同时扬手撩水驱鱼。渔网呈弧形向对岸逐渐围拢过去，将合拢时，塘里的鱼乱蹿乱跳起来，有的还跳出网外，脱逃了。阮晖的一对双胞胎儿子领着素素和阳阳在岸上引颈观望，跟着合网的方向跑。

网上来的鱼最多的是白鲢、罗非，有大有小。阮晖捉了七八条足有三四斤重的白鲢扔到岸上，又抓了八九条巴掌大的罗非抛到岸上，然后把其余所有的鱼放回塘里。

阮晖喊："小的们，你们爱吃哪条抓哪条，自己挑。"

阮竑说："哪吃得了那么多？"

"人家客人也吃呢。剩下的你们带回城里去。"阮晖说。

厨房这边，程美香、孙烁珺她们已经宰了几只鸡，正放进几个锅里煮，一锅一只，准备做白斩鸡。蔬菜是从菜园里摘回来的，都已洗好、切好。鱼由客人选，煎、炸、蒸、焖任便。

做饭炒菜交给女人们。阮竑把阮晖叫到一边，说明来意。

阮晖答应做老妈工作："不就是去一个星期吗？一个月都行！"

阮竑再提醒："不能讲借钱的事，你嫂子真不知道的。"

阮晖说："现在饭庄才起步，那钱以后肯定还你。"

"不是那意思，不急，我说的是要把住口。"阮竑急忙补充说。

"我知道。"阮晖转身去找老妈。

阮竑没想到事情解决得这么顺利。

吃饭时，阮晖把哥哥那边情况一说，再加上亲家母和儿媳烁珺开口相求，阮竑妈就答应了，说："这是应该的，亲家母这些年太辛苦了，是该换换手——按我心意哪，若素素不上学，我倒想把两个孙接来这住一些日子，童童、周周也有伴。"

烁珺马上说："是呀是呀，就是素素要上学，妈还是到我们那去吧。"

五

老妈同意来照看小孩，这让阮竑大大舒了一口气。在回来的路上，阮竑就开始为丈母娘的出行出谋划策。他说那座海滨城市他去过，确实值得一游，而且游览的景点和项目也比较多，但最有玩头的是一处叫作神仙岛的地方。那是个小岛，距离海岸约二十公里，碧海蓝天，风平浪静，游人很多。到那里去当然不是去看山——那山与他们这里根本没法比，矮得就像快要沉到海里去——到那去主要是玩，水上水下各种玩法，一天都玩不完。有摩托艇、皮划艇、香蕉船、滑翔伞，有冲浪、游泳、潜水，等等。潜水又有浮潜、深潜、自由潜、坐观光潜水艇游览之分。潜水要坐船出去更远一点，路过一片珊瑚礁，那些珊瑚颜色不同，沉在海底，有深有浅，非常好看。他建议如将去看看珊瑚，胆子大的，还可以玩玩潜水。

听了阮竑的介绍，如将心花怒放，对出行越发期待了。她说："那我真的要去啰？"

"那当然！老妈你就放心去，该怎么玩就怎么玩。不要怕花钱，该花就花，钱不够，我微信给你。现在季节正合适，还有大姨一帮人做队，干吗不去？"

两个孩子在后座睡着了，阳阳半个身横躺在如将大腿上，脚伸到姐姐屁股底下，姐姐素素尽量坐到一边，头歪向车门。烁珺一路上只顾看手机、上微信，半听半不听阮竑说话。当听到阮竑吹牛让老妈花钱时搭话了："你就放屁吧，我妈到家来带孩子你给过什么钱？"

阮竑也不恼，说："钱都在你手上，你不给我怎么给？"

如将急忙说："不用你们的不用你们的，我有，我有。"如将退休前是幼儿园的老师，有退休金，到女儿家住后，吃穿用度由女儿、女婿负责，但日常也不是不花一些，主要是用在两个外孙身上。

阮竑坚持说这次老妈外出，由他们付团费。还说，等阳阳长大些，就一家子开车出去玩，至少一年出去一次。

如将说："开车出去不好，又辛苦又不安全。"

阮竑说是去近邻的地方，周边城市。

烁珺说："还是放屁！哄我妈开心是不是？等阳阳大了，我妈都老了，走不动了。"

阮竑说："哪里老？你看大姨，比年轻人还好动！"

烁珺说："我姨就是个老来疯！"

如将阻止烁珺："去！怎么能这样说你大姨？"

烁珺说："明摆着就是嘛！"

阮竑立场站到丈母娘一边，大加赞赏如扶大姨活泼好动的个性。他说："现在不愁吃不愁穿，图的就是健康快乐加长

寿，所以，老年人也要活出精彩来！"

烁珺说："搞宣传的就是会耍嘴皮子！我都指望不上你，还说我妈！"

"看扁人了是不是？"阮竑反感烁珺总是抬杠，斥了一句。

烁珺说："你本来就扁了，还用看？"

阮竑瞪了烁珺一眼："你这人真没趣！"

"我没趣？你另找去！"烁珺显然来了气。

"好好的，怎么又吵了！"如将觉得事情是因她而起，赶忙劝架。

于是阮竑不再说话，两眼直视前方。

烁珺拿起手机，低头刷屏。

车内陷入了静默。车轮碾压路面的声音钻进来，沙沙作响。

六

如将最终没有出行成功。

如将还有两天就出发，阮竑按烁珺意见，提前把老妈接来。两个老人聚在一起，虽都有点客气，但相处还融洽。可事情坏就坏在阳阳。

阳阳除了睡着时会安静下来，醒着的时候总不消停，东奔西跑，跌跌撞撞，还爱到楼下去玩。如将一个人带他的时候，很是吃力，家务都不能随便做，阮竑妈来家后，多了个人手，才稍稍省了些心。

这天上午，如将要去姐姐那里拿些东西，出门时，阳阳也要到楼下去，阮竑妈只得紧随下楼。

来到小区业主休憩区，阳阳更高兴了。这里花带树木、水池假山，一应俱全，很多老人分坐于各张长条木凳上，小孩子三三两两相互逗耍。但阳阳不同，他更喜欢看狗狗，追着狗狗跑。狗的个头有大有小，脾性也有善有凶，阳阳却不甚怯懦。如将带他下来玩的时候，就特别护着他，时刻保持他与狗的距离。阮竑妈也不让阳阳靠近狗，怕被咬到，可阳阳不高兴了，偏偏要往狗身边靠。事情就这样发生了。

　　这是一只黑狗，个子比猫大不了多少，耳朵耷拉着，四个蹄子套着白脚套，就像四朵白花落到地面上，一个小姐姐用根蓝绳子牵着它。本来无事，黑狗走走停停，这里闻闻，那里嗅嗅，不时抬起两颗玻璃球似的黑眼珠，阳阳喜欢得就差要接过小姐姐的绳子牵牵了。这时，一个大哥哥牵只毛茸茸的尖嘴黄狗走过来，黑狗竟然先发声，吠叫着抗议黄狗的入侵。黄狗显然不把小黑狗放在眼里，连吼着挣扎牵绳冲上来。阳阳也许没见过狗这阵势，被吓得跌倒在地。阮竑妈急忙驱赶黄狗，她用手不停地拨拉，被黄狗一口咬到手腕上。等牵狗的大哥哥和小姐姐都把狗喝开，阮竑妈的手已滴出血来了。

　　这没有什么可说的，大哥哥按物业规定，愿赔愿罚。

　　被狗咬伤，必须打针，注射狂犬病疫苗。防疫站开出的药单是阮竑妈要打五针，隔三天、七天、十四天不等各打一针，用时二十八天，这期间，还要忌吃辛辣油腻的东西。

　　出了这档子事，阮竑妈带孙子的能力备受怀疑。幸好阳阳没伤着，否则，还真难交代。

　　如将看各人脸色，选择停止出行计划，退票。

七

如将空闲时，又拿起报纸，看姐姐的诗。

这个姐姐，也真够疯的，没老没少，就不怕被水淹死啦？要是有鲨鱼呢？海蛇呢？怎么办？如将觉得如扶姐姐玩过头了。

如扶出行归来，给如将带来了几瓶海鱼油，说是对腿关节有用。

有没有用在其次，里面装的是姐姐的情。从小到大，姐姐总是关心她，她对姐姐甚至有些依赖感。

父母早过世了，姐妹俩相依为命，连出嫁也是嫁在本乡同城，目的就是好有个照应。当初，当中学语文教师的父亲把姐妹俩取名为马如扶、马如将，就是希望两姐妹互相搀扶照顾，一辈子相亲相爱。父亲马国忠喜欢《木兰诗》，常讲木兰故事。"爷娘闻女来，出郭相扶将。"父亲说他和母亲一辈子相扶将，姐妹也要一辈子相扶将。这些话，姐妹俩都一直记在心里。

想到姐姐，如将心里面总有暖暖的感觉。

姐姐七八岁就会干活了。那时候，父母都忙，早出晚归，一到傍晚，姐姐就先煮饭。家里一口大铁锅，尖底的，重，姐姐就先把锅洗干净，再用水瓢来淘米，倒米进锅后，又用水瓢舀水放到锅里，才开始烧火做饭。头一次做饭，变成粥了，母亲告诉姐姐是水放多了，教姐姐用手指去测量锅里的水，从米到水面高到手指哪里，从此姐姐做饭就做成了。后来，上学读书，姐姐比父亲还认真，检查她的作业，教她做作业。她有时也任性，姐姐就像父母一样教训她，有一次还用手指敲她的头。她哭，不理会姐姐，父亲不袒护她，支持姐姐，叫她要听姐姐的话。

她刚离婚时，姐姐来跟她住过一段日子。虽然姐姐什么也不说，但姐姐的到来，与姐姐的不来，她的心情肯定不一样。她知道姐姐的担心，但她不说。她在姐姐眼里、心里，永远是妹妹，亲妹妹！

烁珺结婚，姐姐比她这个当妈的还上心，从筹办婚礼，到举行婚礼，请些什么人，请多少，在哪里请，与亲家商量、对接，姐姐都亲力亲为。可是，这个烁珺，就是太不懂事，嘴轻，嘴贱，说话常常不过脑，时不时惹大姨不高兴。比如，这次阮竑妈被狗咬，烁珺也是埋怨大姨，把对婆婆的不满意怪到大姨头上，说什么要是大姨不撺掇母亲去旅游，就不会有这样的事。这个烁珺！

姐姐肯定不高兴了，但没有开口反驳外甥女一句。这就是姐姐的大度。这个大度，都是为了她这个妹妹。

烁珺说过一句更为可气的话。她说："妈呀，你有孙带，大姨没有，以后老了你有孙辈孝敬、养老，大姨她有吗？你现在苦点、累点，值得。"这话如将不敢跟姐姐说，否则，再好的脾气也受不了。为这句话，如将差点与女儿闹翻。

她没指望靠女儿养老，更不指望外孙。如扶说过，干不动了，就去敬老院。如今，在敬老院养老的人多了去了，有的并不是因为缺儿无女。过去说多子多福，养儿防老，现在不见得。时代变了，没有谁对谁错，车到山前必有路，顺其自然就好。

如将心疼的是两个外孙，特别是素素，很懂事。女儿烁珺的口无遮拦，她习惯了，但不能由着她没来由就喝骂孩子。原

则要讲，是非标准要坚持。这对小孩的身心健康成长绝对不是小事，她这个当过幼儿园老师的非常清楚。

如将想好了，等阳阳读上小学，她那房子就不出租了，她要回去住，自己过日子，也像姐姐一样，爱干什么就干什么，如果还能走动，也要出去旅游。

说到旅游，如将几乎没有去过哪里，这是她最大的遗憾。她希望，这个遗憾，还能够补。

八

接到外甥女烁珺的电话，如扶马上赶到市人民医院骨科。

走进病房，没见如将，也没见烁珺。如扶打烁珺手机，才知道是去了CT室拍片。

见到姐姐，正躺在移动病床上排队等候的如将眼睛湿了，但她强忍着，没让泪水冒出来。

如扶把烁珺拉过一旁，问怎么回事。

烁珺说："老妈昨天就觉得腿特别疼，右膝盖处又红又肿，这是老毛病了，所以不太在意，只是拿药来擦擦，还吃了药，说熬一熬也就过了。可到了早上，起不来床了，右脚弯也痛，直也痛，只能僵着不动。老妈要下床排便，唤我过来，我扶着她，她只能靠左脚用力，右脚僵直着，我几乎是抱着把她拖到马桶。我见这样真不行了，打120，来了医院。"

如扶问："阮竑不在吗？"

烁珺说："阮竑去省城学习，还有一周才回来。"

如扶说："你妈早就该来医院看看了，就是不听。"

烁珺也许是感到内疚了，便没有出声。

如扶接着问："是什么问题，医生怎么说？"

"初步诊断是关节炎，现在再做CT确诊。"烁珺说。

如扶直视烁珺，欲言又止。她过去看如将。

躺着的如将面容干涩疲惫又苍老，与容光焕发的姐姐反差很大。要是不知情，准会有人会误以为如扶是妹妹，如将是姐姐。其实，如将小如扶三岁多。

如扶宽慰如将，说："这回来医院就对了，等检查清楚后要彻底治治，该住院就住院，相信医生，相信科学，早治早好。"

如扶转对烁珺说："你妈这回顾不了你家了，要喊你婆婆上来。"

烁珺点点头，然后又说："我今天向单位请假了，看看情况再定吧，说不定我妈治一治就好了。"

如将埋怨自己："我这脚怎么会这样！"

如扶问烁珺请假几天。

烁珺说："口头上请，就只能请一天。"

如扶说："一天哪里够？你妈这个状况，就是治好了，也要多休息休息！必须叫你婆婆上来！"

烁珺说："好吧，过一会儿我跟阮竑说。"

医生叫号："马如将！"

从CT室出来，烁珺和如扶一起把如将推回病房。CT影像要等一小时左右才能取到，等也是白等。如将叫烁珺先回家，照顾孩子，煮煮吃的。烁珺回去了。

诊断结果是退行性膝关节炎。医生解释，如将右膝关节退行性改变，关节间隙狭窄，骨质增生，滑膜炎，半月板损伤，关节腔有积液。医生建议，先把积液抽出来，注射玻璃酸钠

（一种人造润滑剂），然后用药消炎，如果再不行，可换一个人造关节。

说到换关节，如将怕得要命，如扶也认为还不至于，于是决定只做抽液、注射、消炎、止痛，先接受保守性治疗。

于是住院。白天、晚上都是如扶陪护，烁珺主要是送餐。

病房内墙上挂有电视，姐妹俩最爱看旅游风光片，那些人文胜迹、画山绣水、碧海蓝天，都让她们着迷，仿佛身临其境，沉醉其中。

如将感叹："姐呀，恐怕我今后都走不了路了。"

如扶说："不会的，不要乱想！"

九

如将在医院住了五天才出院。能够行走，但主要靠左脚，右脚还是不怎么得力。

待在家里，如将什么也不用做。阮竑妈忙前忙后，又是扶亲家母，又是端茶水，又是洗菜，又是做饭，嘴里还说些宽心的体己话。

如将望着亲家母，最羡慕的是她有一双没病没痛的腿脚。

医生交代，今后她要注意膝关节的保养，可以活动活动，但不能够多走路，也不能够久站，防止膝关节继续损伤，不然以后可能走不了路。

阮竑还没有学习回来，烁珺也已正常上班，亲家母有时得带阳阳下楼去玩。如将一个人待着的时候，就只能靠在沙发上看电视，有时看着看着就睡着了。

迷糊中，有人开门进来。如将睁开眼，是素素回来了。

"外婆，你都睡了，也不关电视。"素素放下书包，靠近来要扶如将回房间去睡。这时，电视节目播到了《旅游天地》，如将说再看一会儿。

　　素素坐下来，安静地陪外婆。

　　看见外婆目不转睛的样子，素素说："外婆，你去过这些地方吗？"

　　如将转过头来，慈爱地看看素素，只笑不说。

　　"外婆，等我长大了，我就带你去旅游。"素素说。

　　如将又看看素素，伸过一只手去摸摸素素的头发，还是只笑笑，不说话。

夕阳颂

可爱的杜果

　　壶城的街边全是杜果树，今年挂果又特别多。那一颗颗像桃子又不像桃子的杜果从枝头伸出来，带着长长的果柄，显露在树叶外面，先是斜挺着，后来越长越重，便都弯挂下来，皮色也由青变黄。人们打眼望去，满街的杜果树全是杜果，树叶都被压住了。

　　杜果据说是果中之王，既甜美又滋补，显然是人见人想吃，不吃反而浪费。但壶城街边的这些杜果树有城管管着，果子熟了由人统一收购，是不可以随便摘的，于是就这么一直挂着，成了风景。

　　李才的爸就是在杜果熟了的时候再次进城的。

　　他一年到头很少进城。儿子李才在城里，经常不挨家，儿媳不喝酒，也不知道怎样和他说话，他怪别扭的，也闲得慌，所以不爱来。

　　老伴跟他不一样。自打儿子成了家，特别是有了小孩以后，老伴整个变成了城里人，村里那个家倒变成旅店了。

　　李才的爸说这次进城并不是来看老伴，是来看孙女的。其实，他心里是有个事放不下，总忐忑着。

从村里到城里，也就几十里的路。李才的爸是坐"面的"来的。下了车，他也不给儿子打电话，把编织袋往背上一挂，就沿着街边的行人道走。编织袋里装的是红薯，他隔一阵子就换一次肩膀。

他一边走一边东看西望，就越发感到满街的杧果树最是可人。那一颗一颗杧果，像线团一样挂在树上，青青黄黄的，多得没法数，树下人来人往的，谁也不摘一个来吃。他觉得现在真是个好世道，就像孙子写作文说的，这是个什么世界，对了，太平盛世。

忽然，一个杧果从树上掉下来，打在他的手上，又弹到地面，蹦蹦跳了几下，停住了。他弯腰去捡，见着地上还有几个，就一起都捡了，放进口袋里。他抬起头望望，竟没有谁要阻止他，于是放心地继续走。

走到另一条街上，他看见好多掉到地上的杧果被清洁工人当垃圾扫了，心想这种人真不会过日子，实在是太可惜、太浪费了。当他终于看到有人在捡一些地面上的杧果时，他高兴了——原来，树上的果不能摘，地上的是可以捡的。他放下编织袋，从里面掏出个小布袋，从从容容地捡起地上的杧果来。

将要吃晚饭的时候，他一肩挂着个编织袋，一手拎着个小布袋，用脚碰响了儿子的家门。老伴打开门一看，说："你个死老头子，来也不言一声。"

儿媳过来接袋子："爸，来就行了，还一袋一袋地带，这不是你儿子家呀？"

没等儿媳接手，他随地把袋子放了，说："这袋是红薯，这袋是果子，给咱孙女吃的。"

在房间做作业的孙女晓倩跑出来，把小布袋打开一看，

说："爷爷真小气，这杧果街上满地都是，捡来的吧？"

他乐哈哈地笑："地上捡的怎么啦？你爸爸小时候吃蟠桃、李果，掉地上，还不是捡起来用衣袖擦擦就吃了，煨红薯，还没熟透呢，就抢着吃，满手满嘴全是灰。"

老伴说："这死老头，有你这样教小孩的吗？"

李才今晚刚好在家，见父亲来，就连忙找出一瓶酒，说："爸，又是走路来的吧？告诉我一声，我去接你不行吗？这么重的东西，怕我饿死啦？"

他洗了手走到餐桌旁，说："吃红薯有好处，家里种的干净。"

李才说："家里多，哪天我回去拉不就得啦？以后不要拿什么吃的来了。你看，茶几上的水果，苹果、雪梨、香蕉、哈密瓜，晓倩这丫头，送到嘴边都不吃几口。我也不知道，现在的孩子就那么难养。"

他盯着儿子看，问："这些果是人家送的，还是自己买的？"

李才想不到父亲会这样问，像噎着了一样，声音出不来。

一旁的儿媳回答说："爸，这些水果是我买的，你儿子哪有这个心哪，这个家好像不是他的。"

他说："是自己买就好。千万别贪人家的东西，天底下没有白吃白送的。人没贪念，小鬼也上不了门。别人把不住自己，咱自己得走正道。不走正道，迟早要栽跟斗。这个理一定要记得牢，伤天害理的事再小也不能做，万不能人家挖个坑你自己往下跳，到头来苦了自己。上屋家那个阿四，看来就不认得这个理，痛心死了他爸！"

听父亲喋喋不休地说了这些，李才心里忽地明白，父亲今天来，是有话特意跟他说的。同村上屋那个阿四犯了事，前日被关进去了。看来，父亲是在为儿子担忧了。真是爱子莫如父哇！他心头一热，说："爸，我知道了，你放心吧，你儿子不会！"

这晚，父子俩把一瓶酒干了。

第二天一早起来，一家子吃了早餐，父亲对儿子说："这里有你妈照看就行了，那些杜果你们不吃，我拿回去，老二那两个孩子不挑不拣的，还有他们那帮一起玩的小家伙，我拿去分给他们。"

李才说："我开车送你吧。"

"你那车不是我坐的，车站里大把车，我自己回。"老头子说完就去拎他那袋杜果。

李才知道父亲的脾性，也不劝阻。看着父亲把那袋杜果轻轻放到肩上，他仿佛又看到了父亲的过去，看到小时候父亲从袋子里掏果给他吃的情景。

李才的心里隐约有一种情愫在舒开，甜甜的，像杜果的味道。

称呼

李福有在街边看人下象棋。将到吃晚饭时间，他即起身回家。

他从乡下到城里来住了些日子，儿子李品正天天回家同他吃晚饭。儿媳卢爱珍手脚麻利，菜买得勤、炒得香，把家公孝敬得与亲爸没两样。这让李福有从里到外透着欢喜。只是孙子长大了，上大学去了另一个城市，儿子、儿媳白天都上班，他

一个人在家闲得慌，只好出来到处逛逛。

"同志——"

走到立交桥拐弯处，李福有听到一声久违了的称呼。抬头四周望望，没有别的什么人，只有一位同龄男子站在他的身后，手拿个旧提包，满头灰发，正对着他谦恭地笑。

"同志，光华中路怎么走？"

"喏，过了桥底往左转，上了桥面就是光华路了，公交车搭一站就到。"李福有指向立交桥底。

那人谢过了李福有，便迟疑地向立交桥底走去。李福有则跟在后面慢走。他儿子的家在右边，光明路，也需要穿过立交桥底。

这是他隔了不知多少年多少月才又一次听到"同志"这个称呼，心里有一种暖暖的感觉。这个称呼，以前是很普遍的，尤其是他这一代人，见到谁都是以"同志"相称的。他猜想，这个人应该是个退休的干部或者工人，至少也是见过世面的农民。

他好奇地瞄向渐渐远去的那个人。只见那人在桥底那里又站定了，旁边的一个人好像在同他说话。那里路况比较复杂，交错纵横又弯曲，显然那人又在问路。

李福有加快步伐走过去。他心想，那个人还是不太相信他的话，或者根本就没来过这个地方。

李福有赶上了，那人对他咧嘴笑笑。

"老哥，来找人哪？"李福有主动搭讪。

"我来看女儿。村里有车拉货进城，我顺车来了，他们去卸货，让我下车，说光华路就在附近。"那人坦诚地说。

"你女儿住光华路中段？你是头一次来吗？"

"不是。只是隔了两年不来，路都生了。"

"难怪！这两年城里建了不少桥，这桥也是才建好的，路拐来拐去，是有些变了——来，我带你走一段吧。"李福有嘴里说着，脚已迈到前边了。

于是，两人一边走一边攀谈着，一见如故。

李福有回到家的时候，李品正和卢爱珍已成热锅上的蚂蚁，正为找不到父亲着急。

李福有一进门，李品正劈头就问："爸，你到底去哪了？出去那么久，手机也不带！"

李福有还在兴头上，说："手机放在家里充电，你爸丢不了。"

卢爱珍说："我们还以为你迷路了，不知道家在哪里了，正准备报警呢！"

李福有不高兴了，说："你们看我会迷路吗？"

"那你去哪里啦？让我们好找！"

李福有把带路的事说了。

李品正取笑老爸："哦，人家叫你一声'同志'你就学雷锋啊！同志，菜都凉了，吃饭吧！"

李福有坐到餐桌边，卢爱珍打了饭递过来，也眉开眼笑地说："同志，请吃饭！"

李品正问："要不要喝两杯，庆祝一下，同志？"

李福有心里欢喜，嘴里却说："你们这是咋啦？也叫我'同志'？"

"你不是喜欢嘛，从今天起，我们就叫你同志了！"李品正嬉皮笑脸地说。

李福有连忙阻止："得得得，别拿你爸寻开心！哪有自家

人'同志'来'同志'去的，这不笑话吗？"

李品正瞧着老爸，说："爸，如今哪，城里都兴把男的叫帅哥，女的叫美女，年纪大的都叫老板。"

李福有说："这不是蒙人吗？哪来那么多帅哥美女老板，不实际呀！"

"人家图的是高兴！"

卢爱珍在一旁看着父子俩没老没少地说话，抿着嘴笑。

第二天，李福有自己到车站搭车回乡下去了。

卢爱珍想不出家公为何说走就走，李品正则直接打手机问："爸，怎么就回去啦？也不早说一声。"

李福有说："我回去收稻谷。"

"忙过了，就再来，同我妈一起来。"李品正说。

"你们在城里要多个心眼，千万不要学那些歪歪扭扭的事情！"李福有把儿子还当小孩看，最后叮咛了这么一句。

秉性

在孙强眼里，母亲一向勤劳俭朴，心地善良。所以，他成家之后，总想把母亲接出来，让老妈好好休息，不再奔波劳碌。

但母亲就是不肯来城里住。她说："强啊，你大姐、二姐虽然出嫁了，你哥、你嫂有几处田地得种，忙不过来哩。再说，你侄儿、侄女都还小，妈哪离得开？"

孙强说："妈，又不是叫你来长住，这城里、村里都是你家吧？都不来看看我们哪？"

母亲看着孙强，噗的一声就笑了，说："我还是等你们有了孩子再去吧。"

母亲的话当真，孙强只有等。

然而，孙强这一等，就等了七八年。

原因都是客观的。

孙强孩子出生那年，大哥孙胜整了个养鸡场，大养其鸡，忙得终日屁股不沾凳，也没有雇请别人帮工，弄得父母双亲如同被绑架了似的都累进去了。再个就是，孙强丈母娘心疼独生女儿，外孙还在肚里头就搬过来侍候了。孙强住房才两室一厅，母亲若来住住，和亲家母两个连转身都难，所以孙强母亲只好尽量少来，来了也是没住几天就回。这样，孙强反倒觉得是害苦了母亲。好在，这城里到老家农村也不算很远，否则，他会更感到对不起母亲。

如今，外孙上幼儿园了，丈母娘松了一大口气，也巴望亲家母来换换手。她曾是广场舞的热衷者，这时候惦记起那些一起乐的姐妹们来了，手脚痒痒的。

母亲来了，好！孙强高兴。母亲却高兴不起来。

孙子送去了幼儿园，早出晚归。归来了，儿媳又要教这教那，恨不得儿子现在就成为科学家、歌唱家、作家什么的。母亲除了洗洗衣服、扫扫地，几乎无事可做，像个大闲人。

这，母亲可是待不住了。于是，出门去逛。

这么一逛，没几天，逛出情况来了：母亲住的房间堆满了破纸箱、旧书报、烂铜烂铁、空塑料瓶子之类的东西。

孙强媳妇见如此，颇有意见，但不好明说，就晚上吹枕头风，叫孙强制止老妈这么干，赶紧把这些破东西搬出去，乌烟瘴气的，不卫生。

早上起来，吃了早餐，媳妇出门上班顺带送儿子去幼儿园。孙强留在后面，待母亲收拾完碗筷，严肃地对母亲说：

"妈，你拿那些东西回来干什么？"

母亲说："换钱哪。"

"这能值几个钱？你缺钱用吗？买菜的钱都放在这。"孙强指着电视机旁边的纸盒说，"要买别的什么你说说就是了。"

母亲说："这不关钱多钱少的事，我啥也不用买，都有了。"

"那你还去捡这些破烂干什么？"

母亲瞪眼看孙强，说："仔呀，妈不是常说吗，家有金山银山，不如一日进一文。能挣几个钱也是挣嘛。"

孙强换了脸色，笑笑，说："妈，我知道你闲不住。我就是想让你来好好休息，不要再忙这忙那。你要是闲得慌，就看看电视，要不，下楼去走走，找人聊聊——对了，这个小区里，有不少也是农村来的老太太，好像还有我们老家那一带的，我听到过她们说话，你出去走走，兴许就能碰上她们。"

母亲也笑，说："你才知道？我早知道了！这些东西，我就是同她们去捡的，多了，我还让给她们。"

孙强叹了声，说："你们这些老人哪，什么都是宝，难怪了。这样吧，妈，你就别去捡了。我和媳妇工资不是很高，但都够用，你就不用忧那个心了。"

母亲说："我是陪她们耍哩，顺便就捡了。"

孙强说："妈，你知道吗？你这是抢人家饭碗哪，把捡东西的机会让给人家吧，也许她们家比我们困难一些。"

母亲沉吟一会儿，说："我知道了。你这傻儿子！"

"傻就傻呗，傻人有傻福，这是你说过的！"孙强又是笑，接着交代母亲，"记得呀，把你这些宝贝搬下楼去，卖也好，送人也好，以后再不要去捡了。"

"知道知道了，你快去上班吧，不要迟到了！"母亲催儿子出门。

孙强上班去后，母亲忙了大半天，把捡回来的废旧全搬走了，房间收拾得干干净净。孙强和媳妇下班回来了，都很高兴。媳妇觉得自己有些愧对家婆，于是连哄带骗拉着孙强母亲去逛超市，给老人买了身新衣服。这是她作为儿媳头一回对家婆实实在在的孝敬。

废品是不捡了，但孙强母亲还是天天下楼去，不到饿了不回来，有时，还回得比较晚。甚至有一两次，孙强和媳妇都下班回来了，她还没到家。

看着母亲脸上高兴，孙强和媳妇猜想，老妈是有伴了，忘记了时间——也好，免得闲出病来！

一天，孙强外出办事路过一条街，远远望见母亲同一位老妇人走在一起。那人背有些驼，挑着担子，担子一头是折叠捆牢的纸板，一头是个胀鼓鼓的塑料编织袋。母亲没有挑担，只提着个还有些瘪的塑料编织袋。孙强没有追上去，而是停下脚步，注视着两个老人沿街挨个门店往前走，直至拐进了一条小胡同，消失了。

孙强微微一笑，心里叹道："我的老妈呀！"

三句半

农育水开口就谴责农育山："哥，你到底还是不是男子汉？"

农育山丈二和尚摸不着头脑："妹，你说啥？"

"老爸问你要点钱你为何总不给？"

"噢——我以为你吃错火药咧！你有钱你给呀！老爸老妈两个，我看是发癫了，住城里好好的，没事跑回老家干吗？还买这买那的！我没闲钱。"农育山没好气地说。

"我看你一个子儿都没有，钱都被嫂子管起来了。你做人就这么失败？"

"我失败？我失败，我能送儿子上大学？我失败，我能买得起一百四十平方米的大房子？"

"好好好，哥，我知道你能，这回你就支持一次老爸吧，啊？"农育水换了口气，撒起娇来。

农育山挂了手机，还生着闷气。他就不明白，老爸是哪根脑筋被鸡叮啦，或者是被牛踩啦？

老爸大名农兆田，原是县环保局的局长，早几年退休了。退休前，他回老家农村起了栋两层的小楼，说是要回老家养老。当初，农育山、农育水以为老爸是心血来潮的，光宗耀祖嘛，管不了只好理解。其实，一家老小一年到头就回去那么几天，春节祭祖，清明扫墓，借住叔叔、伯伯的房子就可以了，用得着建楼吗？想不到，老爸这是当真的！

老爸回老家住，老妈当然得跟着。若一个人在城里住也没意思，儿子在南宁，女儿在桂林，孙子、外孙都读书，一年也就见上一两回。于是，回老家。那里有山有河，还有老伙伴。年轻时，他们在乡下工作，一个在文化站，一个在学校，那真叫个青春活泼！咳，说老就老了，但那山，那水，那人，那时光，却越发地清晰起来，倒把后来的日子盖住了。

农兆田和老伴回老家住，城里的房子就锁着，约一个月才回来一趟，扫扫屋，晒晒被子，住上几天又走了，把原来安身立命的地方变成了旅店一般。

二老回老家就回老家吧，农育山、农育水退而求其次，如今村村都通了公路，有个头痛脑热回城也不难。主要的是，老家还有一帮老头老太，老爸老妈爱干吗就干吗，养鸡种菜哪怕吹牛侃大山，高兴就行。

可事情没有那么简单。

农兆田回村住后，闲不住，显起能耐来了。村子旧时候有很茂密的林子，现在没了，他买来树苗，发动大家往村周围种。村前一面大水塘，他请人砌了一道石堤，沿边填平打上水泥地板。这样，积蓄用光了。现在又要买什么乐器，买演出服装。他打电话问农育山借钱。老爸借钱，还有还的吗？房子供着，按揭，农育山不理会老爸。问儿子不给，农兆田问女儿去了。女儿支援老爸不是一两次了，所以指责哥哥来了。

农育山最终把钱汇给了老爸，一万块。

春节将到，农兆田和老伴决定不回城，打电话给农育山、农育水，说这个年在村里过，要回就回到村里来，这里环保，也有玩的。

农育山自打读书到出来工作，年年春节都回家与父母过，结了婚，生了儿子，也不例外。

大年三十傍晚，农育山和妻子、儿子大包小包回到村里来了。正月初三，农育水领着丈夫、女儿也来了。一大家子热热闹闹，其乐融融。特别是农育山的儿子和农育水的女儿，哪见过这样环境，新鲜得不得了，伸着拇指，连连为爷爷（姥爷）点赞。

农村是初二、初三、初四走亲戚，到了初五，村里的重头戏闪亮登场。

好戏就摆在村前水塘边的大地板上。

夜幕降临，七点半，先是一阵电光鞭炮、彩色花炮响起，然后村里的文艺演出拉开帷幕。

主持人盛装而出，用夹杂着方言的普通话说："众位乡亲，阿叔阿伯阿婶阿嫂兄弟姐妹们，我们村春节联欢晚会现在开始！下面，我们先请晚会总导演农兆田爷爷讲话，大家鼓掌欢迎！"

农兆田戴顶鸭舌帽走上场，说："咱们村以前就有演出，从今年起恢复，今晚节目不多，只有十个，就图个欢乐，大家努力，争取明年更好。我不多说，下面先由我们四个老人带头，演个'三句半'节目，名字叫作《山清水秀好风光》。"

说着，便有三个老人依次走出来，排了队，最后一个还提了面铜锣，当的一声便开演了。

甲：山清水秀好风光，

乙：改革开放国富强，

丙：如今农村大变样，

丁：有梦想！

甲：资源开发放马跑，

乙：持续发展要记牢，

丙：天心地心讲良心，

丁：环保！

甲：众人拾柴火焰高，

乙：精准扶贫一个不能少，

丙：小康路上吹号角，

丁：最妙！

…………

晚会结束，农兆田一家回到家，兴犹未尽。

孙子学舌："爷爷人老心不老。"

外孙接："姥姥跟着到处跑。"

农育山说："老爸老妈吃了什么药？"

农育水击掌喊："良药！"

于是，一家大笑。

草沟人物志

草沟村坐北朝南，背后和左右两边是连片的水田、水草和沟渠水洼，村前则是绵延起伏的丘坡土岭。按照风水先生的说法，这样的村子是很难出什么人才的。

事实上，风水先生是看走了眼。

这个村子虽然不大，还有些低洼，但有两个特点。一个是全村人皆姓陈，另一个是他们都是移民。据说，他们的先祖是从山东过来的，跟随狄青将军南下打仗，后来留了下来，落地生根，开花结果。因为是同宗共祖，村子里每个人都如同大树分出的枝枝丫丫，人人按班排辈，"星汉光辉远，春秋家业长"，就是他们排辈诗的其中两句，同辈分的人都要取诗中同一个字来起名。所以，谁的辈分高低一看名字就能分得出来了。

俗话说：粒米养出百样人。草沟村是个小社会，天长日久，什么样的人都会有，如果不嫌烦，可以大书一箩筐。

瓜劳卖鱼结亲

草沟村流传这么一个笑话，叫作"母鸡三文糠十八"。笑话的主人公是陈劳秋。

陈劳秋没有上过学，识字不多，算术也差。有一天，母亲把他叫来，吩咐他捉只母鸡和挑一担米糠到集市去卖，换些油盐回来。陈劳秋提了母鸡挑上米糠上了路，母亲再次叮嘱他，米糠卖三文钱，母鸡卖十八文钱，千万记牢了。陈劳秋一路上走，嘴里时不时地默念：米糠三文母鸡十八文，母鸡十八文糠三文……担子从左肩换到右肩，又从右肩换到左肩，走走歇歇，陈劳秋到了集市，担子才放下，就有人过来问价了。"母鸡三文糠十八！"陈劳秋开口就报了这个价，他一路念来念去，颠三倒四的，把母亲交代的价钱弄反了，于是母鸡一开价就被人买了去，可米糠等到日暮散市也没有人买，他只好又挑了回来。一只母鸡才卖了三文钱，而一担米糠倒要叫卖到十八文，母亲把陈劳秋狗血淋头一顿好骂！从此，草沟村人人都知道陈劳秋做了件天大的傻事，明里暗里都叫他"瓜劳"。瓜，是草沟村这一带地方对傻瓜、懵懂之人的形容词。

村里人，无论老少，都是直来直去呼陈劳秋为瓜劳，就连他的父母也是这么叫。

陈劳秋长到十八九岁，变成了一个英俊的小伙子。他父母托人帮他找对象，他连女方的面都不敢见，走到半道上就开溜了。

瓜，确实瓜。

但瓜人自有瓜福。瓜劳在草沟村却是第一个自己找来老婆的人。

这里，还得说说瓜劳的父亲陈春光。

草沟村三面皆水，无论深浅，都是鱼虾的世界。于是，捉鱼去卖便成了草沟村人重要的经济来源，草沟村男人们的能耐，也主要表现在捉鱼的本事上。

草沟村人捉鱼的手段有布网、撒网、放钓、装鱼笼、吊

罾、用篾织渔具拦堵水口等，有时候也会截滩戽水，涸泽而渔。偶尔，也有炸鱼、毒鱼、电鱼的。不过，这些办法害大于利，尤其是毒鱼，等于自断后路，如同杀鸡取卵，为众人所愤，没人轻易敢犯恶而为。

陈春光捉鱼，高人一筹。他的本事全在听字上。听鱼。有人说，只要陈春光走过，哪里有鱼，有什么鱼，有多有少，他一听就全知道了。这话可能太夸张，但也并非乱说。陈春光最拿手的手段，是捉塘角鱼。夏秋时节，陈春光常常半夜里挑一对水桶和几个鱼笼出门。他沿渠边湖边一路巡行，细听哪里有噗噗的声音，这是塘角鱼冒头换气的声音，常人一般辨识不到，只有他一听到便心知肚明，于是他下到水里，把鱼笼沉埋下去，用笼头堵住鱼窝洞口。这样，塘角鱼出来换气时就须得从笼须钻过，笼须是锥状的，软的，篾片都粘连了，塘角鱼出得来可回不去了。陈春光每隔一个时辰就下去换鱼笼，把捉到的塘角鱼倒到水桶里，水桶盛有适量的水，塘角鱼不会挤死、闷死、压死。陈春光从不把鱼窝里的塘角鱼捉完，他看看收获差不多了就收手，然后回家，吃了早餐再拿到圩场上去卖。

陈春光想把这个本事传给大儿子瓜劳。但是，瓜劳就是不开窍，接不了班。

陈春光拿鱼去卖，常常要带上瓜劳，目的就是教他如何叫价，如何秤鱼，如何算钱。慢慢地，瓜劳也就学会卖鱼了。

那时候，自行车属于紧缺商品，凭票供应。二叔陈春亮把购车票送给了大侄子，瓜劳家便在本村率先买到了一辆。家里平时卖鱼攒了些钱，又刚好卖了一头猪，陈春光也觉得有辆车，儿子驮鱼去卖确实方便，所以遂了瓜劳的愿。

瓜劳学车还算快，摔了几跤，就抬脚从前面上车，跨脚从后面上车，全都会了。赶集的日子，他把鱼桶绑在自行车后座，叮零零，时不时打铃往前奔。一路上，那些赶马车的，挑担的，徒步的，听到铃声，都让着他。

"这是谁家的孩子呀？"

有知道的，也有不知道的。瓜劳骑着车子，都是一闪而过，感觉就是脚下生风，头上风生，风声不断，风光无限。

这样的一个瓜劳，暗地里俘获了李美娟的芳心。

李美娟家住大峒村。这个村由于邻近集市，村民多以种菜为业。几乎，每个集市日子，李美娟都要担菜上圩场去卖。

以前的瓜劳，李美娟也许没注意到，骑自行车的瓜劳，她注意到了，而且越看越喜欢。

那天下午，秋高气爽。瓜劳卖完了鱼，吃了碗猪杂米粉，便打道回家。才出到街头，他又看到了李美娟。

李美娟挑着一副空担子，慢悠悠地走。瓜劳一望就知道是她。

李美娟即使挑着担子也是体态婀娜。她这天穿了一身新，新蓝布长裤，新白底红花短袖，乌黑的头发梳成两条辫子垂在脑后。

瓜劳每次来卖鱼，几乎都能碰见李美娟。有一次，她卖完了蔬菜，还去过他的鱼摊，买了几条塘角鱼。从此，瓜劳对这个脸蛋红扑扑、眼睛水灵灵、声音好好听的女子印象深刻。

瓜劳骑车来到李美娟身边时特意放慢了速度，接着竟然下了车，把车子支起来，然后认真查看链子。

"车子坏啦？"

好好听的声音在耳边响了起来。

瓜劳抬头看了一眼李美娟，说："链子可能长了些，有点松。”

“不是坏了吧？”

“不是。”瓜劳答应着，推起了车子。

“经常见你来卖鱼，你叫什么名字？”李美娟问。

“我叫陈劳秋，草沟村的，你呢？”

“大垌村的，我叫李美娟。”

“哦，难怪你经常担菜来卖，大垌村人会种菜，你家的地都是用来种菜吧？”

“没有，有种稻谷、种玉米、种红薯的，种菜只种了一块地。”

“哦，你家的菜一定种得很好。”

“怎么说呢，家家差不多是一样的，只要不偷懒，谁都能种好的。”

“说的也是。人勤地生金！”

“你也勤哪！圩圩都见你拿鱼来卖。”李美娟笑着回应。

“这都是我爸捉的。我爸白天干活，晚上去捉鱼。”瓜劳实话实说。

“你爸真有本事！”李美娟由衷赞叹。

他们两个一边慢走，一边交谈，最后是李美娟挑着空担子和鱼桶坐到车后座，瓜劳奋力踩着自行车，飞快地行驶在回家的路上。

在那个年代，一对青年男女敢于如此这般凑在一起，那绝对不是一般的关系。

果然，到了次年的国庆节，这一对男女喜结连理，拜堂成亲了。

瓜劳不瓜。

瓜劳为自己找来了个好老婆。后来，他们生了五男二女，大儿子陈家文在草沟村第一个考上了大学。

背推哥砌墙为匠

背推哥大名陈英秋。

推，是草沟村一带地方对石磨的俗称。

石磨分上下两部分，有大有小。大的要配装长木钩，吊在屋内横梁下面，由一个人或者两个人来推；小的一个人就可以操作了，左手放米，右手推磨，用来磨米浆做糍粑做米粉。

"背推哥"陈英秋的花名来自卖小石磨。

陈英秋母亲的娘家在草沟村邻近的高垄村。这个村缺水，但不缺石头。陈英秋的舅舅是个石匠，主要凿制石磨卖。陈英秋常跑去看舅舅，不算拜师学艺，算帮忙或者玩耍也许更准确。陈英秋舅舅卖磨，偶尔会拿到集市上摆，去展示，但更多的是在家坐等买主上门定制，然后送货上门或者买主自己来取。陈英秋主要是帮舅舅送货。有一天，陈英秋在去往舅舅家的路上，有人叫住了他，问他是不是杨文宝的外甥。陈英秋说是呀。那人高兴地说："我在你舅舅家见过你。这样吧，我正想去你舅舅家，现在就不用去了，你替我告诉你舅舅，帮我做对小石磨，价钱就按老规矩，做好了送到我们村。我是大岭村的，姓黎，叫黎背推，你送磨到大岭村，问谁是背推哥，人人都知道。"陈英秋听说有生意做，也不问那人要定金，立马就答应了，还说舅舅家有现货，今天就可以送过去。那人说："好哇，我下午在家等你。"陈英秋到了舅舅家，跟舅舅说了，把小石磨绑上自行车就朝二十多里远的大岭村赶去。到了

大岭村，他把自行车锁在村头，然后用肩头扛起石磨就去找背推哥。大岭村是个大村，有上百户人家，陈英秋肩扛着石磨，从村东走到村西，从村南走到村北，大街小巷，曲曲弯弯，问谁都不知道有个背推哥，问有没有叫黎背推的，也都说没有。问来问去，一些人看着他还想笑，说背推哥？背推，谁背推呀？他知道上当了，被人耍了，可一肚子火气又无处可发，只得悻悻地复驮石磨回来给舅舅。舅舅没有生气，他反复念"黎背推"，之后说："孩子，'黎背推'，没有，'你背推'，有，你就是背推哥！这玩笑开过头了，以后多长些心眼吧。"舅舅说陈英秋时，有上门订货的客人在场，舅舅这么一说，陈英秋的这个花名就被传开了。

高垄村有很多石头砌成的墙。这些石墙是怎样砌起来的，陈英秋曾亲眼见过。他觉得并不难，他也能砌。

他最初的实践，是砌自家的猪圈和围墙。

他砌的猪圈，结实，稳固，只是墙面凹凸不平，墙体也有些歪扭。但总算是一试成功，在草沟村首创用石头做猪圈的历史。

砌了猪圈，背推哥又砌自家门前的围墙。他把原来破败的泥筑土墙推倒，再拉石头回来砌。这回砌墙，背推哥更加上心。他认真挖好地基，砌墙时还拉起了白线绳，目的是把墙砌得更直，每叠高几块石头，他又拿白线绳吊上石头做的垂直线来比对，避免把墙面砌斜了。所以，围墙砌成后，美观度比猪圈高出了很多，引得村上人个个赞赏。

从此，草沟村渐渐兴起了用石头砌猪圈、砌牛栏、砌围墙甚至砌石屋的风气，背推哥当之无愧成为引路人，而且也是砌石头墙砌得最好的匠人。

有这手艺在身，背推哥后来干脆拉上队伍，当起了小工头，在四邻八村专砌石屋。那时候，农村人还不知道钢筋水泥为何物，所以新建房屋能够告别土夯墙改用石头墙，那可是一种时髦。陈英秋的本事派上了大用场，接到的工程在秋冬两季一个等着一个，收入比种田耕地不知要高多少倍。

然而，草沟村一带地方，建石头墙房子就像一阵风，只吹了三四年时间。原因是外地人带来了新工艺，他们挖坑造窑，烧制红砖，用这种建筑材料来建造房子，更加洋气，墙体又薄又美观，所以一下子就受到了人们的青睐，石头墙无可奈何花落去，不可遏止地被取而代之了。

背推哥看家的本事没了用武之地，他当然很是失落。好在，他脑筋并不古板，很快就顺应新形势，重新振作起来。他对人说，砌砖有什么难，比砌石头容易多了！

接下来，人们看到背推哥做了件似乎是很不划算的事情。他把自家刚建起不久的石头房子拆了，重建，建砖的。

那个时候，他们三兄弟已经分家。老房子留给三弟陈荣秋和父母住，他和大哥陈勇秋另立门户，到村西头各建了房子。

背推哥陈英秋新建不久的石头房子也就两间半，半间是搭在大房旁边的厨房，矮了一截，仿佛大人背着个小孩。房子的确不够雅观，也不够大气，不过，还可以住，没必要拆。但是，背推哥就是拆了。

重建新房子，背推哥没有另请他人，招呼来自己工程队的原班人马动手就干。两个来月工夫，一座五连间红砖青瓦的新房子成功告竣，厨房建在庭院的另一头，用石头矮墙围成一体。为什么还要砌石头墙呢？背推哥说："这些都是我们的手艺，不能丢的！"

再接下来，背推哥的工程队又接到新工程了。

技术就摆在背推哥家里，好不好你自己去看！

后来，县里评选表彰各行各业领军人物，背推哥荣登全县十大能工巧匠榜单。那张装在镜框里的奖状至今一直挂在背推哥家的厅堂上。

现在背推哥已经很老了，他偶尔也看看那张发了黄的奖状，如果有蛛网或灰尘，他要用掸子去扫一扫。

马骝三杀猪装神

杀猪就像过年。谁家杀猪，谁家就像过年。

这是草沟村的盛况，见于生产集体化的年月。

那时候，家庭可以养鸡、养鸭、养鹅，也可以养猪，但不能养牛、养马。牛和马属于集体经济所有。所以体量仅次于牛和马的猪，成了每个家庭发展经济的首选。

养大了猪，还得首先卖给国家，卖一头才可以留一头，由自家宰杀，猪肉拿到圩场去卖。这就叫"购一留一"。

哪家杀了猪，都要灌猪血肠，煮猪骨粥，留下小部分猪肉，遍请左邻右舍的老人小孩过来吃一餐。大方一些的人家，留下的猪肉要多一些，请的人也要多一些。无论请客多请客少，都是热闹的，喜庆盈门，如过年一般。

杀猪不是杀鸡，得请专干这行的屠户，杀猪佬。

草沟村唯一干这个行当的人，是马骝三。

马骝三，本名陈家显。他在同胞兄弟中排行老三。草沟村人习惯以排序称呼小孩，前边加个"阿"字。也有以性情、相貌、诨号前缀的，马骝三就是。

马骝是草沟村人对猴子的俗称。猴子机灵敏捷，马骝三人如其名。

马骝三干杀猪这行当，是在他长大成家自立门户以后。在结婚之前，他可是个游手好闲的浪荡仔，偷鸡摸狗、辱老欺幼的事也曾做过。他有一个过人的本事，就是捕野猫。

野猫，抓老鼠，也抓鸡，有的几乎成了抓鸡虎，特招人恨。

马骝三爱养狗。他的狗专为打猎用。

一般是在秋冬季节的晚上。马骝三带着他的狗，头上套着远光灯，手拿一根圆木棍，一个人向村外走去，四处游逛。

有没有野猫的叫声无所谓。马骝三的远光灯四下扫射，若照到了野猫的眼睛，就会看到两点淡绿色或者暗黄色的反光。这时，马骝三把灯光锁定野猫，同时唤他的狗撵过去。他的狗已是训练有素，见到主人唤它，它就知道是什么了，于是沿着灯光的方向勇猛扑去。有时候，狗很快就成功了，追上野猫；有时候，没有那么顺利，不是野猫死命逃脱了，就是野猫临急爬上了树，得对峙好长时间才能抓到它。马骝三如今左边耳朵缺了一小块，就是在一次捕猎中留下的创伤。那只野猫被狗撵上一棵苦楝树后，他举着远光灯一刻不停地照射它，还不停地吆喝，狗也跟着狂吼。也许是那野猫害怕了掉下来，也许是它暴怒了跳下来，反正它就是直冲灯光扑咬过来的，若不是马骝三慌忙偏头躲避，恐怕伤着他的不是一只耳朵，而是他的整个一张脸。

有人说，那是报应。马骝三从那以后不再捕捉野猫，并且是老老实实做人，老老实实干农活。再后来，他学会了杀猪。

马骝三杀猪，有个讲究。

谁家要请他去杀猪，必须提前三到五天上门到他家去请，

口头请还不行，得有纸条子，红纸黑字。马骝三说，这得排队，还要看日子，谁家日子若是不合适就不能杀生。人上门去请，空手去也不行，得带上米和鸡蛋，没有鸡蛋，米就得多带一些。这是选日子要用的，马骝三说。

马骝三杀猪的工具，一条长铁钩、一把柳叶尖刀、一把大板刀、一把剔骨刀、一杆小秤，都装在一个藤条篮子里，在杀猪前一天的晚上就送到要杀猪的人家。送工具去，顺便布置杀猪工序，安排人手。饭是要吃的，酒也要喝，这叫先把喜庆营造出来。

杀猪时间安排在凌晨公鸡打鸣头遍过后。杀猪的主人家，早早烧开了水，做好相应准备。时候一到，主人家暂时避开，马骝三手拿尖利的铁钩把要杀的猪赶出猪圈，赶到预定位置，然后一钩钩到猪的前脚脚跟处，再提起来，让猪跑不掉，三四个大汉迅速跟上去把猪按倒，并使之横躺在地，动弹不得。马骝三接过柳叶尖刀，左手抓猪耳朵，右手执刀捅入猪的颈部，扭一扭，才把刀拔出来，瞬即，一股红红的热血喷涌而出，旁边有人用簸箕托了面盆赶紧送上来，接血。

整个杀猪过程环环相扣，一气呵成。只是，从钩猪开始，被杀的猪一直号叫不停，响彻全村，打扰得许多人再也睡不成觉。

猪断气后，马骝三放下杀猪刀，对空遥拜三下，嘴里默念一阵子。他念的什么，人们不得而知。问马骝三，他也不说，只是神秘一笑。

随后，是拿开水烫猪刮猪毛，开膛破肚，清洗猪下水，割猪头，把全猪分成两边，等等。

马骝三一刻不停，除了分派人清洗猪下水，其他都是他亲自做。

　　一头猪整理妥当，便要早早驮去圩场卖。出门前，大家要喝一两碗猪红粥。马骝三说，这叫开门红，喝了百事顺利，猪肉猪骨猪下水统统卖得好价钱。

　　马骝三还有一个规矩，就是卖完猪肉回来的当晚，他绝不到主人家吃饭，怎么请他都不去。主人家送他的酬劳，他在圩场上就拿了。马骝三说，晚上他还要做功课，把杀猪的事结了，一件还一件，不能拖的。

　　马骝三搞的什么神道禁忌，村里人不知道，也难知道，因为他从不解释。在那个物资极度匮乏的年代，马骝三确实吃香喝辣了好长一段时间。后来，改革开放了，商品经济日趋繁荣，从事经商的人越来越多，马骝三便淹没在芸芸众生之中。唯一不同的是，他在草沟村，第一个建起了水泥砖混结构的平顶房，任凭风吹雨打，安稳如山。

陈家文为文入仕

　　1963年，瓜劳陈劳秋的大儿子陈家文出生。

　　因为没有文化闹过笑话，瓜劳对儿子寄予了厚望。到了陈家文能爬动的时候，有一天，瓜劳把小人书、珠算盘、圆珠笔、青菜叶、玉米粒、小石子、泥土块等物件，摆放到孩子面前，小家伙居然伸手就去抓圆珠笔。瓜劳两眼放光，嘴巴都合不拢了。这是当地农村的一种习俗，用来推测小孩的未来。"万般皆下品，唯有读书高""学而优则仕"，农村人并非个个都上学读过书，但这些传统朴素的认知却根深蒂固。孩子的这个喜好，预示着他长大后要拿笔杆子，做识文断字之人。

可是，陈家文上学读书之后，却不怎么上心。他贪玩。

白天，他常常同小伙伴们玩一种叫作"打尺"的游戏。晚上，特别是有月光的夜晚，他们则是玩"点毛差"。一群小伙伴聚在一起，先是一个个伸出一只手，把拳头摞在一起，上拳头握住下拳头的大拇指，接着上下周而复始地数拳头："点毛兵，点毛兵，点到谁人谁做兵；点毛贼，点毛贼，点到谁人谁做贼……""兵"和"贼"都分派完后，再让"贼"在规定时间内各自躲藏起来，然后"兵"们分头去找，去捉，直至找齐捉尽为止。一晚上反复这样玩，伙伴们又喊又叫的，乐不可支，不到大人催回家不收兵。

陈家文贪玩，在瓜劳看来，儿子根本不是块读书的料。他放弃了梦想，认命了，因为风水先生曾说过，草沟村村前挡着山岭，地势又往后面仰，人是走不出去的，只能窝在村里，老死家中。瓜劳把儿子的不上进归咎于本村的风水。

然而，谁也想不到的是，陈家文读到初中时，命运改变了轨迹。

这个时候，中国社会发生了变革，恢复了高考制度，连初中升高中也要择优录取。陈家文考取了本县唯一的重点高中。三年后，到1981年，陈家文一毕业便考上了大学。这在草沟村可是件石破天惊的大喜事。瓜劳遍请亲朋好友及左右邻居，欢天喜地办了一场升学宴。

1985年7月，陈家文从师范大学毕业，学校将他分配回原籍王塘县安置。9月，王塘县人事局把他分配到三河乡中学当教师。

三河乡是陈家文家所在的乡，乡政府距离草沟村也就七八里地。

回到这么个地方工作，仿佛回家一般，陈家文有些失望。草沟村的老人们看到这样的结果，心里也免不了嘀咕。都是命啊！他们越发相信风水先生对于草沟村人的判定。

看来，草沟村的风水得改一改。

最想改的是瓜劳。

怎么改？先前的风水先生倒是曾出过主意，就是在村后背要造片大林子，挡一挡风，聚一聚气，让村子有个依靠，好发力向前走。

瓜劳去找现任村民小组长陈荣秋。

陈荣秋是背推哥陈英秋的三弟，开口就拒绝瓜劳，说村后背是一片好水田，以前你家当着队长，怎么不改？

这的确是个问题。以前，瓜劳二叔陈春亮当生产队长，老二陈作秋当民兵队长，破"四旧"立"四新"，跟风跟得最紧，风水先生若敢在他们面前出此主意，恐怕也被抓来批斗了。

那时候，背推哥一家，因为是富农的后代，在村里是没有话语权的。陈荣秋有高小文化，当时村里"量才而用"，让他做会计，记工分、理账务。

如今，陈荣秋有权了，但也不可以为所欲为。因为分田到户了，他能够去发动村民造林子？不说钱没有，就是地也没有了。

陈荣秋望望天，把瓜劳的提议当作笑话。

陈家文叫父亲不要多管闲事。

他说他不信这个邪。

果真，一年后，县里一纸调令将陈家文调到中共王塘县委机关报《今日王塘》报社，入编当上了专职记者兼编辑。

原来，陈家文心中早有计划，除了认真教书，把所有空余时间都用到了写作上面。他写三河乡各种各样的新闻，也写杂谈、杂感，更多的是写诗歌、散文等文学作品，主投报刊就是《今日王塘》。那时候，各地刚刚兴起创办县级党报，王塘县虽是个山区县，但也不甘落伍。办报纸，需要人才，主管宣传的县委宣传部唯才是用，睁大眼睛在全县范围内搜罗会写稿的人。随着陈家文的上稿越来越多，而且又是个多面手，宣传部部长一锤定音，把陈家文调到了报社。

陈家文依靠自己的实力实现了离家进城的梦想，而且是进了个体面的单位，还分到了房子，他自己当然高兴，他父亲及叔叔们更加高兴。他办完调动手续、在县城安置妥当之后，回到村里请上下邻居喝了一场酒。他的意思只有一个：他当初不是信口胡说，谁再说草沟村的人走不出去那才是胡说。

陈家文的本事还不仅仅是这个。

又一年后，他娶了县人民医院一名漂亮的医生，结婚成了家。

又两年后，他被调到县委办公室。

从此，陈家文的事业蒸蒸日上。

陈家武先兵后警

陈家武与陈家文同龄，是背推哥的二儿子。

他们同时上学读书，只是初中升高中时分开了，陈家武没能考上县重点高中，而是屈身去读乡里的普通高中。三年高中毕业，陈家武再复读补习两年还是名落孙山，于是选择参军，经体检、政审合格，到部队去了。

送陈家武当兵入伍前夕，背推哥也搞了很大的响动，杀鸡杀鸭，鞭炮放了十万响。

村上有人却嗤之以鼻。说人家瓜劳的儿子是去读大学，将来要当国家干部，你个背推哥高兴什么呢？当兵还不是退伍回来扛犁头！

这种话显然说早了。

陈家武去到部队经受锻炼，人长得越发威武英俊。他特别喜欢打篮球，在部队打，回来探亲也打。草沟村这一带地方有个习惯，每年春节都组织篮球比赛。陈家武回来探亲时参加过三次，草沟村得过两次冠军、一次亚军。如果没有陈家武参加，草沟村队几乎是第一轮就被淘汰了。

人长得健壮，又会打球，陈家武好比人中龙，很容易被人记住，到哪里都讨人喜欢。特别是一些未婚多情女子，常向他暗送秋波。

陈家武在部队由义务兵转为志愿兵，前后服役有十个年头。1994年，他转业回到王塘县公安局城中派出所工作，由兵变警，长枪换成了短枪。

陈家武在部队当过什么官，草沟村人不知道，他家也说不明白。可是，他一回来就"当公安"，草沟村没有谁不羡慕甚至敬畏的。"当公安"是专抓坏人的，在草沟村人看来，比陈家文舞文弄墨威风多了。

陈家武为何能有这样好的运气呢？

这里还得说篮球。

那年冬天，陈家武回乡探亲，到县城去看望一位老战友。这位老战友也是个篮球爱好者，转业回来进了农业银行。陈家武来探访老战友，恰好遇上农行同公安局进行篮球友谊赛，比赛中农行队一位打中锋的主力队员扭伤了脚，这位老战友急中

生智，请求让陈家武替补上场。友谊比赛嘛，图的就是交流和高兴，当然可以了。陈家武这一上场可不得了，他不仅让农行队反败为胜，而且不可救药地俘获了罗秀娥的芳心。罗秀娥何许人也？她是县领导罗高明的侄女，县公安局110办公室的接线员。她身高一米六左右，长相不算很出众，但平时心气较高，甚至有些孤傲，不少年轻人对她只好敬而远之。陈家武替补上场打球，罗秀娥一见眼就亮了，尤其是陈家武在球场上生龙活虎的优美身姿，如电击斧凿一般，深深地扎进了罗秀娥的心里。球赛后，她放下孤傲与矜持，主动找到陈家武的老战友，打探陈家武的底细。陈家武的老战友冰雪聪明，一看有戏，立即当了这个红娘。也是部队作风，他们两人第二天便见了面，一见就定了终身。和罗秀娥结婚不久，陈家武转业到了王塘县公安局城中派出所。

城中派出所是王塘县城区唯一的一个派出所，陈家武在那里干了两年零八个月，就被提拔到三河乡派出所任所长。

回到老家门口当派出所所长，陈家武有一种亲切感，也有光荣感。

而此时的草沟村，非比往昔，人心几乎都散了。造成这种状况的原因主要是村里人互争屋地引起了纠纷，各不相让，甚至反目成仇，并结成了近亲家族联盟，使得全村分成了若干个团团伙伙，平时各顾各的利益，各守各的底线，事不关己，高高挂起，惹到自己，则群起而反击。

陈家武的三叔陈荣秋拆除老屋建新楼，他为了横平竖直摆正楼房位置，挖地基时稍稍扩占到了陈家文祖屋的地盘，陈家文的小叔陈得秋差点和他打了起来。至今两家仍然是鸡犬之声相闻，人却全不往来，路上遇见，也是你看过这边，我望过那边，权当没看见。

陈家武在三河乡派出所工作了三年，为保一方平安做了不少的好事，解决了不少难事，立过一次三等功。但他在草沟村人面前，并没有获得多少好感，甚至是不受人待见。他到村里来抓赌，处罚过一些人；他"手肘向外拐"，在调处一起土地权属纠纷案中，判定本村人无理，并扬言若再争吵惹事就送去拘留；他把一位打架斗殴致人重伤后潜逃回家的后生仔当众铐走，最后以故意伤害罪判他入狱坐牢。

陈家武秉公执法，但一些人不理解，他无奈，也遗憾。他只能寄希望于时间。

陈家武离开三河乡派出所调到县局担任刑侦大队长。他在这个岗位上依然尽职尽责，一干就是八年，破获刑事案件上百件，抓捕犯罪分子两百余人，而且做到了"命案必破"。陈家武离开刑侦队，是因为他受伤致残。在一次黑夜抓捕伤害计划生育工作人员的亡命之徒的行动中，陈家武一马当先，破门入屋，被歹徒挥舞的长刀砍中左手，致使最后不得不截肢，造成了终身残疾。陈家武的英雄事迹，受到了县里和市里的表彰。如今，他在县公安局政工科工作，做他力所能及的事情。如果局里有篮球、排球活动，他也必定到场观看——但只能是观看了。他这辈子，再也上不了球场。

陈兴业重设灯酒会

2015年，三十五岁的陈兴业当选草沟村村民小组长。

陈兴业是马骝三的大儿子，也是个机灵精明之人，可惜没能考上大学。他外出打过工，学过装修，还承包过鱼塘养过

鱼，但都干不长。马骝三建议他去学养猪。这一招果然有效。陈兴业去参加县里举办的短期养殖培训班，又去父亲老友大垌村李八叔家的养猪场跟班一个多月，回来后就开始养起猪来。他养猪，不是一般的养法，而是严格按照科学要求来养，养猪场不准旁人乱进，进去要经过消毒室，还要换鞋子，猪一天只喂两餐，吃的饲料都是买来的，等等。他养的猪，四五个月就可以出栏了，卖猪也不用麻烦，有客户自动来买，装上车就可以拿到钱或者记上账。这样养的猪确实长得快，但是吃起来味淡，无家常土猪肉鲜美，村民们都把这种猪叫作"饲料猪"。

"饲料猪"就"饲料猪"吧。有人吃，有销路就行。

陈兴业抓住市场机遇，不断扩大养猪场养殖规模，仅用五六年时间，他的养猪场就由日养数十头猪增加到上千头猪，一跃而成为整个三河乡养猪业界养猪最多、请的工人最多的养猪场，经济效益自是相当可观。陈兴业被戴上了"养猪大王"的桂冠。

陈兴业的养猪业做得风生水起，他干吗去选这个村民小组长呢？

他有他的想法。

草沟村不是贫困村，可就是人如散沙，还分帮结派，集体的事情没人管，谁家办个红白喜事都难找人来帮手。这些年来，几个阿叔阿伯轮着当组长，可都是挂个名头而已，不敢管，不愿管，根本就起不到什么作用。

马骝三说，草沟村先前全村上下一家亲，老年人受尊重，哪家哪户有个争吵，村干部一上门就没事了。村里年年还吃灯酒会，要办什么大事，在灯酒会上一宣布就都定下来了。

老爸说的灯酒会，陈兴业没有见过，但听说过，就是在每年农历正月十一这天全村男人们集中到一起吃饭。大家在晒谷场上摆开张张竹笪，竹笪中间摆放各家各户带来的饭菜，新添男丁的人家必须带有公鸡肉，然后老老少少席地而坐，围着竹笪吃喝起来。那时候，还没有电灯，点的是煤油灯，油灯搁在竹笪中间，一望过去，星星点点，人声鼎沸，和和美美。

陈兴业认为，解决草沟村的一切问题，首要的是解决人心问题，只要把人心重新拢到一起，就什么事情都好办。

陈兴业当选后，就按他的思路去做。

九月初九重阳节，他首献敬老之心，把全村六十岁以上的老人集中起来吃饭。

春节，他请三河乡舞狮队来草沟村表演。

正月十一，草沟村停滞四十多年的灯酒会热烈回归——

在县城一向很少往来的陈家文、陈家武同车回来了，在外面其他地方做工的叔伯兄弟几乎也回来了。全村家家户户杀鸡宰鸭，捧饭端菜，男女老少齐聚到村前新建的灯光篮球场上，不用再席地而坐，而是端坐在高凳之上，围着二三十张大圆桌，亲亲热热地吃起了灯酒会。

噼噼啪啪的鞭炮响过，陈兴业拿起话筒，简要做了开场白，便恭请九十一岁的十七公代表全村老人讲话，又请陈家文叔代表本村在外工作的所有人讲话。然后，由他郑重宣读新修订的草沟村村规民约、草沟村尊老爱幼行为准则、草沟村关于设立读书助学奖励基金倡议书。

他最后高声喊了起来："草沟村要做文明村，草沟村人团结一家亲！"

进城记

一

我叫姚锦成，听起来像"要进城"。其实，这是我正儿八经的姓名。我这辈分，在我们家排"锦"字辈，我哥叫姚锦得，我姐叫姚锦芬。这都是我爸给取的名字。而冥冥之中，仿佛有某种暗示，我这大名，预示我将要成为城里人。

果然，我大学毕业后在省城谋到了工作，是一家报社的聘用记者。

可现在，我从省城来到了一座边境城市——青川。

这是因为我遇到了陈非。

陈非是我大学时的同班同学。

陈非大学毕业即进了省城一家搭桥铺路的大公司，不久又被派到非洲，从那以后我们就失去了联系。

那天，报社派我去参加一个有关塌桥事故的新闻发布会，我遇到了陈非。这场事故不是陈非他们公司造成的，但政府部门召开这个发布会，要求所有建筑行业的单位都要派人来听会，目的就是举一反三，排查隐患，强化措施，全面管控、降低乃至杜绝类似建筑安全事故再次发生。这种会议，我们新闻单位一般都会受邀参加的。

陈非坐在前排左边，他的后面隔三排的位置正好是会议安排给我们单位的座位。以前的陈非是留着长发的，他这天穿一身牛仔服，理着板寸，所以我开始还看不出是他，也不会想到是他，会议结束了，他站起来往后看，我和他的目光不觉对上了，于是一下子就认出了对方。

　　久别重逢，陈非不由分说拉我去饭店喝了一顿。

　　喝这顿酒的结果，是我立马辞去了省城某报社的工作，来到了这座小城，担任陈非所在分公司的策宣部主任。

　　青川是一座新兴地级市，距省城一百多公里。

　　说它是城市，其实它同一些人口多一点的县城差不了多少。但是，国家优惠政策的扶持使这里正处在重新定位、重新谋划、重新起步阶段，后发优势逐步显现，发展前景令人看好，不少商家和人才潮涌而来。

　　陈非从非洲转回国内后即被总公司擢升为部门经理，负责市场拓展方面的资讯和前期经营运作。他所在的这家企业，已经不再仅仅从事路桥建设，业务更多地转向了房地产开发，凭着财大气粗，饕餮天下。去年，总公司到这座新建地级市设立分公司，陈非再次被董事会看中，被冠以副总经理的头衔下派到这里，主持这边的房地产开发。我和他邂逅重逢那天，他是代表总公司去参加会议的，这个时候，他已经在这边干了半年多时间，拿下了一块一百多亩的楼盘地块，并大刀阔斧地展开了首期房产开发建设。

　　我投奔陈非之后，即刻全身心配合他筹备本分公司成立一周年庆典活动。

　　时隔多年，陈非的能力让我刮目相看。

　　庆典之日，陈非悉数请来本市相关部门的头面人物，并换

来一片溢美之词，让专程赶来坐镇见证的总公司总经理眉开眼笑，心情一派阳光。在公司欢迎午宴上，总经理意犹未尽，端着高脚杯，让陈非陪着巡访各桌，向特邀领导和嘉宾敬酒，谦恭中充满了对于在这个地方投资置业的浓厚兴趣，也间接地对陈非给予了充分的肯定和更新的期待。陈非头脑清醒，紧紧跟在总经理身后，不失时机地向总经理介绍重要客人，对客人的祝贺和赞美一律归功于总公司的明智决策，归功于总经理的运筹帷幄。陈非巧舌如簧，总经理容光焕发，我手举相机频频拍摄，闪光灯闪得就像电视里明星出场时那样。

庆典活动分两个方面举行。除了领导和嘉宾座谈会，另一个是"鸿晟房地产开盘热销黄金日"展销会。

实际上，第二个活动才是本公司的重头戏。

座谈会是在一家大酒店举办的，展销会则直接布置在鸿晟新楼盘那里。座谈会的装点和楼盘那里的装点有着天壤之别。座谈会只在会场大门口摆放一块欢迎牌，里面用电子屏打出会标，此外就再无别的能够称为装点的东西了。而鸿晟楼盘这边则气象一新，气氛热烈。大门前鼓风机吹起大红拱门，拱门上方，"鸿晟房地产开盘热销黄金日"十二个金色大字夺人眼球。拱门下面，一道红色地毯伸向展销大厅，两旁列摆着八对竹编大花篮。展厅内放置有楼盘布局立体模型和九十、一百二十、一百四十平方米三种住房的内结构剖面模型，右边的墙壁上挂着大幅彩色喷绘宣传框，内容主要是介绍鸿晟房地产一期建设的基本情况和二期开发的意向规划，宣传框下方是一行通栏大字，总结性地宣称："城市新苑，品质花园——选择鸿晟房地产就是选择尊贵人生！"

"黄金日"活动于上午九时零八分宣布开始。部分领导和嘉宾先来站场出席鸣炮开盘仪式，然后转往酒店参加座谈会。

鞭炮尚未燃放，就已经有人先期到来参观房展，炮响过后来客迅速增多，展厅内人头攒动，导购小姐应接不暇。

鸿晟房地产首期开发建设商住楼六栋共二百八十套住房及三十间商铺。因为这块地盘临近一座小山坡和一方小水塘，所以取名为"山水人家"。按总体规划和设计，"山水人家"一、二期全部建设完成以后，小区内曲径通幽，自成一统，有花带树木，有小桥流水，有假山奇石，还有停车坪。这样的小区设计在这座新城还是头一次看到，所以很受购房者青睐。"黄金日"当天，公司只拿出八十套住宅房试销，购房者统统有奖，奖品有电视机、洗衣机、热水器、高压锅、微波炉等，按已销出的房号抽奖派送。试销房当天被抢购一空，余下的住房和商铺，公司待价而沽，暂不做出明确的销售时间表。

庆典活动成功举办之后，分公司论功行赏，每人都拿到了小红包。红包里面的钱有多有少，按岗位和职务稍有区别，但相差不是很大，所以人人脸上都是喜气洋洋。

这一次活动，我立足本职，事前就做了充分的筹划，在陈非支持下四面出击，大造宣传声势。首先，我在街头户外广告牌和街边电子屏上提前一个月打出了我公司售房广告；其次，我雇了十部三轮车蒙上广告在大街小巷到处巡游；第三，我在市级主要报纸推出了一整版我公司形象宣传；第四，我用字幕形式在市电视台连续半个月滚动播放我公司的售房预告。如此铺天盖地的宣传，使得本公司庆典活动尤其是售房促销工作早早热身，全体市民，甚至附近村民，都知道有个叫作"山水人家"的鸿晟房地产即将开盘，吊足了大家的胃口。于是乎，"黄金日"果然业绩不俗，超出预期。

陈非特意请我喝了一顿酒。他说："老同学，你这回干得不错，意识超前，想得周到，立了大功！你今后再有什么想法，我都支持你。"

我说："我能有什么想法？你的想法才是我的想法。"顿了顿，我又说，"我请个假吧，我想去三亚一趟，去看看海，休息一段时间。"

陈非说："去三亚那么远干吗？去北海吧！我从总公司调部中巴车来，你带队，让分公司这帮帅哥美女一起去泡泡海，回来后继续给我好好干！"

我一杯酒碰向陈非："行，这样也好！"

二

冯大哥打电话给我，邀请我晚上到他家去吃饭。

我周末没啥事，就爽快地答应了。

冯大哥把他家的住址告诉我，让我早点过去。

我在这里举目无亲，有他这样一个当地的朋友我觉得也不是坏事。

认识冯大哥，实属偶然。那是我们公司印制的周年庆典画册运到小城之时，我去物流公司签领，物流公司没有车给我们送货，我请开三轮车的冯大哥帮我拉货回来，又请他帮忙搬到楼上，所以认识了他。

我心里也说不明白，冯大哥给我的印象就是那种可以交往、可以信赖的人。

我带队到北海旅游回来后不久，陈非让我重新布置办公室，增加办公设备，我看办公室杂物太多，尤其是纸质废料满地都是，一些老旧的桌椅沙发也要换掉，所以就打电话请冯大哥来帮我清理办公室。他非常卖力，帮我把办公室拾掇得整整齐齐、干干净净。干完了活，我要给他工钱，他不要。他指着搬到楼下的桌椅沙发和一堆废纸说："这些东西你不要了，我拿去送人家和拿去卖，就是工钱了。"我觉得他做人很实在，也不贪，就更不想亏待他，说："这些东西你若要都送你，但工钱归工钱，我请你来不是想白辛苦你的。"他最终还是不要我的工钱，我也只好不再坚持。他把楼下那些废旧物品搬上他的三轮车时，我想帮帮他，他也不让。

两周前，冯大哥同他的爱人到我办公室来找我，让我帮忙压一压房价。我们公司在成立一周年之际推出"鸿晟房地产开盘热销黄金日"活动以后，"山水人家"住宅小区声名鹊起，成为市民选择新居的首选，在售房部歇业的一段时间里仍然有不少人前来问询。陈非审时度势，决定开展新一波商品房促销活动。这个时候，"山水人家"一期工程已基本竣工，其他附属设施如地下车库、地上花带、路径、泳池、停车坪等相继呈现，进入正常售房运作已是理所当然的事。但陈非没有一次性推销全部房产，而是像捏牙膏一样逐批销售，刻意制造出房源告罄的假象。奇货可居，商人追求的就是利益最大化。陈非同志称得上是百分之百的商人了。这一次公司拿出来销售的是地下停车位和西南两个面向的商铺，商品房拿出了八十八套，房价比上一回每平方米多标了五百元。冯大哥来找我就是为这事来的。他想在"山水人家"买一套一百二十平方米的住房，但嫌贵了，后悔当初头一轮没有买，现在想通过我走走后门，看能不能按头一轮的价买到一套。冯大哥的爱人姓薛，冯大哥让我唤她薛大姐。薛大姐三十五六岁的样子，面带着朴实善良的

笑容，眼巴巴地望着我，让我真不好意思不帮他们一把。我问
他们买房是按揭还是一次性付现款，我说一次性付现款的有优
惠。薛大姐问我按揭同一次性付现款有什么区别。我解释这
个不太在行，于是把售房部的童晓丽请上来跟他们讲解。通过
计算，他们觉得搞按揭，连本带息会多花许多钱，所以决定
搞一次性付款，问我们能优惠多少。童晓丽告诉他们，可以每
平方米优惠一百元，这是公司的规定。冯大哥和薛大姐又同时
望向我。童晓丽眼尖，补充说：“如果再优惠，你们问问姚主
任，我们一般职员是没有办法了。”我推托说：“我也没有那
么大的面子，你们真要买房，童小姐就是你们的客户经理了，
去看房、办手续什么的，就找她吧。”童晓丽甜甜地笑成一朵
花，掏出自己的名片双手递给冯大哥，说：“你们是姚主任的
客人，我特别乐意为你们服务，欢迎随时打我电话——你们谈
吧，我先下去了。”送走童晓丽，我同冯大哥和薛大姐又聊了
一阵子。我建议他们，如果用钱紧张，也可以搞按揭买房，好
多人都是这样的，别看最终付给银行的钱是多了一些，但压力
没那么大，分月付款，还是合算的。冯大哥告诉我，他们现在
有钱，前几年修高速公路经过他们村，他家得了二十多万征地
款，还没有用，闲着也是闲着，不如拿来买房，小孩上学暂时
还用不上大钱，他们有手有脚，不愁找不到几餐饭吃。他们掏
心掏肺地跟我说话，是真正把我当成知心朋友了。我答应他
们，试帮他们说说看，但没有保证能够再降一降房价。我让他
们去找童晓丽，不妨先看看房，把房号定下来，手续可以过两
天再办。他们走后，我到陈非办公室，把这事说了。陈非瞪大
眼睛问我：“他是你朋友？你这里有朋友？”我说：“我也是
随便问问，给不给优惠由你。”陈非倒也痛快，说：“好吧，

给你个人情，独此一家，不过，以前的价是绝对拿不到了，少他两百块一平吧。"晚上，我把结果告诉了冯大哥。电话那头，他两口子商量了几句，最后还是认了这个价，决定买房。我交代他们，要抓紧交款办手续，免得生变，也不要张扬，这个房价只照顾他一家，手续就找童晓丽办，我会跟她说。冯大哥一迭声地感谢我，然后才挂了手机。第二天上午，他两口子果真来办了购房手续，我有事外出，没有再看到他们。

冯大哥的家在城中村路口附近，我是打的过来的。刚下车没走几步，冯大哥便迎了上来，伸手接过我手中的水果袋，嘴里怪我太客气了，说来就来了还带什么东西，以后再不能这样。我没有顺着他说话，而是边走边观察这里的环境。我第一个感觉就是，这一带的建筑物杂乱无章，有两三层小楼，也有瓦盖平房，有新的，也有旧的，房子的朝向也不统一，基本是顺着道路或是就着自家屋地建设的，估计事先没有经过规划，或者是规划跟不上。

冯大哥的家是租住的，在一座三层小楼的底层。我进门时，一眼就看到了薛红梅。

薛红梅正在指导冯大哥的儿子冯薛良写作业。我一进门，她的眼也即刻同我的眼对上了，但双方都倏地移开。她的眼神，我如同见过。冯薛良很乖，见他爸爸把我引进来，便招呼我"叔叔好"。薛红梅则对我羞赧一笑，同时站起身来去倒了杯开水，然后递给我。她身穿淡红色圆领上衣、蓝色外套和长裤，肢体匀称，面颊微微泛着桃红，举止文静。在我眼里，薛红梅活脱脱就是薛大姐的再版，除去年龄不同，没有多大差别，只是薛大姐较为壮实一些罢了。

冯大哥特别向我介绍，这是他的小姨子，叫薛红梅，是薛

大姐五姐妹中最小的一个,现在在一家私立幼儿园当老师。

我想伸手过去同薛红梅握手,忽觉不妥,改为礼貌地对她笑笑。她也回我一笑,两颊绯红。

薛大姐在楼房后面的小厨房里炒菜,我过去打招呼。薛大姐不让我走进去,说是脏,让我先坐一坐,马上就可以开饭了。我不想坐,便随便参观参观。

冯大哥家租住的这座小楼是用红砖砌起来的,除了门口正面这边贴了金色的墙砖,左右和后面外墙都没有披灰,直接露着砖块,但看上去已不是新建的了。冯大哥家租住的居室约有六十平方米,大概原来是设计用来做店面的,现在改做了住房。上楼的楼梯靠在右边,楼梯底下拐角处做成了卫生间,主人家留出了卫生间,用砖墙把楼梯和居室隔开来,另装了一扇门,所以冯大哥居住的房子便变成了独立的居所,与主家互不干扰。在楼房的后面有块三角形的小空地,主人家打通楼房后墙,开了个小门,在小空地上用石棉瓦搭了间厨房,供租住者使用。房间里面,依照楼房结构框架,从中间立柱分成了两个空间,拿布帘隔了起来,前门这头是客厅,后头是主人卧室。客厅里摆了台电视机,没有沙发,左边靠近布帘处贴着墙壁安放了一个铁床架,上下两层,用作小孩的床铺,蚊帐都卷成筒搁到内侧墙钩上,被子也叠得齐齐整整。布帘没有拉尽,留了个小通道,通向厨房。主卧室里,大床铺收拾得干干净净,并且用床罩盖了起来。显然,冯大哥、薛大姐为我的到来做了一番整理。

冯大哥抱歉地说:"屋里太乱,阿成你就将就点。"

我调侃说:"这都是暂时的嘛,面包会有的,牛奶会有的,你很快就会住上楼房了。"

冯大哥露出整齐的牙齿，笑了。

说话间，冯大哥的女儿冯薛倩回来了。她已经读初中，住校，周末才回家住上一两晚。与虎头虎脑的弟弟冯薛良相比，姐姐冯薛倩显得高挑、秀气。同现今多是独生子女的家庭比照，冯大哥一家儿女双全，一个"好"字占齐了，可喜可贺。

开饭时，餐桌从窄小的厨房搬到了客厅，满满当当摆了一桌菜，有白斩鸡，有蒸鱼，有焖猪排骨，有牛肉炒苦瓜，有红烧豆腐，还有青菜和汤水等，真是够丰盛的。

冯大哥招呼我同他挨着坐。一圈过去，依次坐着冯薛良、薛大姐、冯薛倩和薛红梅。薛红梅挨着我坐，一入座就主动为我盛饭。冯大哥则提过来一个酒壶，倒出两大杯米酒，分别摆在我和他的碗筷边。我建议给薛大姐和小姨子也倒一杯，冯大哥说她们不喝酒。

冯大哥执起酒杯，薛大姐阻止说："先吃些菜，先吃些菜，肚子空空易醉。"

冯大哥不听，把杯碰向我，然后一仰脖子干了，我也随即干了。

酒喝开后，冯大哥的话也跟着上来了。他的话免不了说到购房，说着说着他又敬我酒，感谢我的帮助。

我不想听这些，把话题岔开，说："冯大哥，我真佩服你和薛大姐，不但把小孩送来城里读书，还能够在城里买房，村上的地不种了吧？"

冯大哥说："村上的地都租给人种了，管不了那么多，主要是为了孩子，到城里读书条件比在农村好，所以就来了。"

我说："也是，城里的生活条件普遍比乡村好，要不然就不会有那么多人到城里来发展，来了，能够住得下来，那可得

有真本事，来，冯大哥，老弟敬你一杯。"

薛大姐抢过话说："阿成，你冯大哥吹牛可以，屁本事没有，除了出死力，就不知还会干什么，要是有个搬石头的活，我看由他去干最合适。"

薛大姐这么抢白冯大哥，连薛红梅和冯薛倩都咧嘴笑了，但冯大哥不恼，说："搬石头不是本事？没有我天天早起去菜地收购瓜菜，你摆那个菜摊，我看连石头也没有卖！"

薛大姐说："你不去干这个，你来煮粥煮饭哪！"

冯大哥不愿和薛大姐斗嘴，转头同我说话，还给我捡了一块鸡翅膀，说是祝我飞起来，前程万里，成为大老板。

这一晚，我和冯大哥喝得非常尽兴。大半壶米酒，少说也有三四斤，差不多见底了。冯大哥能喝，开头是我同他一对一碰杯，到后来他大口灌，我只敢小酌，所以他不少于两斤酒进肚。我考虑到小孩要休息，提出告辞，冯大哥意犹未尽地又连碰我几杯酒才放行。

冯大哥坚持要送我出门，薛大姐同时跟了出来。冯大哥说话舌头已发硬，我是脚步踉跄。薛红梅开上她的电动摩托车滑到我身边，开玩笑问我要不要坐她的"专车"，我挥手感谢，说我要打的。薛大姐说夜深了，的士少，红梅顺路，一起走吧，安全些。我说那由我来开车，薛大姐说我喝酒了不能开车，我只好顺从地跨上薛红梅的摩托车。

一路上，夜风猎猎吹拂着薛红梅的秀发，撩拨我的脸颊，成熟女性特有的体香淡淡地飘进我的鼻孔，触动我内心柔软的地方，我不由得一把箍紧薛红梅的细腰，把脸埋到她的脊背上，喃喃地说："小薛，我醉了。"

薛红梅用一只手轻轻地拨了拨我的手，说："坐好了。"

我不松手，说："认识你我真高兴，太高兴了！"

薛红梅不再说话，我也不再说话。我就这样箍着她回到了我租住的宿舍楼下。

薛红梅停稳车，我拙笨地偏脚下车，双手扶过她的肩膀。我再一次感觉到她的身体在微微颤抖。

我说："谢谢你，红梅！上去喝杯茶吗？"

薛红梅说："不了。"

我问："你手机号多少？下次请你喝茶。"

薛红梅细声细气地念了她的手机号，我赶紧掏出手机记上。

薛红梅扭动电门，掉转车头，走了。

我扬扬手，甜甜地说："拜拜！"

三

我庆幸认识了薛红梅。我是真心喜欢她，她应该也喜欢我。我晚上有空就约她出来吃饭，或者唱歌，她歌唱得真好，声音圆润而柔美。当然，我没有碰她。她朴实，纯真，涉世未深。我珍惜这样的女人。我要认认真真地娶她。我要美满地和她过一辈子，爱她、养她、保护她，不让她受委屈。上个星期，我已经在本公司鸿晟房地产"山水人家"二期项目商住楼中订购了一套住房，九十平方米。陈非这老同学还真够朋友，他几乎只要我成本价，但我也没有足够的钱一次性付款，只能搞按揭，首付八万，冯大哥借给我两万。

听说我买了房，我爸我妈非常高兴。大概他们觉得，他们的小儿子真的有本事了，在城里扎下根了。我爸在电话里问我，新房子何时建成，建成了他要来看看。

我跟他解释，城市里建房是整栋整栋地建，主体工程建成了，附属工程也建好了，房子才能交付使用，这个时候业主也就是买房的人才可以领到钥匙，领到钥匙了还要装修，装修了才能住。

　　"新房子还用修哇？又不是旧的，能坏到哪里去？到时候我去帮你！"他老人家没有全听明白，自告奋勇地补充说了一句。听那语气，还是高兴的。我把电话挂了，没有再理会他，由他怎样理解都行。

　　可我爸一直惦记着我的房子，十天半月就问我一次，我应付他，每次都说快了快了，等拿了房钥匙就打电话回去。

　　没想到，我爸不打招呼就看我来了。

　　暮秋时节，老家那里，农忙已告了一个段落，我爸大概是闲得无聊了。

　　我爸是我哥陪着过来的。我妈晕车，向来就不出远门。从老家到省城，再经省城来这里，要坐汽车，要坐火车，我妈不出门受这个苦是正确的。但我爸不同，他颠倒着坐车都没有问题。

　　我哥也是的，我爸不事先给我电话，他也不给我打。下了火车出了站，我爸才问我在哪里。

　　我骑上摩托车赶到火车站广场，下车的旅客已基本散尽，我爸我哥很扎眼地蹲在大路边，两个人都吸着烟卷，眼睛迷茫地看着大街和车辆行人，身边放着个胀鼓鼓的编织袋，袋口歪着。我爸我哥这个行头，路过的人没有谁不多看几眼的。

　　我一手刹车，两脚点地，直接停在我爸我哥面前，他们霍地站起身来，两眼放光地望着我，傻笑。

　　公司有规定，衣着要讲究。我西装革履，皮鞋擦得锃亮，与穿着土气的我爸我哥形成鲜明的对比。我爸一身暗，鞋是灰色的，裤子是黑色的，一件中山装有些年代了，已分不清是浅蓝色还是藏青色，戴着顶应该是猪肝色的布帽子，但也洗白了，帽舌还耷拉下来。我哥穿的是西服，青灰色的，大概是从地摊买来，四下里没一处妥帖，仿佛从来就没有熨过，三个纽扣全扣了起来，里边穿着件褐色衬衣，扣子也全扣了，一对大波鞋套在脚上，像牛蹄一般。

我叫停一辆的士，然后请我爸我哥上车，吩咐司机把车开到我租住的地方，同时问司机需要多少车费。我爸见我掏钱给司机，急忙下车来，说他走路去，不用乱花钱，我说路远，你不坐车，叫我推着摩托车跟你走哇？

我租住的房子在一家单位的大院内，房主是位干部，他家在新城区另买了房，搬走了。房子两房一厅，在三楼，总面积有六七十平方米，结构还可以，南北通透，采光也足。户主搬走的原因应该是为了住上更好的房子。小城遇上开发扩容转型，新建的住宅区功能齐全、布局完美，有的还是商住一体，有机会、有能力的人谁不想住到更洋气、更人性化的小区呢？

我爸我哥进了屋，连说房子好房子好，当听我说每月得交五百元房租之后，又连说太贵了太贵了，叫我赶快搬到新房子住。

我爸我哥带来的编织袋装的是白米。我妈说我长年在外，吃不到家乡的好米，所以让我哥非得捎点来给我。可我基本上就没有自己煮过吃。我爸巡遍厨房每一个角落，见冷锅冷灶的，盘碟碗筷都蒙了灰，又唠叨了，说："成啊，看你这日子过得，赶紧成个家吧，这城市里姑娘多的是，就没有愿意跟你过的？"

我说："爸，你老放心好了，等住上自己的新房子，我就带个人回去，拜见家公家婆！"

"太好了，小子！看来，我这次和你哥来，没有白来呀，还多了个喜讯！"我爸高兴得像个小孩似的，立马吩咐我哥做饭，说今晚一定要喝两杯。他再环顾一圈厨房，问我："你这没酒哇？"

我爸好酒，我打小就知道。一日三餐我爸几乎都喝点，但他酒量不大，只是有酒瘾。我爸喝的都是白酒，散装的，用一个扁圆的水壶买回来，一般就几毛钱至多两三块钱一斤。为此我常想，等我能挣钱了，我要让我爸喝好一点，不说茅台、五粮液，起码也是瓶装的。遗憾的是，至今我光有这份孝心而已。

我把我爸我哥带到附近街边的一家大排档，点了半边白斩鸡、一盘水煮羊肉、一条香煎鱼、一碟炒花生和两个素菜，还就近在旁边的烟酒店买了瓶一百多块钱的酒。

菜刚上桌，冯大哥到了。是我约他来的。我本还想约陈非，但考虑到大排档这种档次，作罢了。

冯大哥没有开他的"三马仔"来。他把"三马仔"放家里（他们家简单装修新居之后，搬到"山水人家"那边住了。入屋那天，我和薛红梅都去喝了酒），是顺道搭友仔的"三马仔"过来的。我向我爸我哥介绍冯大哥，又向冯大哥介绍我爸我哥。冯大哥非常高兴，说："知道知道，你电话里都说了。"他一边说一边从口袋掏出一包真龙烟，分发给我爸我哥。

酒不觉喝去了一瓶，大家更高兴了。于是我再去买来一瓶。我对我爸说："爸，在这座城市里，冯大哥最关照我了。"

我对冯大哥说："冯大哥，再次感谢你过来陪我爸我哥喝酒，今晚咱们放开喝！"

冯大哥端起酒杯，敬我爸，说："姚叔，我就相信缘分，我和阿成没说的，像亲兄弟，以后就更亲了！"

我爸平时哪喝过这么高度的酒，酒劲都涌上来了，一张老脸早已是黑里透着红，红里透着黑，变成猪肝色了，但他还清醒，举杯碰冯大哥，说："阿成出门在外，有你这样的好兄弟，我心里乐，今后你多管教管教他，除了做好工作，也要会过日子。你看他，都三十出头了还没有个家，男人不成家就没有定性，不成熟。"

冯大哥把酒喝了，说："姚叔，这你就放心了，我虽是个大老粗，没读过什么书，但看人不走眼，阿成有福相，日子会越过越好的！"

我也端起酒杯喝酒，说："冯大哥说好就肯定好！"

冯大哥转头看我，说："阿成啊，你爸说得对，该成家就成家。你同我小姨子好，我和她姐都知道，你两个要真是合得来，就不要拖拖拉拉了，赶紧把关系定下来，我呢，乐意当你姐夫！"

冯大哥口没遮拦，他这么一说，我爸我哥都听明白了，几乎是同时，一个帮冯大哥搛菜，一个为冯大哥斟酒，生怕煮熟的鸭子会飞似的，一迭声说："说得对，说得对。"

冯大哥忙用手把碗口盖住，不让我爸给他搛菜，说他自己来，按这个地方风俗，老的给少的搛菜，那是大礼了，他受不得。

我爸把筷子收回来，改端酒杯劝酒。

冯大哥又把酒喝了，问我："阿成，今晚你怎么不叫红梅过来一起吃饭？"

我说她今晚没空，单位开会。我这是找借口。我其实没有

告诉薛红梅我爸我哥来。我们的关系还没有确定，我怕她尴尬，怪罪我。

这晚我们一共喝去了三瓶酒，个个都喝高了。散席时，我要送冯大哥回去，他不让，说他没问题，自个儿走了，没几下便消失在夜幕中。

第二天，我带我爸我哥去看我购买的房子。工地上，工人们正在拆除楼盘外墙的脚手架和防护网。我先到施工管理处领了三个安全帽，然后小心翼翼地向我房子的楼梯走去。电梯还没有开通，要爬到十六层，我有点望而生畏。我建议看下面三四层的房子就可以了，结构都是一样的，我爸不同意，说那不是自己的房子，我只好奉陪。我爸身体不错，别看他六十来岁了，可爬楼梯并没有显得累，而我，还没爬到一半就已是气喘吁吁了。

我的房子合同上写的是九十多平方米，实际上扣除公摊，可用面积只有八十多平方米，不过，结构布局还算可以。入门便是客厅，对面是敞亮的阳台，右手边是厨房，厨房旁边开了条通道，通道两边是卫生间和两间小房，尽头是主卧室，主卧室还单独配有小卫生间。两间小房都比较窄小，一间只能用作书房，一间稍微大一点，如果用作卧室，不塞进大的物件，如衣柜，只铺上小床，住人还勉强。

我爸在房内转了一圈，见墙面没有抹平批白，地面粗糙凹凸，卫生间排水管也没有填埋好，便说房子的确还没有建完成，不过也快了，差不多了。

我说，这就算建成了，等拆完外墙护栏、装好电梯就可以交房了，屋内铺设电线、水管、地砖等，由业主自己出钱自己干或者请人干，这就叫装修，我说过的，房子要装修才能住，还得花钱。

听我这么说，我爸舒展的眉头皱了一下，但很快又舒开了，说："家里还有些钱，给你两万吧。"

我说："还有家具，衣柜、沙发、床铺等等，不上门做，也得买，这些都需要钱的，没有十万八万，不成个样，所以急不得。"

我哥原本一言不发，听我如此狮子大开口，终于止不住了，说："简单装修就可以了，我看你这房子还是小了些，不够大气，随便装修就行，等以后有钱了，买套大一点的，那时候你怎么花钱任由你。"

我知道我哥的小算盘，他三个小孩都还读书，老大刚刚考上大学，钱他一个子也帮不了我，我爸妈手里捏着的钱他没有不惦记的。

离开我的房子，我带我爸我哥到商场逛了逛，给我爸我妈各买了套便宜的衣服，给我哥买了件衬衣，然后去吃米粉，最后去汽车站买车票。我爸我哥说不耽误我工作，中午就要回去，火车要等到傍晚才有，不等了。

临别时，我爸再次叮嘱我，叫我抓紧装修房子，快点结婚。

四

薛红梅参加小学教师招录考试，笔试、面试一路过关，没多久，名字便出现在正式录用前的公示名单之上。

冯大哥、薛大姐当晚在家里小小庆祝了一番。他们家终于很快就有个人捧起"铁饭碗"了。冯大哥是独子，一个姐姐、两个妹妹都嫁人了，在村里或者在城里，各谋各的职业。薛家

五朵金花，一二三四全成了农妇，目前除了薛大姐弃农经商到城里来闯，其余三个还都窝在农村。如果薛红梅不热爱读书，大概早早也步了姐姐们的后尘。不过，在姐姐们看来，薛红梅读了个师范学校也没有多大作用，毕业了也得自己找工作，工资不高，身份还是农民。考取了小学教师编制，那就不同了。所以，他们家庆祝一下，值得。

一个月后，薛红梅被正式录取。但分配工作时，没能留在城里，被下派到六十公里外的一所乡村小学。教育局说，新招的教师全部下乡入村，试用期一年，三年内原则上不得调动。

面对这么个规定，薛红梅很是纠结，原本高兴的心情一落千丈。她对我说，如果我能养活她，她就不去当这个老师了。我安慰她，说有这种规定反而好，公平公正，要不然，有关系、有后台的分配得好好的，没有的就统统下去，是骡是马都不分，更没希望了。再说了，三年内不准调动，那也不是绝对的，是指原则上，什么叫原则上？那说明就不是死板的规定嘛，先下去吧，能够当上公办教师不是年年都有机会的。

薛红梅去报到那天，我征得陈非同意，由本公司司机黄师傅开上一辆越野车，陪我送薛红梅下乡去。我们持教育局介绍信，先到乡中心小学与其他新录用教师集结，然后由中心小学派人带路下到任课的学校。从中心小学到薛红梅的学校，走的是泥土路，曲曲弯弯，又小又不平，两旁尽是高山大岭，偶尔见到两三处田垌，风景不谓不美，空气也格外清新，但薛红梅提不起兴趣，默默无语。我攥紧她的手，也默不作声，她的手几无半点温度。

薛红梅的学校靠在一个村子的旁边，一栋三层四连间的教学楼，两排平房，一间大瓦房，挤挨在一起，教学楼前面有块相对开阔的平地，用作操场兼篮球场，边上还摆了几张石头、水泥做成的乒乓球桌。校园四周用半人高的石头墙圈了起来，可以拦得住猪鸡牛狗的闯入。

应该是早接到了通知，学校五位教师，放午学了哪也不去，还都待在校长室里。他们都是清一色的老男人，如果不是在学校相见，分不出谁是老师，谁是山民。薛红梅到了，见还有小车送来，他们都谦恭并热情地迎过来。带我们来的梁老师简单向他们介绍了薛红梅，又向薛红梅介绍了他们，之后大家一齐帮忙搬行李，把薛红梅引到事先准备好的宿舍。

校长姓许，总务主任姓张，另外三位，一个姓黄，一个姓农，一个姓赵。据介绍，他们都是当地人，家属都在邻近的村子里。按现行的体制，各村完小和教学点，都归乡镇中心小学管理，村完小和教学点就像是中心小学派出的机构，教师的使用、调整等人事权放在中心小学，学校教育教学业务指导和质量认定也由中心小学统筹安排和考评。也就是说，村小学教师是可以在中心小学辖区内交换流动的。但像许校长这些人，家属在这里，有田有地种着，他们一般是不愿调动去哪里的，落地生根了，可以安安心心在这里教学，直至退休。

安顿好薛红梅住宿，许校长便招呼我们吃饭。中心小学给每个有新进教师的小学校派发二百元做伙食费，算是接风洗尘。吃饭的地方就在学生饭堂，那间大瓦屋。有位村民早已在那里忙活。学生都放学回家了，下午不用再来上课。这大概也算是山区农村基层学校的特色。由于学生越来越少，乡镇中心小学办寄宿制学校规模越来越大，条件越来越好，所以小学四到六年级的学生都集中到中心小学住校就读了，只有一至三年级的学生，因为年龄太小，实在离不开父母，才不得不留在村

小学读书。这些学生早上由家长跨沟越岭送来学校，上半天课，连上四节，课间休息时间稍长一些，四节课上完，就当上午、下午的课程都完成了，放学回家。因了这种状况，学生少、小，又不住宿，以前投资建起来的校舍如今有些闲置了。薛红梅的这个学校就是这样。

老师们一边吃饭喝酒，一边谈论学校的情况，说得薛红梅的心情越发落寞了。我也在想，薛红梅到这种地方来求职，到底是对了还是不对？三年，三年哪！三年以后呢？可不可以回到城里？

告别时，薛红梅眼泪汪汪地望着我。我的心好痛！

一路回来，黄师傅反复表达他的"依我看"："姚主任，依我看哪，你女朋友到那种地方去当老师，不如在城里随便找份工作，都什么年代了，何苦呢？"

"先干干看吧，过一段时间再……如果刚开始就辞职，给人的印象也不好。"我说。其实，我想说的是：这都怪咱现在还没本事嘛！

我暗暗发誓：我一定设法让薛红梅早日回到城里来！

几天后，薛红梅从乡下回城里度周末。她坐村上搭客的"三马仔"到乡镇，再坐汽车站班车到城里，回来后就同我住到一起。我带她出去吃饭，去唱歌，想尽办法让她高兴。但高兴之后，她忽然哭了起来，说她不愿回去当那个老师了。我一筹莫展，不知道如何安慰她，只能无言地拥紧她。我深深感觉到我的无能和无奈。我也泪流满面。

但说归说，到了星期天，薛红梅还是按时回学校去了。

又一个月后，幸运罩到了薛红梅的身上。这是我们完全预想不到的。

因为乡中心小学有一名音乐教师调离，薛红梅被借调上来顶课。谁都知道，说是借调，以中心小学的职权，这是老虎借猪，有去无回了。中心小学许多老师都是这样的。毕竟学生多，要求更高，更需要老师，特别是年轻老师。

薛红梅自然喜出望外。我在手机里听她那声气，尽是雨过天晴、云开日出的舒爽。

我当然也为薛红梅高兴。我对她说："祝贺你，亲爱的！我爱你！"

她调皮地回："我不给你爱！"

五

我的房子可以领取钥匙装修了，但我没有领。

这段时间，我内心非常纠结。

我的劳动合同期就要到了，而陈非又调离了分公司，回总公司去了。

薛红梅建议我去参加公务员考试，而且要考当地的。

这两件事情虽看似风马牛不相及，其实与我关系重大，让我仿佛置身大海上，堕入茫然无所措的境地。

陈非的离开，事前一点风声也没有，说走第二天就走了。走前的那个晚上，他专门找我们几个中层领导喝了酒，告诉我们总公司有一位副总出了问题，被抓了，他回去接手这位副总的工作。他同时宣布，这里分公司的工作暂时由后勤部的雷主任负责。

这事来得突然，完全出乎我的意料。我与分公司签订的是三年劳动合同，陈非离开分公司后，我的劳动合同能不能够续

签，就存在变数了。但人往高处走，水往低处流，这是自然的
规律，也是社会的常态。老同学能有更好的前程，更大的作
为，我内心纵有不舍，还是为他高兴的。所以，这晚我喝得非
常尽兴，甚至连"劝君更尽一杯酒，西出阳关无故人""莫愁
前路无知己，天下谁人不识君"之类牛头不对马嘴、自相矛盾
的诗句都跑到嘴边来了。

陈非调回总公司后，我把心思主要放到看书学习上，听从
薛红梅的意见搏一搏。

我的电脑桌上摆着两本厚厚的书，一本叫《申论》，另一
本叫《行政职业能力测验》，都是国家公务员录用考试专业教
材。我还在电脑里下载了一大堆近几年来全国各地公务员考试
的试题和答案。

看书学习，弄得我头昏脑涨，收效甚微，几近于零。我的
脑子记不住东西了。我不是块读书的好料，离开学校出来混了
这么多年之后，就更加不是了。我记得什么人或者什么书说
过，人的脑子分三种，一种是漏斗形的，一种是海绵形的，还
有一种是筛子形的。漏斗形就是学什么全漏掉，海绵形则是学
什么都吸收住，筛子形最好，把需要的留下来，把不需要的去
掉。我的脑子是哪种类型呢？应该就是漏斗形了。这么想着，
我就觉得我的工夫白费了，我要考取公务员是不可能的事。我
都了解过了，这些年来，考公务员考录比居高不下，热门岗位
达到数百比一，甚至数千比一，这比高考不知要难多少倍。就
我现在所在的这座小城来看，招考公务员不是年年都有，如果
有，岗位也大多放到乡下，考录比均在百比一左右，算得上是
真正的百里挑一了。这样想下来，我心里已经放弃了。但薛红
梅坚持要我考，她还指出我这是对考试没有兴趣，对自己也没

有信心。她说兴趣是成功的一半，自信是成功的一半，这两个一半合起来就是一，笔试第一，面试第一！薛红梅仿佛鼓励幼儿园的小朋友，说到这话她自己也笑了。少见她有这么幽默，我真想亲她一把，拧她的屁股，可惜够不着。她远在手机那头。

这段时间，我们的公司着手搬迁。陈非主事这里的时候，一边高质量建设"山水人家"，一边运筹新项目，在城东新区河湾处拿下了一块一百六十亩的地皮，用于兴建商住一体的"国际邸都"。这个项目原名"曼哈顿"，后来被城建主管方责令更名，不允许崇洋媚外取外国地名。取"国际邸都"还可以，用字不算生僻，也不拗口，不至于让居民看不懂。现在就是怪，许多楼盘、小区的取名都很别扭，放着通俗易懂的名字偏偏不用，硬生生要找些不常用的字来用，是为了显摆有文化，还是故意与众不同，只有天知道。"国际邸都"是陈非起的名，是他自己想到的，还是哪个"大师"参的谋，都不重要了，已经备案了，改不了的。我们下一个任务就是要建设它，让它成为这座边陲新城的"曼哈顿"。我们的广告词是：国际视野，城市高端，尊荣未来——热烈祝贺鸿晟房地产"国际邸都"震撼开建！

公司搬迁，主要有两个事。一个是我们办公的地方不租了，搬到"山水人家"那里，公司留有几套房子没卖；一个是我们在"国际邸都"那里先建了个售楼部，让施工监理、宣传营销、治安保卫等方面的人员从"山水人家"移师过去。做这些事情有些琐碎，大体看没有什么，实际上要搬的时候得花三五天时间才能安顿清楚。

而在公司搬迁后，我的工作有变动了。暂时负责分公司全面事务的雷主任要我兼顾后勤部的工作。他说我们公司现在的

名气很大了，不用再劳心费力去搞那些虚的东西，要干点实的，后勤部忙得头都要掉了。他把我之前做的事情看作虚的。没办法，县官不如现管，由他怎么安排都行。

说是兼顾后勤部的工作，其实已经不是兼顾了，从工地杂杂碎碎的采购到职工食堂的打理，我都得参与，有些事还要亲力亲为。我现在干的全是后勤部的业务。从早到晚，我像个店小二，团团转，回到宿舍只想睡，哪有时间看书学习？

但是不学习，我更没有指望了。我心里虽说放弃，可静下来认真想一想，如果不考公务员，难道就这样整天干这些婆婆妈妈的事？我心有不甘哪！

我明白告诉雷主任，要他抽调一两个人到后勤部，我自己也有业务。雷主任望了望我，然后笑了，说："行，可以，你也是主任，却把你当工仔了，对不起，看我老糊涂了。"

我不怪他。他不老，只大我十几岁。

六

我重新回到了省城。

到了小城青川正式报考公务员的时候，我最终还是放弃了。原因主要是报考的人还是太多，每个岗位都有七八十个人去争，个别岗位超过两百人。我实在没有信心。

我联系陈非。

陈非问我不是要和薛红梅结婚吗？走了怎么办？做牛郎织女？

我说结什么婚，一个大男人如果连工作都没有，拿什么来养家糊口，有资格吗？

陈非开涮我，说我还是蛮有担当的嘛。他同意我到他那里，说他设法找个位置给我，不过，薪酬没有那么高，要降一些，毕竟是办事员。

我说："行，先有饭吃再想别的事情！"

重回省城，我先在陈非手下干半年多办公室内务工作，然后改做公司监察员，在省城与各地级市乃至县、区之间上下来回跑。我和总公司签订的是无固定限期劳动合同，这意味着如果不出什么意外，我的工作算是有保障了。

然而，好果子没有总让我吃，我的如意算盘竟打了个不如意——薛红梅跟我提出分手，另攀高枝了。

我到省城后薛红梅来看过我五次。

薛红梅最急切的愿望是调回城里，不在乡下干。她甚至想过辞职，来省城找工作，同我生活。

我没有同意。这种想法太冒险了。好不容易考了个公职教师，旱涝保收，衣食无忧，天底下不知有多少嗷嗷待哺的无业青年正羡慕嫉妒恨呢！我劝薛红梅千万不能有这种轻率的念头，先安心现在的工作，容我再想想其他办法。

薛红梅噘起嘴巴，没有再说下去。我知道，她已经不相信我还能有什么办法了。

陈非还在分公司的时候，我就拜托他帮过忙，最终未果。陈非答复我，他问过的人都说不好办，明文规定摆着，新考进的教师，一律到报考的岗位上岗，没有特殊情况，三年内不可有变动。我抱歉，明知不可为而请陈非为之，陈非那么大的面子，让我给丢了。陈非却不在意，说他也是随便问问，行不行一句话拉倒。他叫我还是老老实实等三年，说从城里到乡下其实也不很远。他笑。我也笑了。

但是，薛红梅让我的笑戛然而止。她幸遇"特殊"，一见定终身转投了某有钱公子的怀抱。

我所能追问到的情况是，这一切的变化仅仅发生在半个学期之内。

薛红梅给我的分手词是：她看不到未来，所以不想再做爱情长跑，女人生来要嫁汉，嫁谁都是嫁，她认了。她希望我能理解，我们做不成夫妻，但愿永远是朋友。

接到薛红梅的分手短信，我百箭穿心，连发追问。我差点跑去找她。她求我不要去，去，她也不见，如果我还爱她，真正为她好，就不要去，去了连朋友也不是了。

话说到这分上，我知道水过滩头，已劝不回了。

我怀疑这世界上到底有没有爱情这种东西。

与薛红梅分手后，我对那座小城再无牵挂。我买的那套房子我也不装修了。幸好，我借冯大哥的两万块钱早已还他，不然，还真尴尬。如何处置那套房，陈非给我出两个主意，可原价退回公司，也可转卖给别人。我转卖了，赚了八万。八万块钱，在省城里连一个厨房的面积都买不到。不过，拿来喝酒，至少底气足了些。

陈非安慰我："天涯何处无芳草！我也未娶，面包会有的，牛肉也会有的！"

我苦笑："我能同你比吗？"

我爸不知情，打手机问我房子装修情况，还问我什么时候结婚。

我不知道如何告诉我爸。

我爸那张火炭一样的瘦脸和略为佝偻的身躯，加上满是期盼的眼神，又在我眼前晃。

我定了定神，然后字斟句酌着说："爸，不急的，我又来到省城了，我觉得这里更适合我，会有更好的发展，所以结婚的事先放一放。你放心，你儿子心中有数，没有最好，只有更好！"

我爸还想说些什么，我说我正忙，摁了手机挂机键。

七

陈非父亲七十岁生日，陈非约我到他家吃饭。

结交那么多年，这是我头一次来陈非的家。陈非没事先告诉我他父亲过生日，我什么也没带来。我心想他家什么都不缺，不知道带什么才合适，所以干脆什么也没买。进了门得知情况后，我很觉没礼貌，所以偷偷退出来，在楼下买了个红封包。身上没带现金，我用微信跟老板兑了两张百元大钞。封好封包，我再回到陈非的家。

陈非的父亲戴着老花眼镜，一直坐在沙发上看报纸，对我的到来只是点了点头。

枯坐在客厅实在没趣，陈非把我带进他的房间。陈非在外面另有住房，这间房就是个空摆设，尽管床铺、衣柜、桌子等该有的都有，但仿佛从来没有动过。陈非打开台式电脑，让我随便浏览，他自己出去了。不一会儿，他又回到房间，横躺到床上，玩手机。

生日宴不算丰盛，一条蒸鱼、小半边烧鹅、一盘鸡汤、两个素菜而已。这些菜肴都是陈非的母亲一个人弄的。

陈非母亲约莫五十来岁，短发，身材中等而丰腴，皮肤白净而红润，一看就知道是个养尊处优的妇人。陈非从没跟我谈

过他母亲。我知道他家庭生活优裕，但想不到他母亲会这么年轻。

大家坐上桌的时候，从另一间房走出来一个大龄女孩，胖墩墩的。陈非介绍，这是他妹妹，陈琳。

陈琳对我笑笑，算是打了招呼。她有一双大大的眼睛，双眼皮。如果只看她的脸部，绝对是个美女。

说是过生日，其实一家人就像吃家常饭。

陈非父亲不喝酒，母亲也不喝。陈非从厨柜拿出一瓶酒，摇一摇，里面大概还有半瓶多。他给我倒了一杯，给自己倒了一杯，问他妹妹喝不喝，陈琳朝他做了个鬼脸。

陈非举杯说："祝老爸身体健康，寿比南山！"

我也跟着附和："祝陈伯生日快乐！"

陈非父亲饭量少。他只喝了一碗汤，吃了半碗饭，就打住了，起身移步坐到沙发上，拿了根牙签，往嘴巴里撩。

陈非母亲比较热情，劝我别见外，慢慢吃，慢慢喝。她问我是不是开车来。她没等我回应，又做了补充："可以请代驾，你第一次来同学家，叫你不喝那是我失礼。"

我说："我是打的来的。"

陈非母亲说："那就尽兴。"

陈琳吃饭也离不开手机，一边吃，一边划拉手机屏幕。她随意吃着，并不计较饭菜的滋味。一碗饭吃完，她也起身走了，回她的房间去。

这样的饭局，自然很尴尬。我甚至后悔答应陈非来他家吃这餐饭。

干完了半瓶酒，陈非问我还喝不喝。我说不喝了。

桌上就剩下我和陈非。剩下的菜，我和陈非包了，吃得一点不剩。陈非说他家从来不留剩菜，留了没有谁吃，拿出去扔了又浪费，唯一的办法就是全部干掉。

我们两个吃完，陈非母亲立即过来收拾碗筷。陈非想帮忙，她不让。

吃过饭，再吃蛋糕。陈非打开蛋糕包装时，他母亲把陈琳叫了出来。陈非把蛋糕切分为小块，用叉子叉了，放到一次性纸碟上，端给他父亲一块。一家人就这样吃了，也没有多说话。我也跟着吃了一块。

我见过别人过生日，吃蛋糕很讲仪式。寿星戴上红帽子，蛋糕插上蜡烛，一家人围着蜡烛，让寿星默默许愿，旁边人还一边拍手，一边唱"祝你生日快乐，祝你生日快乐……"然后帮着寿星一口气吹灭蜡烛，才欢欢喜喜吃蛋糕。

陈非家不讲仪式，就这么过了。主要是陈非父亲不在乎过生日，无可无不可，半听不听家里安排。

吃过生日宴，我要告辞了。我把红包郑重递给陈非父亲，再次祝他生日快乐，健康长寿。

陈非父亲摆摆手，表示不收。

陈非没想到我来这个，忙过来阻止。他母亲也出声叫我不要这样。

伸出去的手不好缩回来。我把红包轻放到茶几上，迅速出了门。

陈非随后也出了门。他追上我，把红包塞进我口袋，说："不用做这个，你这样客气，今后我们就做不成老同学了，请你来吃饭，主要是图个热闹，陪我喝两杯。"

我同陈非散步，往外走。

我问陈非，他爸干吗不喝酒？

陈非说他爸以前酒量大，现在不喝了，有高血压，心脏也不好，不戒不成了。

我又说真想不到他母亲这么年轻。

陈非说那是他后妈。

哦。难怪。我心里想。

陈非主动说起陈琳。陈琳是他同父异母的妹妹，读书还可以，大学学的是金融，可毕了业不想找工作，整天宅在家，都成网虫了。

这种宅男宅女我听多了，不找工作，不谈恋爱，有电脑、手机足够了。

陈非说，他父母两老现在最大的不如意，就是他和妹妹都一样，一个不娶，一个不嫁。陈非说他不成问题，只是还没有结婚的打算，可是妹妹就成问题了，女大不中留，年纪都快三十了，也不焦急，说也不听，难了。

我问："她那帮同学呢？大学的？高中的？"

"人家一个个都有孩子了，还有她什么事？"陈非说。

"关键是她得有社交，宅在家，就是自己封闭自己了。"我支招。

"她能够出去交友就好了，哪怕请朋友吃吃饭、看看电影，甚至去旅游，都行，可是，她有朋友吗？同龄的没有，小她的就更没有了。"陈非说。

"如果你是独身主义者，你妹妹是不是也跟你学？"我说。

"我是吗？如果我是你也是。"陈非反将我一句。

"算了，不说这个，看来我们都是缘分未到，缘分到了，一切都水到渠成。"我不想纠缠这个问题，表现出乐观豁达。

"你看我妹怎么样？"陈非问。

我说："什么怎么样？"

"就是感觉呀？"

"感觉挺好的。"我说。

"你要是有感觉，不妨和她处处看，你做我妹夫我不反对。"陈非竟然冒出这样的话。

"你看我是这样的人吗？开什么玩笑！"我立马堵他的嘴。

"我是认真的。"陈非说。

"我也是认真的。"我说。

"算了，我也是突发奇想，权当我没说。"陈非说。

"我也权当没听见。"我说。陈非是我最好的同学，甚至贵人，我再有什么想法，也绝不能想他妹妹。这样，我会觉得丢人。

陈非过了一会儿又说："我后妈的意思，很明确，陈琳要是嫁人，不求女婿有多能耐，不懒惰，有固定收入，日子能过得去就行。她嫁出去了，我目标就小，唠叨自然也就少了，两老是不会担忧我的。"

我说："我知道，担忧你，那是瞎操心，只是，谁也不知道你要找个什么样的人，明星？富家女？只有你挑人家！"

陈非说："你说什么话？我是不想结婚，真的，至少是现在还没有这个想法。"

"那就随缘吧。你随缘，我随缘，你妹也是。"我把话题岔开，不想再谈这些没影没谱的事。

我和陈非沿着街道漫无目的地走。夜色渐起，华灯初上，我们拐进一条小巷，见到一处烧烤摊，于是坐下来，随便要了几串烤肉，喝啤酒。

八

得益于陈非的关照，我在省城总算站稳了脚跟，像个彻头彻尾的白领。时间不觉又过了两年。这期间，我交过两位女朋友，因为我还没有买房，最终都分了手。和她们谈，我总是想到薛红梅，拿她们同薛红梅比，我感情的热度也大减。所以，分手就分手，我感觉无所谓，就像玩了一场游戏，输了就输了，下一场重来。

陈非建议我，还是要买套住房，租房住不是长久之计，有了自己的房子，户口可以迁来，才算有根，成为百分之百的城里人。

陈非的人生摸不透，他曾说不想结婚的，却又结婚了。他娶的是位从南非来读书的留学生，结了婚，他不久便辞了职，携手白人妻子，移居南非。

陈非去了南非，我心里空落落的，感觉这个城市也不是我的归宿。我的归宿到底在哪里，我又没有确切的方向。

陈非离开前，再一次打探我。他是真希望我同他妹妹陈琳处对象。也许是知根知底，他显然对我比较放心。他们尽管是同父异母，毕竟有血缘关系，兄妹连心。他的顾虑我懂。所以到了这种时候，我也不好再拂他的意，答应他出国后，我会关照关照他家，关照他妹妹，不妨先以二哥的身份同她保持联系。

陈非走后，我同陈琳吃过两次饭，第一次是我请她，第二次是她请我。我想不到她还是比较健谈的。

我问她为什么不找工作。

她反问我一年能挣多少。

我不明白她为什么问这个，以为她也像其他势利女人，想打探我的底。我没回她。

　　她好像也不需要我回答，只盯了我一眼，又说："我猜你们这些人，一年收入就六七万吧，如果有年终奖，再加个两三万，满打满算，还不到十万，除去衣食住行，那还剩多少？浪费时间是吗？"

　　想不到她这么了解情况，并显出不屑的神情。我将她一军："这也比你啃老强啊！"

　　"我啃老？"她急了起来，说话声气也提高了。

　　我自觉唐突了，不该这样说她，所以埋头啜汤，不回她话。

　　"实话告诉你，我的收入不比你们这些上班的少。"她说。

　　我疑惑地望着她，还是不说话。

　　"你知道股票吗？"她问。

　　"知道一点点，具体的不清楚。"我说。

　　"我哥也是，你们都是股盲。"她说。

　　我望着他，想听她给我扫盲。

　　"炒股，知道吗？不知道吧？你以为我什么都不干，是吧？我知道我哥就是这样以为的。其实，我在炒股。我是学金融的，我有这方面的知识，有这方面的优势。而且，我妈早就在炒股了，她有经验，而我正好也有这个兴趣。我还在上学的时候，我妈就把我往这条道上引。我毕业了，我妈给我三十万做本，让我炒股。最初，我炒长线，后来，也就是现在，我炒短线。知道长线短线吗？简单说吧，长线就是把股金投进去了，放着老长时间不管，专等股票暴涨了才收线，才出来，这叫放长线钓大鱼；短线就是快进快出，有时候今天投进去明天就出来，这得经常观察股市行情，抓得准机会。我有的是时间，所

以我炒短线，相当于在玩。"陈琳看着我，像看着个小学生，一口气说了这么些。

"听说炒股风险大，输赢难预料，有人曾因炒股失败而跳楼。"我说。

"那是个案。当然了，做什么都会有风险，哪有净赚不赔的？这要看每个人的造化了。"陈琳说。

我不语。

"我也有被套牢，有亏本的时候。不过，总的来说，我还是赢了。"陈琳说。

我还是不语，只望着她。

"事实就是事实。我敢说，我的手气比我妈还好，我看得比我妈准。"陈琳说。

我不信，说姜还是老的辣，说这话早了些。

陈琳顿了一下，然后低声说："你是我哥的好同学，我也不把你当外人看，你说我那三十万现在变成了多少？"

我摇摇头。这个我真猜不到。

陈琳举起两个手掌，十指转了转，说："不瞒你，已经一百万了，准确地说，是一百零七万！"

天！我还真不能小看她。同时，由于她对我的信任，我不禁对她另眼相看了。

"怎么样？想不想也炒炒股？"陈琳问。

"想啊，但我钱不多，也不敢冒这个险。"我知道股市有风险，投资须谨慎。专家的忠告一直在我的耳边响起，所以我至今都不敢接触股票。

陈琳看出了我的不自信，说："这不勉强你，炒股是需要胆量的，胆子不大，前怕狼后怕虎，小心谨慎过头，还是不要炒股为好。"

我说："这不是胆子大不大的问题，其实是我没有闲钱，我正在想按揭买一套房，首付都还差一点。"

"我听说房价正在回落，你现在买房的话，可能不是时候。依我看，之前房价一直在升高，是有钱人在炒房，现在上面讲了，房是用来住的，不是用来炒的，这个炒房的势头压住了，房价肯定会回落。"陈琳说。

我说："所以，我还在观望，也不一定急着买。"

"不急买的话，你也可以先炒炒股哇，说不定钱马上就生钱，到时候你买房，就不愁钱了。"陈琳说。

我说："我不会炒。"

"如果你信得过我，我帮你炒。"陈琳说。

"可以呀，我打十万给你试试，你帮我看好喔，我输不起的。"我说。

"你放心。等赚了钱，你请我吃大餐就行。"

第二天，我把十万块钱打到了陈琳的账户上。

九

由于同薛红梅分了手，我和冯大哥好久也没有联系了。这个周末，大约下午三点钟，冯大哥突然打我手机，问我有没有空，如果有空，想见我一下，他说他正在省城，高铁站附近。我当然有空。而且，我特想他，就是没有空，我也会找出空来的。

青川市不久前建成开通了直达省城的高铁，我想冯大哥大概是尝尝鲜坐高铁来省城走走的。我按照他给的地址方位，打的赶了过去。

见到冯大哥，没有见到薛大姐。冯大哥是只身一人来的，他穿一件藏青色T恤，灰白色裤子，几乎什么也没有带，只拎了个有提手的塑料袋。他说话的声气还是老样子，只是人比以前瘦了，也显苍老了些。

不是吃饭的点，我把冯大哥引进旁边一家奶茶店，要了两杯奶茶。

坐高铁，从省城到青川也就半个小时的路程，一天有好多趟往返。难得一见，我还想请冯大哥吃个饭，他买的车票，我可以帮他改签，坐最末一趟车回去。冯大哥不同意，说家里还等着他回去吃晚饭。我们就喝着奶茶随便聊，说他，也说我。

原来，冯大哥的女儿冯薛倩考上了省城的高中，已经读高三了，冯大哥是送东西来给女儿的。现在许多人家都希望把小孩送去最好的学校，尤其是读高中的时候。省城的第二中学和第三中学是名校，每年都有考上清华、北大的学生。冯薛倩考上了三中，有这么争气的孩子，冯大哥、薛大姐当然是肯定要送的。望子成龙，望女成凤，天下父母都是相似的。

我为冯大哥高兴，怪他没有在第一时间告诉我这个好消息。

冯大哥笑笑，说等薛倩考上了大学一定第一个告诉我。

我很想知道薛红梅的情况，但又不好意思开口。这是我心中永远的痛，仿佛一道难以愈合的伤口。我想忘记，可又无法忘怀。她已是人家的妻子，终究没有我什么事了。我是不能提起的。

冯大哥仿佛窥到了我的心思，或者他今天约我就是特意要告诉我薛红梅状况的。

"小姨子嫁错人了，她过得很难。"冯大哥以这样一句话开头，主动跟我谈起了薛红梅。

接下来，我是怀着伤感、愤懑、后悔、无奈、焦急等复杂的心情静听冯大哥叙说的。

薛红梅嫁人后，一直怀不上孩子，而那人家是三代单传，所以十分焦急，对薛红梅也越来越不待见，常常对她冷言冷语。薛红梅的丈夫又是个懦弱之人，总站在父母一边，从不为妻子说上半句好话。薛红梅心死了，想离婚。

"真真是嫁错人了，嫁错人家了！"冯大哥说了这么些，简直气透顶了。他说薛红梅现在是悔不当初，薛大姐是不知如何是好，而他，是坚决支持小姨子离婚的，必须尽快离开那种讨厌的家庭。

我怎么也想不到事情会弄成这个样。我以为薛红梅是幸福的，原来却是飞蛾去投火，自己把自己害了。想当初她同我分手是那样迅捷，那样果决，把我的情意随手一扔，真让我猝不及防，现在知道后悔了。但后悔有什么用？我们还能回得去过去吗？

我知道冯大哥为什么要告诉我薛红梅的情况。但我心里很乱，不知说些什么好，就干脆什么也没说，只有埋头喝茶。

送冯大哥去坐动车时，我说出了我的意见：薛红梅离婚是最对的选择，必须快刀斩乱麻，去重新找她想要的生活。

十

陈琳发来个放鞭炮的微信图，接着说她刚刚又出了一次仓，帮我赚了七千多。

我发去个表示感谢的图，然后说要请她吃饭，马上就请。

　　她回说还不值得，等下次赚大发了，再庆祝庆祝。

　　这下我更相信陈琳的能力了，也更看好她的运气。炒股这种事情，大概也要看个人的缘分，看个人的造化。

　　我憧憬着我的十万变成二十万、三十万，甚至更多。假如我要买房，我也要等到陈琳帮我赚够二十万后才买。我坚定主意，只要我还不买房，我就一直留钱给陈琳，让她继续帮我炒股，帮我赚。

　　陈非是我绝对的好同学、好朋友，对我有知遇之恩，陈琳是什么呢？就当是我的福星吧。这兄妹俩简直是对我太好了。我甚至想，如果陈琳对我有意思，看得起我，我就娶她。

　　我正在得意之间，手机嘀的一声，我一看，是薛红梅给我发来了一个短信："忙啥？"

　　这是分手以后薛红梅第一次同我联系。前段时间，也就是三个多月前吧，冯大哥跟我说起她后，我就想着她，不知道她离婚离成了没有。但我不好意思去问冯大哥，更不能直接去问她。

　　接到她这个短信，我心里忽然像撞进来一股电流，一下轰热我的胸腔。我努力稳住情绪，过了十多分钟，我才回复她："瞎忙。"

　　薛红梅马上就问："有空吗？"

　　"这个城市最有空的可能就是我了。"我回复。

　　"我现在省城。"

　　"来干吗？"

　　"应聘，我通过了。"

　　"聘什么？"

　　"幼教老师。"

"太好啦！祝贺你！"

"可以见见面吗？"

"见吧。"

薛红梅说出她所在的地方。我让她待在原地不动，我过去找她。

久别重逢，薛红梅没有我想象中的那样憔悴。相反，她身体比以前丰满了，脸上打了些粉，越发显出妩媚来。

薛红梅说她自由了，但也不愿在青川待下去了。她这次是在网上看到有招聘，就来试试看，结果被聘上了。她有过幼儿园从教经历，又是在职小学教师，招聘单位在众多应聘者当中一眼就选中了她。她今天是专程来递交相关材料、办理手续的。

我问，这是算调动还是算重新入职？

薛红梅说那边区教育局同意放她，她商调的事由招聘单位去办，是调动还是重新入职她都不在乎，只要工作稳定，有工资领，她不管那么多了，先来再说。招聘她的是一家新办幼儿园，由房地产开发商兴建，由市区某教育局管理。

我带薛红梅走进一家海鲜餐馆，找了间小包厢，点了海虾、海螺、海蟹等，还要了两瓶罐装啤酒。她以前很爱吃海鲜，每次来看我，她都要吃。

但是，薛红梅这次胃口没那么好，吃着吃着，她眼泪竟淌出来了。

她想必是怀念起从前了。

我不知道如何劝慰她，只有默默地看着她，不停地把纸巾递给她。

她最终把头埋下去，手扶在桌面上，发出声来，肩膀一耸一耸的。

我越发心痛起来。我移凳过去，一把揽住她，陪着她流泪。

她失去了所有的力气，扑到我怀里，说："成，原谅我，我错了，错了，你心里还有我吗？"

"有。"我发自肺腑地说，把她紧紧地抱在怀里，"我知道，我心知道，我一直在等你。"

·············

离开餐馆，时间已是晚上八点多钟。我问薛红梅还回不回青川，还有最后一趟动车。

薛红梅肯定地说不回了，明天早上再回。

我和她走在大街上，看着各色各样的人群，看着川流不息的车辆，看着霓虹闪烁的街景，看着灯火通明的店铺，却又视若无睹，心里满满的都是失而复得的对方。

我们拐到沿河大道，在一处公益双人实木长椅上歇歇脚。

一轮银月挂在天空，冲破城市灯火的光晕，洒下柔和的光芒。

我和薛红梅相拥而坐，望着倒映江中的满月，心静如水。

闪亮登场

一

傍晚时分，太阳还没有完全落下去，被暴晒了一天的屋舍和地板仿佛缓过气来一般，渐渐露出了高低错落、严整别致的立体形态。间或，穿巷吹来的风，轻轻地拂拭墙头屋角，漾起一阵似见非见的微尘。那些鸡、狗也终于现了形迹，不知从哪里优哉游哉地走出来了。

明达妈先是提一只塑料桶和一张小板凳，搁置到自家院子旁边的一块空地中央，又回家端来一个盛满南瓜苗的菜筐，然后坐在那里择瓜苗。

这是一块相对平整的空地，勉强可以停放一辆小轿车。

坐在这里举目四望，视线基本被新的和旧的两三层楼房挡住了。一条约莫两米来宽的水泥硬化路由南向北穿巷而过，小巷稍微宽阔之处，有的人家靠着楼房外墙搭建起铝皮棚盖，作为私家车的专用车位。

明达妈往南望去，看见小巷两旁已停放了七八部小车，往北望去，也看见五六部小车。

一些看得见的可以停放小车的空地上，有的架着临时晒衣杆，上面挂着衣服或床单，有的有老人在那里干活，或者干坐

着，什么也不做。

明达妈明白，这都是为着占个车位，所以她也跟着学。

"择菜呀？二婶。"有路过的人打招呼。

"是呀，家里不够敞亮，在这凉快。"

明达妈一边择瓜苗一边回应行人，有时抬头看看，有时连头也没抬。

一辆红色的SUV喘着粗气停到明达妈跟前。

明达妈仿佛没有看见也没有听到，埋着头只顾择瓜苗。

大全只得摇下车窗玻璃，喊："二婆，让让，我要停车。"

明达妈这才抬起头来，说："是大全哪，你停别处去吧，你达哥就快回到了。"

大全只好倒倒车，再往前开，找别的停车位去。

大全家就在对面，他的车一直都停在这里。明达妈占在这里，他就没办法了。明达妈的用意，他明白。这已经不是第一回了。

明达对母亲这样抢占车位的做法其实是不同意的，但老妈就是不听。于是，明达干脆不配合，回来时把车停在别处。

今晚也是这样。

天擦黑的时候，明达回来了。他把车停在屯东头大榕树下，手提一个塑料食品袋兴冲冲地踏进自家院子。

"妈，还没煮菜吧？有河鱼，正宗河鱼！"

"煮你个头！车呢？"明达妈没听到车响，知道儿子又把车停外面了，没好声气。

明达偏头一看，那个停车位没车，空地上有两张小板凳，板凳上架着一根扁担。

"妈，你干吗呢？都说了，那地方我不用的。"明达跨进里屋，把声音放低了说，"人家早就停车在那里，干吗不让人家停呢？"

"我就不让！"

明达正要再说些什么，突然听到别处传来震耳的汽车喇叭声，他知道是什么事了，于是复返身往外走。

一辆皮卡停在天星家的院门口，把巷道堵了一半，牛六的银色宝骏顶在皮卡的车尾不停地鸣喇叭。

明达拍拍宝骏车门，示意牛六停止按喇叭，然后跨进天星家的院门。天星打着赤膊坐在院子里吹电风扇，一副两耳不闻院外事的样子。

见明达进来，天星忙站起来，手里抖抖车钥匙，说："刚搬完东西，正要去移车哩，像催命似的！"

皮卡突突地开走后，明达即转身离去。

回到家，明达妈说："仔呀，我看你是捉蛇入裤裆，事情自个找的！"

"妈，你少啰唆两句会成哑巴？"

明达一边噎母亲一边往屋里走，见妻子秀珍不吭一声，正在厨房里炒菜，便问："蔡老板明天来不来？"

秀珍说："约好了的，怎么不来。"顿了顿，又说，"我再说一遍，你明天哪里也不能去，喂猪、洗猪、称猪，你得去干。"

"我干这些还少吗？看你气鼓鼓的，像只大蛤蟆。"

"我像大蛤蟆？"

明达忙改口解释："我是看你不高兴。"

秀珍说："我能高兴吗？我整天团团转，你甩手不管，我……"

"好的好的，明天我去卖猪，我保证。"

"不就当个屯长吗！看把你能的。这个家还要不要？"

"怎么这样说呢？老虎不发威，你以为是病猫？"

"我明天有事回娘家，你当你的老虎去吧！"秀珍撂话说。

明达妈走进来骂："你个癫仔！叫你不要去掺和屯里的事就是不听，自个家的事不管，才过几天好日子心就野啦？"

"谁说我不管？"明达提高了声音，"我哪天吃闲饭啦？"

"今天就一整天不沾猪场的边！"秀珍把菜端上桌，嘟哝了一句。

"你爸以前当了十几年的生产队长，没捞着半个好，得罪人倒不少，他傻你也傻？"

明达不再作声。

二

第二天，早早吃过早饭，明达便同秀珍去养猪场。蔡老板说中午到。按例，他们可以把猪喂个半饱。为了卖相好看，喂了，他们还要把猪身子洗洗。

明达吹着口哨领着妻子来到大榕树下，车子却没法开出来。

大榕树这个地方有小半个足球场那么大，过去是屯民们夏天纳凉聊天的公共场所，如今变成了停车坪。尽管场地凹凸不平，还夹杂着乱石，但停放十几辆小车还勉强够用，于是这里成了陇板屯最大的停车场。往时，大家停车都很自觉，讲究合理使用空间，不多占车位，也留足车道方便别的车子进出。可眼下明达的车被堵住了。他昨晚回来停车时，前面停有一辆柳微，左边停的是奇瑞，后边还没有车，现在后边停了一辆吉利。这倒没关系，没妨碍他，妨碍的是右边有一辆大众与他的马自达相挨在一起，让他无法转车。他翻看手机存的车牌号，然后拨打强五手机，关机，又打宝金手机，也关机。没办法，只能等。妻子秀珍等了一阵子就不等了，埋怨了两句，回家骑摩托车先去了养猪场。明达等了近半个钟头，大众车主强五和吉利车主宝金还是没来。反复打他们手机仍是关机。明达看看时间，再也不耐烦了，于是转头回身上门去找。

明达没往回走多远，就见到了宝金，说："手机干吗关机？"

宝金说手机没电，充电器放在车上，忘了拿。

宝金到来，明达也就不必找强五了。他骂宝金、强五不遵守规则，扬言下次再这样，要锁他们的车轮子。

宝金回怼明达："你横什么？场地那么小，不这样停还能那样？有本事你建个大的呀！"

明达说："有地吗？我去哪里建？"

"去天上！"宝金也来了气。

明达知道再说无益，住了口。

他开动自己的车，赶到养猪场，秀珍和帮工德嫂已经喂完了猪，正在水龙头处接水管，准备给猪冲洗。见明达来到，秀珍没好声气地说："你不用来了，这个家全指望不上你的！"

明达笑笑，说："谁知道四轮比不上两轮快呢！"说着接过德嫂手上的活，忙了起来。

这个养猪场位于屯子的西边，距屯子约两公里，有一条沙石路擦边通过。原先是明达家的一块庄稼地，明达辟做了养猪场。

陇板屯以前是个出了名的"三无屯"，无水、无田、无

粮，日子紧巴巴的，无钱无脸面。从20世纪80年代末起，桂西南一带彻底去掉"以粮为纲"的思想禁锢，以市场为导向，以效益为中心，大力调整农业内部产业结构，推广发展甘蔗生产，陇板屯摇身一变，率先成为产蔗"千吨屯"，总产达到五千多吨，几乎有一半的人家年产超过一百吨，群众的生活像啖着甘蔗节节甜。甘蔗是旱地作物，陇板屯有大片的旱耕地，种甘蔗是百分之百的扬长避短了。靠着种甘蔗，陇板屯家家推倒了土坯房，建起了"甘蔗楼"，变戏法一般在全村、全镇、全县冒富了。再后来，牛车换成手扶拖拉机，单车换成了摩托车。

现在，是家庭小汽车一辆接着一辆进入了陇板屯寻常百姓的家。

如此大的变化，当然不仅仅是依靠种植甘蔗——如今陇板屯人已经不种甘蔗了——确切些说，是陇板人不亲自种甘蔗了。他们的甘蔗地都租给了远大农业开发公司，机耕、机种、机收，连片开发，陇板人"洗脚上田"，每亩蔗地每年净收两吨甘蔗款的租金。有人笑称，陇板人现在是"领工资的农民"。

陇板人不种甘蔗了，年轻人依然没有闲着。他们养猪、养蛇、养龟鳖，或者到城里开饭店、开小商铺、装修房屋、送快递、送外卖，甚至是到处打零工。这年头，哪怕做苦力都没有人笑话你，没有钱别人才看低你。陇板屯的年轻人明里不说，暗中却较着劲。陇板屯距离所在乡镇集市和县城都不远，这诱发着他们的想象，也激发起他们的潜能。

明达的大哥明顺在城里搞海鲜批发，开了两间铺面，曾多次叫明达去合作，负责铺面经营。明达没有去，他在家养猪，已逐渐上手，摸到了门道。再说，母亲也不愿意去城里住，恋着老屋。他小孩还小，也得靠母亲带。

明达在屯里人缘很好，跟谁都觉得亲。所以留在屯里，又有事情做，他感觉没有什么不好。

年头，村屯干部换届，组织上鉴于明达在屯里的好人缘，动员他出来参选陇板屯屯长。明达对此事从来没有考虑过，他妻子、他母亲也明确反对他出来为公家做事。但在组织再三做工作之后，他还是答应了。因为是差额选举，他对自己能不能选上心中无数，权当响应组织号召。结果，他当选了，还是高票。

既然选上了，他就不想糊里糊涂地混过去。他父亲在世时说过，人活着不能光想着自己。为什么如今选村干部，都是选能人？因为要带领群众脱贫致富奔小康，就得有真本事，有头脑。他现在在陇板屯也算得上是个能人了，但能不能做个称职的一屯之长，还得骑驴看账本走着瞧。他父亲当队干时，吃的是大锅饭，能耐显不出来，现在就不同了，可以显本事，关键是能够做成事。

刚刚接任屯长一职，具体怎么干，重点干些什么，明达还没有思谋清楚。他只是走一步看一步，有些头痛医头脚痛医脚的意思。

有几个老大妈、老大嫂说想学学城里人跳广场舞，锻炼锻炼身体，他当即明令篮球场不允许再停放汽车，留作跳舞场地，如今篮球场成了屯里人晚上最受欢迎的去处，以前热衷买六合彩的人也不买了。

有几个老叔、老婶喜欢唱山歌，他搭桥牵线，请镇文化站的老师来辅导，如今这几位老人组成了陇板山歌队，曾受镇文化站邀请，圩天到圩场用山歌宣传土地流转新政策新成效。

　　时下各地正在谋划美丽乡村建设，明达最希望能在这方面干成些什么。

　　陇板屯房子都好，没有哪家哪户是破旧老房，建设也算齐整。尤其是村子布局，方方正正，巷子一道一道的，从南穿到北，许多村屯都没法比。这是他父亲当年留下的"政绩"。只可惜巷道小了点，不方便行车——这也是没办法的，当时眼光自然不够远，谁做梦也没想到以后有汽车开到家门口。陇板屯历来就缺水，没有河流通过，连小沟小渠都没有。他父亲在任时发动群众挖了个水塘，但靠的是望天水，经常是干的。屯子四周，夏秋时节，甘蔗长高了，绿油油一片，绵延起伏，像森林，像大海，可到了甘蔗榨季，砍了甘蔗，绿色就没有了。美丽乡村，没有绿色，哪能叫美丽呢？如果再没有那棵大榕树，陇板屯就是光秃屯了。所以，他想到要把那人工水塘灌满水，还想在水塘周边和屯子周边种一些树。昨天，他专程上县城，去了林业局，也去了水利局，就是去问问上面有没有项目支持。

　　明达刚给猪冲洗好身子，蔡老板就到了。

　　因为是老主顾，双方都不用废话。称猪，赶猪上车，大家做得行云流水。

　　蔡老板再三婉拒明达吃饭的邀请，开着他的卡车走了。

　　这次猪出栏整整十头。明达把数记到账本上，吩咐妻子和德婶给猪场消一次毒就打算去镇上一趟，刚发动车子，蔡老板电话就打了进来。

　　"兄弟，快，快，快过来，翻车了！"

　　"你没事吧？"明达一听，忙问。

　　"快！"蔡老板答非所问，催他。

　　明达开着车沿路急寻过去。

蔡老板的小卡车侧翻在出屯路口的一处小坎上。猪都跑脱出来了。还好，人没伤到。蔡老板爬出驾驶室，拍拍屁股还可走路，但也吓着了。

翻车原因是出于好心。

蔡老板开着车来到此处，旁边停着一辆农用车，蔡老板担心碰着它，把车轮偏多了点，掉到沟里，歪靠在斜坡上。幸好，是浅沟，是斜坡。

农用车是奇二的。惹出翻车事故，奇二闻言火急火燎般赶来，把他的车开到远处，回来帮助蔡老板。

明达来到，招呼众人合力先把蔡老板的车抬上路，然后再去追回那十头既惊魂未定又老实傻呆的猪。如此，费了差不多两个小时。

奇二不敢多说话，埋头拼力帮助抬猪。蔡老板见大家热心相助，又无损失，也不埋怨，连道几声谢谢，便开车继续上路了。

明达未免要斥责奇二几句，叫他以后再不能停车在路边。

奇二说是昨晚回来晚了，心想屯子里头肯定没地了，就停这里了。

明达骂："这次幸好没出大事，否则，叫你赔！"

也正是出了这事故，仿佛被推了一把，明达萌生了要建个停车场的想法。

屯里车子出现状况的事也不止一次了。

陇板屯七八十户人家，目前已买有小轿车四十多辆，由于巷子窄小，各家楼房加小院又是一家连着一家，房前屋角空地几乎没有，所以各家停放车子就成了问题。就近停放多数人家没办法，只能停在屯子周边。这样一来，车子被碰到、被划的

事偶有发生。停在靠近家的地方，也不全是好事。有次，球三的儿子蹲在车尾处玩耍，球三大意，没观察车侧、车后情况，上车就发动车子，准备倒车转车，幸好有人看见，急忙猛喊猛叫跑过来阻止，要不然，球三要后悔、痛苦至死。至于两辆车巷道上相会受阻进退两难、行车时刮碰东西的事，就太多了。

明达心想，如果能够建个专用的停车场，那就好了。

<h1 style="text-align:center">三</h1>

这天上午，明达又来到大榕树下。他的车还是停放在这里，但他并不急着开车，而是要细看这个地方。这是他天天都看得见的地方，但眼下在他心里这里已经派上了新的用场。

陇板屯富是富了，可人心有些散。蔡老板翻车当天那晚，明达把天星、大全、牛六、强五、宝金、奇二、球三等好几个同龄兄弟叫到家里来喝茶，商量建停车场的事。建议在这地方建停车场就是大家想到的最可行的选择。"明达兄弟，就这么定了，你带头干，我们跟着。"大家一齐鼓动。

从大榕树往西延伸过去就是以前明达父亲带领大家挖的水塘。从榕树到水塘之间，原是一片乱石地，如今有几户人家开了荒，东一块西一块，零零星星种上了蔬菜，如果把菜清了，在此建个停车场，至少可以停放五六十辆小车。

明达走进菜地。菜地里种青菜、种薯藤、种瓜、种豆角都有，有的长势健旺，有的恹不拉叽的，主人的勤快和重视程度可以立判出来。如今，伺候这些东西的，只有老人了，年轻人没有时间也没有心思去弄这些。许多人家连菜地都没了，吃菜不是到圩场去买，就是向走村串屯来的菜贩子买。

这几块菜地涉及五户人家。这些个晚上，明达走了个遍，上门去征求意见，做工作。还好，有四户人家很通气，很配合，一说就同意了。只是有一户，是海天家，海天妈不同意，说她就指望这菜地过日子。这话说得大了。海天在外地跑运输，明达打手机问他，海天说没问题，不过急不得，等他回来做母亲思想后再说。

可这都过了七八天，还不见海天的回音。

海天妈正提桶弯腰在地里给菜浇水。明达一看，菜苗还是新种的，于是问海天妈："大婶，这菜地就要建停车场了，还种啊？"

海天妈转过身，对明达说："谁说要建停车场？我同意了吗？"

明达说："海天也同意了的。"

海天妈说："我不同意。"说完回过身去继续浇水，任明达再说什么权当没听见。

明达无奈，退出来，打海天手机，海天还是说要等他回来再说。

海天在县城买有房，平时多是住城里，很少回屯里住。明达感觉事情没那么简单，得亲自到县城找海天谈谈。

四

海天是明达的叔字辈，但年纪相差不大。两人曾经很要好，可是近来他们之间的关系似乎疏远了。

原因并不复杂，明达认为就是因为选屯长的事。

海天是前任屯长，没能连任，不能怪明达。群众选明达，

大概是因为海天在家少，不像是屯里人，倒像是个屯外的人，对许多事情处理既不及时，也不很上心。比如，搞土地流转时，原本说好是屯里所有的甘蔗地全都租给远大农业开发公司，可远大公司只想要那些平坦又大片的好地，对一些不连片又小块的边角地不想要，这样一来，蔗农就不能完全解放出来，还得花些工夫去种那些没有租出去的地（除非丢荒）。海天没有及时回来同远大公司协商，是明达主动出面说服远大公司，才把所有的甘蔗地都出租了。丈量土地时，也是明达安排人去同远大公司协作。远大公司平整土地、雇请农民种甘蔗、给甘蔗施肥，等等，优先安排陇板屯人上工，海天也没顾得上，还是由明达出面调度人马。海天把明达当副手来使唤了。他说他忙，明达能做事，他非常放心。所以，他只搞电话遥控，指挥明达做这做那。明达也不恼，尽心尽力去做。

明达来到县城，海天在一家小饭馆点了几个菜。

寒暄几句，几杯小酒下肚，明达便直奔主题，再请海天回去做他母亲的工作。

海天说这不难，就一句话的事。他说他早就要求母亲来城里同他住，可他母亲就是舍不得家里的那些鸡、那些菜，他回去全卖了就是，他母亲来城里住了，那菜地当然就不种了。

明达还是不放心，请海天还是亲自回去一趟。

海天说，你都亲自来城里找我了，难道你不相信我？把心放肚里去吧，喝酒！

明达再无话，与海天喝酒。

五

没几天，海天告诉明达，他母亲同意了，只是要求明达一次性支付征地赔偿款两千元。没等明达回话，海天又说："嘻！这你也不用担心，我来解决，我骗她说你已把钱给我就行了，你放心去建停车场吧。"

有海天这句话，明达很高兴，再次感谢海天。

征地的事总算全部解决了，但平整场地，夯实，还得需要钱。

明达召集车主开会，大家一商议，都同意集资。办法是：停车场建设资金先从现在有车的家庭收取，每辆车一次性收取三百元；以后谁家买了新车再补交，用来维护停车场。大家还规定：停车场建起来后，全屯的车都必须有序停放到里面，不再允许到处乱停乱放，各家占道的车棚也要自行拆掉。

明达觉得自己蛮有号召力的，他当个屯长算是真正上了路。

停车场开工这天，明达通知在家的年轻人都出来帮忙，先把五户人家的蔬菜瓜豆清理掉。五户有菜地的人家，除了海天妈，也来了。大家有说有笑地干活，拔菜、挖红薯、摘豆角，按一家一户的归放好。菜主人大方，把菜分给来帮忙的人。大家欢欢喜喜干了一整上午，把菜地腾出来了，把杂草和荆条全割了，连同菜头烂叶一起搬走，搬到垃圾池去。明达一望过去，从大榕树根到水塘，空阔一片，他心中的停车场越发成型了。

菜地清完，明达请的挖掘机和推土机也到了。挖掘机换上破碎锤，嗒嗒的，把所有凸起的石头一块一块打掉，包括大榕

树下的也打掉。推土机把地推平，高的地方铲土，低的地方填土。两部机械各司其职，干到太阳下山，便搞定了。屯里人爱看热闹，见这么高效率，没有不服的。有的说，要是在从前，又凿石眼，又放石炮，又挖土，又挑土，非得人山人海忙活十天半月不可。现代化，真是现代化呀！

明达一鼓作气，马不停蹄，要争取在一周内就把停车场建成。他在微信群里发公告："亲们，为了及时支付工程款，请还没交停车场建设集资款的尽快微过来。"

款基本收上后，明达又有了新想法。他觉得，泥土的场地不经用，若打上水泥地板，那才更好。他把想法发到群里，征求大家意见。

"这要增加投资的。"

"每人再多交一百，够不够？"

"肯定还不够的。"

"暂时没有那么多钱喔。"

"……"

明达见大家意见一时难统一，暂时放弃了想法。

他请人拉来十几车碎石铺在地面上，压实，便宣告建成了停车场。

无疑，这只是个简易的停车场。低档是低档了些，但在邻近各村，能够拥有专门停车场，陇板屯目前算是第一，也是唯一了。

六

停车场启用这天，明达搞了个仪式。

他让本屯山歌队敲锣打鼓来唱山歌，引得许多人都围过来观看。明达妈也挤在人群中。

鞭炮响过，山歌开场——

好事多，好事多，
陇板停车场今日新开锣！
开心的事情一个连一个，
陇板人日子越过越红火。
…………

随着山歌演唱，明达指挥在家的各家汽车列队进场，按顺序停放好。

正在这时，海天妈举着牌子，领着三个原来在车场内拥有菜地的大妈走了过来。

她们一边走一边喊："不给钱就不准使用停车场！"

海天妈不识字，她手举的牌子上大写着"赔我菜地款"几个字。明达心里明白是背后有人在捣鬼。他掏出手机拨打海天的手机，关机。

明达迎上去，问大妈们怎么突然说要钱。

海天妈说："哪有白白毁了人家菜地不给钱的呢？赔钱！不赔我们就不让放车到里面！"

另外三人也随声附和。

明达沉默了一阵子，问："你们想要多少？"

海天妈说："两千！"

"总共两千？"明达问。

"不是，是一家两千！"海天妈说。

"两千？你家菜地种十年都卖不来两千！"人群中有人质问。

见犯了众怒，她们几个互相望了望。

明达再问："你们到底想要多少？"

海天妈说："至少一千。"

另三人一个说八百，一个说五百，一个不说。

"给她们！"

人群中明达妈突然吼了起来，同时走出人群指着她们几个说："你们这是搅屎棍！这里原本就是公家地，谁敢认为是自家的，明天来找我拿钱！"

明达忙拉住母亲，让她回去。

"真扫兴！"明达妈离开时甩了一句。

明达劝大妈们有什么意见和要求也等过了今天再说，这是本屯最大的喜事，别冲了喜。

三位大妈听明达这么一说，立即转身离开。海天妈见状，丢了牌子，也悻悻地走了。

海天妈几个走后，明达继续指挥车队进场。没多久，偌大的一个停车场，齐刷刷地摆上了三四十辆各色各样的车子，它们在阳光的映照下，发出锃亮的光芒。

明达望着停车场，心里一片阳光，感觉自己作为新上任的屯长开始闪亮登场了。

七

停车场启用后，陇板屯所有的车辆都停放到了车场内，屯内巷道大为宽松和整洁。明达觉得美丽乡村至少先有这么个样子。

可高兴没几天，明达就受到了诬告。

有人向镇纪委举报，说明达以权谋私，借建设停车场敛财，收取群众集资款只简单建了个停车坪，余款都装进了个人口袋。

那天，明达正带领几个屯民在停车场里面种树（他们要在车场周边和中间种些树，以便为车辆遮阴防晒），村委会主任陪着镇纪委的一位同志来找他，说要了解停车场建设开支情况。明达大体介绍了一下，便打手机叫天星和大全回来。明达说，具体开支去问他们两人，数都由他们管。

天星和大全被叫到村委会办公楼，明达没有被同时叫去。但没过多久，村委会主任来电话把明达叫了去。

镇纪委那位同志如实告诉明达，他们接到群众举报，例行公事下来了解情况，事情都弄清楚了，你不但没有贪污集资款，还多拿出三千七百元，补足停车场建设投资。这事我们会向举报人解释，希望你把停车场建设集资情况和开支清单公布出来，免得有人误会。

明达说："好的，我叫天星他们贴出墙来——但是，关于我多出的钱，请你们不要对任何人说，我妈、我老婆还不知道，我不想惹她们不高兴。"

晚上，明达接到海天电话。海天道歉，说他这段时间跑长途，不在家，想不到他母亲会那样带头闹事，希望明达不要计较，权当看笑话，什么赔偿菜地款的事这就算过去了，他会尽快回来帮助做这几个老人的工作。

接连出现两件不愉快的事，原因在哪里，明达已经猜到了，但他不说破。他不想把事情闹大。陇板屯的安定祥和，得珍惜，得维护。凡事都有个五六七八，他相信时间会带来一切，也能够消弭一切。于是他感谢海天关心，说他刚接手屯里的工作，没有经验，请海天常回来看看，多多指导。

海天把建停车场集资款用微信发给明达。

明达想不收，借口说海天不常回来，集资款就不要了。

海天说："哪能呢，这是我应该交的，请你收好。"

"谢谢！有你支持，咱陇板今后会做成许多好事情！"明达真心感谢。

爬楼逸事

　　这些年，罗鸿鹏的生意做得顺顺当当、红红火火。依托大瑶山丰富的中草药，他在银山县城创办的药材加工厂越来越上规模，药材铺都开到了来宾、柳州、桂林、南宁，所产的中成药不但在南方各大中城市有售，甚至还外销到东南亚各国。

　　生意做大了，日子也过得阔阔绰绰。有一件事却让罗大董事长眉头紧锁，心里舒爽不起来。

　　什么个事呢？说来可真让罗总不好意思开口与外人道，只能是哑巴吃黄连，有苦自个知。

　　大不孝哇！罗鸿鹏心里常常独自长叹。

　　罗鸿鹏中医大学毕业以后，回到大瑶山，在银山县城安了家，又娶了个百里挑一的大美女。夫妻俩志同道合，思路宽广，双双从单位辞了职，带着破釜沉舟的干劲办起了制药厂，因为路子走得太对了，家业越创越大，竟成今日之宏大规模。

　　如今，他们的两个孩子也渐渐长大了，儿子读高中，女儿上初中。按罗鸿鹏的意思，儿子要考医科大学，毕业后回来接他的班，女儿可随意，考什么大学都行，只要她喜欢。不是罗鸿鹏重男轻女，相反，是他太疼爱女儿，由她天高任鸟飞，爱好什么就干什么。但对于儿子，那就没得说。罗家这么大的家业，难道没个人接班？

从儿子现在读书的状况和听话的程度来看，罗鸿鹏没什么不放心的。

可是，罗董的心事没有人知道。

人们看到的是，这一两年时间，罗鸿鹏回老家的次数越来越多了，不但是过年过节，就是在平时，他什么时候想着了，启动他那辆陆地巡洋舰就往深山里跑。

罗鸿鹏的老家名叫六祝屯，深居大山之中，又高居大山之上，距县城直线距离大概二十公里，但山路弯弯，实际要走上近五十公里。得益于国家对大瑶山人民的关怀，银山许多乡镇村庄都修通了水泥混凝土公路甚至柏油公路，但道路并非都宽畅笔直，多是随山取路，蛇行蜿蜒，车子走在路上，时而高上云端，时而没入波底浪谷，弯多弯急且不说，有时一边是峭壁，一边是悬崖，不是山里人，不要说开车，就是走路，都胆战心惊。

飞奔在回家的路上，罗鸿鹏已是轻车熟路。哪里是急弯，哪里可以放心加快速度，他早已了然于心。所以，回家，回老家，他半夜爬起来都可以说走就走。

眼下，罗鸿鹏又走在回家的路上。

昨晚，老爸打来电话，叫他回家一趟，顺便拿些跌打药酒回去。

"你又摔跤啦？碰伤哪里啦？"罗鸿鹏接到老爸电话，急切地问。

"不是，那酒用来擦擦身子骨舒服，没有了。"

这不是什么要紧的事，罗鸿鹏本想爱理不理，但还是听了老爸的话，回家。

他拐弯到菜市场买了三斤猪肉和一条大草鱼，就往山里走。

车在路上，罗鸿鹏的脑海里却不时浮现出一张瘦削的脸和一副有点佝偻的身板。那是他老爸、老妈的身影。老爸老妈累了大半辈子，也苦了大半辈子，到现在还在打柴种菜做家务，没享过清福啊！

但，这也实在怪不得谁，只能怪两老不听劝，有福都不会享。罗鸿鹏两个小孩出生那些年，两老倒是来县城生活过一段时间，当保姆。但来也不是都来，是分开来，像轮流当保姆一样，一个在县城，另一个就要回老家。老家种有菜、养有鸡，也得伺候。罗鸿鹏劝他们不种不养了，来县城住，他们不听。现在小孩都大了，他们全都回老家去了，好像城里不是住人的地方似的。罗鸿鹏很是无奈，往往想到这就免不了来气。

难道老家那山旮旯就真的那么好住？他实在理解不了老爸老妈。

老爸大名罗树忠，是个上门女婿。早年罗树忠"嫁"到盘家来，可有一段故事。

六祝屯不算大，可也很有些年岁了。屯子就两行房子，呈阶梯式贴在山腰上，清一色的黄墙黑瓦，远望如同青山的腰带。周围的树木密密匝匝，大大小小、老老少少都有，山下山坳处甚至有几株据说已有上千年的红豆杉，高大挺拔，被当地人尊为树神。

六祝屯的房子，几乎是老式的，家家的大门旁都设有爬楼。这种爬楼，仿如我们现在常见的楼房上的阳台。也有栏杆，但都不是很大，大体只能同时站立两三个人。这种爬楼意义可大了。瑶族人婚姻思想比较开放，哪家女孩看上哪家的男孩了，可自由恋爱，晚上男孩可到女孩家来，但不得从大门入，须从爬楼攀爬上去。这种事大人们都心知肚明，于是均给予方便，早早在爬楼下面堆放木柴，好让男孩踏足攀上楼去，上边有女孩伸手相接，然后进到女孩的房间里。能够爬上爬楼，说明男孩女孩相爱，可以结婚了。当然，也偶有偷情、滥爱的，那只是少数。

罗树忠当年爬上盘家的爬楼，并非一帆风顺，而是一波三折。

盘家是个殷实之家，有两个姑娘，大的嫁出去了，小的也到了适婚年龄，两个老人的意思就是要招个女婿上门，传承家产，延续门庭。当时，愿意上盘家门的男孩不少，但小女盘含秀自己有自己的主意，只看上罗树忠。可罗树忠是独苗，罗家就一个男丁，若把罗树忠"嫁"出去了，这边也就无人接香火了。所以，罗树忠的父母死活不同意。

罗树忠向父母表示，非盘含秀不娶。

这就让盘罗两家都犯了难。

盘罗两家的村子相隔并不远，一个南，一个北，中间夹着条大山沟，站在山头能见到两边炊烟袅袅，但望山能跑死马——不！这地方跑不了马，只能靠人的两脚行走，有时还得手脚并用去攀爬，这个时候最羡慕的是猴子和飞鸟。不过，罗树忠例外。他要想见盘含秀，他走得比猴子还快，比飞鸟还勤，能不分昼夜。

那晚，罗树忠又躲过父母，像猴子一样溜出了后窗，溜进了树丛，溜到盘含秀家的爬楼下。山村入夜早，四周静悄悄。罗树忠先学了几声猫叫，向心上人发出了见面的信号。盘含秀仿佛正在等待中，听到了信号，忙不迭打开爬楼房门，探身向楼下寻人。朦胧中，她看见罗树忠像影子一样立在下面，她的心欢喜得都快要跳出来了。可是，罗树忠没办法攀上楼，他在下面急得团团转。盘含秀忽然想起来了，爬楼下面的木柴早被她母亲搬进屋了，罗树忠没东西踏脚，哪里还能上得爬楼？但罗树忠显然不甘心白来一趟，他到别处转了转，抱来一棵木头竖着靠到墙上，然后攀上去。他正要伸手搭上盘含秀的手，木头却歪了，哐当一声，罗树忠连同木头一起掉了下来。这一跤摔得不轻，木头还砸到了罗树忠的脚板上，疼得他直喘粗气。更糟的是，这一声响动，惊醒了盘含秀的父母，他们拉亮电灯，打开大门，手中的电筒一下就照到了狼狈不堪的罗树忠身上。盘含秀也不害羞了，噔噔噔跑下楼，一迭声问罗树忠伤着了没有。

盘含秀的父母把罗树忠带进屋里，拿药酒给他擦伤，还和颜悦色地说话，并不恼。

盘含秀父母显然也看上了罗树忠，只是没办法成全这对有情人。自打女儿与罗树忠两人私订终身后，他们就明明白白提出了条件，他们什么也不要，就要罗树忠上门入赘，否则，一切免谈。罗树忠也同意做上门女婿，可是还没有做通父母的思想工作。盘含秀父母丢下狠话，如果说不通父母，以后罗树忠就别再来了。为此，盘含秀也舍出去了，亲自去到罗树忠的家，跪请罗树忠父母开恩，允许罗树忠到她家生活。看见盘含秀清清秀秀一个人，罗树忠的父母也不由得喜欢上了，连忙把盘含秀拉起来。接着，又是杀鸡又是做糍粑的，好言好语相慰，好饭好菜相待，就是不说答应让罗树忠上门的话。女儿都这样放下身段了，盘含秀父母也不愿再耗下去，所以声言要断绝罗树忠与女儿的来往。可是，罗树忠还是跑来了。

盘含秀父母还是那句话，罗树忠要想做他们的女婿，上门！罗家再不同意，那罗树忠以后就千万不要再来了，别影响了盘家另外找人。

一旁的盘含秀泪眼婆娑。罗树忠心如刀绞，斗胆提出了个不情之请，请盘含秀父亲亲自去他家一趟，如再说不动他爸，他罗树忠就不管不顾了，净身出门，到盘家来生活，与那边断绝关系。

看到罗树忠意志这么坚决，盘含秀父母满怀欢喜，同意到罗家走一趟。

可是，盘含秀的父亲白走一遭。

罗树忠的父母把罗家叔伯婶嫂悉数招来，热情招待盘含秀的父亲，左一个亲家，右一个亲家，反做工作，力劝盘含秀的父亲改变想法，同意把盘含秀嫁到罗家来。

盘含秀的父亲目的没有达到，反倒被弄得失去了信心，只好王顾左右而言他，草草收场回家。

他后悔登罗家的门，后悔听信罗树忠的馊主意。

他对盘含秀下了死命令：绝对不准再同罗树忠来往！

两个月后，盘含秀和罗树忠在两家中间地带的一处山坡上盖了间茅草房，住到了一起。他们吃野果、吃野菜，过着野人般的生活。到了晚上，还故意闹出动静来，罗树忠吹笛子，盘含秀唱山歌。他们的目的，就是告诉两家老人，不同意他们在一起，他们就自己另过，不回家了。

月亮升起来啰，
山里静悄悄，
晚风轻轻吹，
心儿多爽朗……

那一夜，盘含秀的父母和罗树忠的父母，不约而同，打着火把走向茅屋，他们远远就听到了罗树忠的笛子声和盘含秀的歌声。两家老人碰上面，都妥协了："算了，让孩子们结婚吧！"商量的结果是，罗树忠娶盘含秀，入赘盘家，他们生的孩子，头一个男孩姓罗，女孩可以都随母姓。

经过这一番波折，罗树忠、盘含秀这对有情人终于欢天喜地走到一起。举行婚礼时，盘家杀猪宰羊，把罗家那边的酒菜也全包了，本寨六祝屯家家户户都请到，还请来了乡里的文艺宣传队，吹喇叭、唱山歌、跳瑶族长鼓舞，像过盘王节一样连续闹了三天三夜。据说，这场盛大婚礼，在整个大瑶山百年都没有见过。盘家表达了极度的欢喜，也给足了罗家最大的面子。两家从此经常来往，成为最亲最亲的亲家。

所有这些过往，罗鸿鹏都是听老辈人说的，信，也不全信。不过，自打他记事起，他没有见过父母吵过架，却是真的。他小时候，生活在寨子里，升初中的时候，爷爷（外公）才把他送到柳州随在柳州当教师的二爷爷读书，直至读高中并考上大学。如今，两边的爷爷、奶奶都不在了，从前的生活也渐渐淡出他的记忆。罗鸿鹏唯一挂念的就是他的父亲和母亲。父亲母亲对他视为依靠，但又从来不干预他的选择。他起初的名字叫木青，寓意他像杉木一样扎根大山之中，四季常青，越活越坚硬。只是他二爷爷另有看法，赋予他远大的理想和期盼，改名为鸿鹏。他这只"鸿鹏"果然不负厚望，展翅高飞，飞出了大山，飞向大城市，并在那里学有所成。原本，大学毕业后他是可以选择留在大城市谋份工作的，是父亲要求他不要离家太远，所以他折中回到了老家县城。父母没有能够如两边的爷爷奶奶所愿，只生下他一个男丁，上边一个姐姐，罗鸿鹏

是老二，下面接连是两个妹妹。父母认命，不敢再生了，怕生了也是女孩，徒增生活负担。祖父母辈心里怎么想，罗鸿鹏不知道，看来也只能是无奈，只能认命。在罗鸿鹏还读大学的时候，姐姐就嫁人了。他毕了业回来，大妹妹也处了对象，不久便双双跑到广东那边打工，结婚后也落户男家，不回来了。家里剩下个小妹，也差些留不住。父母的意思，是找个上门女婿，和小妹一起守住六祝屯这个老家，这里有他们家的山林、土地和房子，还有祖宗的坟山墓地，不能抛开不管。小妹不听劝，也跑出去打工，却遇人不淑，被骗大了肚子，孩子生下来后，那男的不久便玩失踪了，至今杳无音信。走投无路之下，小妹厚着脸皮把孩子送回给老爸老妈带，又跑出去了。所以，罗鸿鹏现在六祝屯老家的情况就是，老爸老妈带着个找不到父亲也见不着母亲的外甥女过着粗茶淡饭的山居生活。

罗鸿鹏每想到这，总想找小妹来揍一顿。可是，他找不着。

罗家的大门敞开着，听到汽车的声音，外甥女苗苗第一个跑了出来。她五岁了，生得乖巧可爱，五官就像同母亲一个模子出来的。罗鸿鹏停好车，打开车门，走过来一把抱起外甥女就亲，问："想舅舅吗？"

"想！"苗苗跟罗鸿鹏也亲，很高兴地答。

"想，就给外公外婆说，跟舅舅到城里去住。"

"说了，外公不听。"

"外婆呢？"

"外婆也不听。"

"那就再说，天天说。"

"好！"

放下苗苗，罗鸿鹏到车上提起鱼和肉进了屋。

屋里，父亲躺在厅堂里的凉床上闭目养神，厨房里烟熏火燎的，母亲正在熬中药。母亲穿着一身黑，整个人就像融化在厨房里一般。

罗鸿鹏先把鱼和肉放到菜盆里，复出门去到车上搬进来一大壶药酒，搁到厅堂八仙桌旁边地面上，然后才问父亲哪里不舒服。

父亲头也没抬："没有哪里不舒服，老骨头不中用了，有了这酒，就都没事。"

母亲走过来说："你爸腰背痛，痛起来，路都走不了，人家说是什么突出。"

"腰椎间盘突出。"罗鸿鹏接过话，他猜应该是这个病。

"我都说多少回了，叫你们不要养什么鸡、种什么菜，跟我到城里住吧，那里有最好的医院，最好的医生，看病方便，治病也方便，小病不治会变大病的。"

父亲睁开眼："你那里我住不惯，人多乱糟糟，房间像个鸽笼。"

"人家都住得，就你住不得？"

父亲不再说话。

返程的时候，母亲捉了几只鸡，让罗鸿鹏带回去，说城里买不到这样好吃的土鸡。

罗鸿鹏说："就是这些鸡捆住了你二老，下回，我开辆卡车来，统统捉了去，看你们还养什么！"

外甥女苗苗牵住罗鸿鹏的裤脚问："舅舅，你又回去吗？"

罗鸿鹏又抱起她，说："是呀，舅舅事情多多，要回城里去了，乖，要听外公外婆的话，要按时上幼儿园，跟小朋友玩，听老师的话。"

罗鸿鹏转头对父母说："过两年，我要接苗苗去城里上小学、中学，你们也要跟着去，我管不过来。"

父亲问："你买的地什么时候起房子？"

"快了。"罗鸿鹏说。

"城里的房子都一个样子，是不是政府有规定？我看老家这样的房子就特好，有瑶家人的味。这是祖上留下来的，存着瑶家人的根，可现在越来越少见了。"父亲似问非问地对儿子说。

罗鸿鹏不语，走出屋门，四下环顾，一些人家新修了房子，都成钢筋水泥结构了，四平八稳的，像盒子一样，在六祝屯尤为显得另类。他家还是砖木结构，瓦盖，大木门，左边是爬楼。他忽然想起人们说的当年他父亲母亲私订终身的旧事。他的头脑里灵光一闪，有了新的主意。

一年多后，罗鸿鹏新建的房子落成了。它坐落在银山县城新拓宽的进城大道旁边的山脚下，楼高三层，青砖碧瓦，大木门口，二楼两边还设有爬楼，爬楼的围栏用方形黑色不锈钢做成。整座楼看起来古朴典雅，既有瑶家传统房居风格，又融进了现代建筑和用材元素，尤其是设置有爬楼，这在银山县城还找不出第二家，算是首开先河了。

起楼过程中，罗树忠来看过几次。他看不大懂建筑图纸，但听儿子说是参照老家房子建的，他就格外上心，每次来都问儿子要帮做点什么，儿子什么也不用他帮，说帮也帮不上，都是请师傅干的活，看看就行。

房子建成了，罗鸿鹏却没有搬过来住，还是住在原来的地方。到了外甥女苗苗来县城上小学的时候，罗鸿鹏才把老爸老妈一起接来，住了进去。

新进宅那天，罗鸿鹏摆了场乔迁新居喜宴，把亲朋好友请来，放了十万鞭炮，醉倒了几个酒鬼，好不热闹。

父母住进来后，罗鸿鹏还是没有搬过来，只是每周过来吃一两次晚饭。他说他事多，又经常外出，往往吃饭都不能按点，跟父母住反倒影响老人休息。

小妹也回来了，当然是跟父母住，白天到哥哥的药厂上班。罗鸿鹏警告她，再心野就打断她的腿，小孩要照顾，父母要照顾，有合适的对象就再成个家，好好过日子。

在外闯荡多年，世道艰难，人情冷暖，小妹深有体会，哥哥的话她是真的听进去了，也不能不听，从此安定了下来。

罗树忠两老，把六祝屯老家的菜园子荒了，把养的鸡全部卖了，把老房子拾掇干净，锁上大门，无声做了告别，长住到城里来。只在屯里有红事白事，或者特殊节日如扫墓时，才回去一趟。

老爸老妈习惯了城里的生活，罗鸿鹏一颗不安的心终于稳妥下来，生意做得风生水起，以至被县里树为创业的标杆，由县政协委员当选为县政协常委，受人尊敬，让人羡慕。

于是，一些对"风水宝宅"深信不疑的人，仿佛一下"悟出了道道"，也如法炮制，在县城买地起房，建爬楼，企望自己也时来运转，像罗鸿鹏那样取得做人的成功，达至人生的理想高度，过上最最美好的生活。

于是，银山县城里私家兴建的爬楼渐渐多了起来，甚至形成了"爬楼一条街"，并且成为外地游客前来旅游观光的一大看点。

目前，没有具体迹象表明，那些仿照罗鸿鹏建爬楼的人是否都时来运转，取得某样的成功，但有一点是确确实实的，那就是罗鸿鹏的小妹重新喜结连理，招赘上门，"娶"了个小她

八岁的新老公。

据说，这新老公是罗鸿鹏药厂的工人，与罗鸿鹏的小妹同在一个地方上班，也许是日久生情吧，两人互相欣赏并走到了一起。

据说，小伙子人样人品都不错，但每次来罗家，罗树忠都故意不开大门，让小伙子从爬楼攀上小妹的房间。小伙子虎背熊腰，手粗脚长，这自然难不倒他，他望着楼上的心上人，弹脚轻轻一跃，就攀上去了。

据说，婚礼那天，来喝喜酒的人，兴之所至，非要把传闻变成亲眼所见，都起哄着叫新郎再攀爬楼一遍，看如何能做到。新郎也不怯，大大方方来了个即兴表演，赢得了客人们连声喝彩。

幸福小区

武豪居住的小区叫作幸福小区。

取这么个名字，在武豪看来应该是取对了，名副其实。

这个小区位于城市东隅一条宽阔的大道边上。大道擦着一条约莫二三百米宽的河流延伸，由西向东再向北，转折处是一座青山，山不高而秀，林木扶疏，四季常青。幸福小区就坐落在这个转折里，坐北朝南，背靠青山，面向大道和大河。向西和向北，就是热热闹闹的旧城区了。现在这个地方还可以叫作新城区，但已开发出了好几个住宅小区，人也逐渐多了起来。对面河上正在修建两座大桥，城市要往东往南发展。武豪想，过不了多久，这里也要变成城市的中心了。

幸福小区的楼盘并没有像其他小区那样密匝匝的，也不是很高，参差错落在一起，布局不很规则，与山林树木浑然一体，刻意营造出一种闹中取静的意味。小区内蜿蜒着好多条整齐的花带，移栽有许多椰树、棕榈树等亚热带树种，一个水色宝蓝的人工游泳池荡漾在其间。游泳池的北面和西面，建有两处长廊一样的钢筋水泥棚架，颜色涂成了木色，柱子底下种了藤本植物，藤茎攀缘到架子上，交织成绿色的棚顶，浓荫蔽日。棚架下面，柱子和柱子之间，安放了木制的长条板凳，供人乘凉、闲坐。

要找出这个幸福小区的幸福标志，武豪觉得很容易，说两点就够了。一个是车多。尤其是到了晚上，小区里停满了各种各样的小车，有轿车，有越野车，有两厢的，也有三厢的，颜色多种多样，擦拭得干干净净、锃亮锃亮的。武豪叫不出这些车的名字，也看不懂是什么牌子。他还没有打算买小车。不是他不喜欢，是他目前还没有这个能力，所以对这些车他没有研究。他现在骑的是两轮摩托车，女式的那种。他的车在这个小区里看起来有些另类。因为在这小区里骑摩托车的人很少，有也是那种轮子大大的，跑起路来又稳又重，很霸气很享受的样子。另一个幸福的标志是狗多。武豪不明白，这里的人干吗就这么爱养狗。养了也就罢了，可还要弄得像宝贝似的，把狗抱着，或者牵着，有的还要穿衣戴帽打扮得跟他（她）的孩子一般。特别是在傍晚的时候，小区里哪里都有人在遛狗、逗狗，活生生把这个人住的小区变成了狗的世界。

武豪感觉到自己是住进富人堆里来了。

住到这个幸福小区，并不是武豪在这里买了房。房是他堂姐的。

他的堂姐前些年到新西兰做访问学者，爱上了那里辽阔的牧场，并与一庄园主的儿子一见钟情，于是不管不顾地辞了职，嫁到那边去了。堂姐嫁出国后，这里的房子并没有卖掉，也没有租出去，她想留着以后回来探亲用。武豪从县下面通过竞聘调来这座城市教学，一时没有房子住。他同堂姐一说，电话那头，堂姐没等他说完就建议他先住到她那房子里，说是正好帮她看房，房钥匙在她妈那里有，回去拿就行了。还说，以后物业费呀水电费呀什么的，你自己去交我就不管了。

堂姐这么慷慨，武豪当然高兴了，果真搬来这里住。武豪所任教的那所中学离这里也就三四公里，坐公交车方便，坐摩托车也不远，他感到很满意。

武豪住到这个幸福小区里已经有一年多了。日子在按部就班的上课下课中悄悄流逝，武豪两点一线反反复复往返于学校和住所之间，心如止水，习以为常。如果不是把小孩接来城里读书，武豪住在幸福小区里的幸福感应该是不会发生什么变化的。可是，现在有变化了，让他变得心焦起来。

事情的起因很简单，都是那些狗惹的。

武豪的爱人是做成衣生意的。她在县城的街边租了间小铺面卖衣服。他们的孩子也在县城里的一所小学读书。武豪调到城里任教一年后，孩子也小学毕业了。为了让独生女儿能够接受更好的教育，夫妻两个意见一拍即合，于是把孩子转到武豪所在的中学读初中。孩子到城里来读书后，孩子妈妈也不想在县城做生意了，让武豪在幸福小区附近找了份临时工，是到一家餐馆帮人端菜洗碟，没有做多久又辞了职，转为承租一个报亭卖书报杂志兼营香烟小玩具之类。这样，一家子算是在大城市里安顿下来，日子虽然不富裕，但也还过得去。

孩子到学校读书，接送武豪顺带兼了。孩子妈妈放心料理她的报亭。周末和节假日，一家子走在幸福小区里，有一种享受的感觉。唯一不满意的是这里到处是狗。武豪不怕狗，她爱人怕，孩子更怕。那些狗虽然有主人牵着、监管着，但毕竟是畜生，龇牙咧嘴的，动不动就叫唤，有的还非常威武雄壮。武豪的孩子走过它们身边的时候，战战兢兢的，如临大敌，非得父亲或母亲遮挡着才敢过去。而那些狗主人全然不把这些放在眼里，没事一样，个别人似乎还怂恿着他（她）的狗。武豪对此是一百个讨厌甚至是恼怒。有一次，武豪的爱人带着孩子先

行一步，走过狗的旁边，那狗突然对着她们狂吠，挣扎着要扑上来，如果不是主人扯紧拴狗的链子，几乎就要咬着她们了。母女两个被吓得脸色大变，腿脚也不知怎么抬了，恰好武豪看见了，大步奔上来喝退那狗。那狗被吓退了，回头见武豪是赤手空拳，又抢上来，狂吠换成了低吼。

武豪对狗主人说："管好你家的狗，咬着了人，我让它非死不可！"

狗主人是个女的，嘴巴也犟，说："你敢！打死了你赔得起吗？"

武豪说："赔？咬人的疯狗也用赔？"

"疯狗？你才是疯狗！"

"你！你骂人？你是狗它妈？"

"你才是！"

"我看你就是！"

"你是！"

"你不是干吗护着你的狗？"

"我的狗金贵，你不能骂它！"

"哦，连狗都不能骂，你厉害呀！你让它咬人看，我不但要骂，还要打！"

"你不能打我的狗！"

"我不打它，让它白咬人？"

"咬了人我赔！"

"你怎么赔？"

"赔你医药费！不就一两千块钱吗，我给你五千！"

"你有钱哪？我不要，我要打狗！"

"就不给你打！"

"不给？真咬着了，我打给你看！"

两人你来我往吵着架，一些居民渐渐围过来看热闹。武豪的爱人扯着武豪让他走。武豪走开时，又瞪了那人和那狗一眼。那狗见着那么多人，早已不再发狠，依在主人的脚边，事不关己一般。

这次吵架以后，武豪在幸福小区里受到了人们的关注。之前，武豪是不被这里的人注意的，他走在小区里，就像一名过客，没有谁向他打招呼，大概连多看他一眼也没有。吵架以后则不同了。尽管仍然没有多少人知道他姓甚名谁，是什么职业。小区里的人是不爱打听别人底细的，哪怕是门对门也不会随便打听，除非聚到一起喝过酒、聊过天。他们居住在同一个小区，彼此离得很近，又仿佛离得很远。过去曾说"鸡犬之声相闻，老死不相往来"，武豪觉得小区这里差不多如此，好像各人只顾各人的生活，碰见了似乎很礼貌，却又不怎么热乎。武豪不知道这是为什么。吵架以后，这里的人似乎都认识他了，注意到他了。他们虽然仍旧没有跟他打招呼，但是武豪明显感觉到，他们看他的眼神变了。这些眼神大致可分为两种，一种是平和的、亲善的，一种是蔑视的、憎厌的。后者，是那些养狗的。武豪没有太在意这些，依旧按部就班地上课下课，依旧在小区里进进出出，只是他的小孩不太乐意下到小区的地面来行走，回家后就待在家里看电视、玩电脑或者做作业。武豪觉得这样子对健康没好处，所以晚饭后总爱催着孩子下去散散步。但是孩子不情愿，说是怕狗。所以，武豪对在小区里养狗这件事，准确点说，是对养狗的人在小区里遛狗、逗狗的行为，还是那个态度：讨厌。

一天晚上，武豪一家子刚吃过晚饭，就听到有人敲门。

武豪走到门口先从猫眼往外瞄，见是三个中老年妇女，便打开门，以眼询问。

三个人都带着笑意看着武豪，其中一位稍胖的阿姨说："是武老师吧？你好！我们想同你商量件事，有空吗？"

武豪说："什么事？请进来吧，进来再说。"

于是三人相继进了屋，并自觉换上拖鞋。

最先进门的那个稍胖的阿姨说："打扰你了武老师，我们是从物业那里知道你姓武，就冒昧来拜访你了。我姓张，以前是老师，现在退休了。"张阿姨介绍完自己，又介绍了跟进来的两位，一个是黄医生，一个叫李大姐，都退休或者提前内退了。张阿姨一副好嗓音，大方又从容，显然是位见过世面的人。

武豪说："欢迎三位大姐，有什么事就直说吧，看我家这屋够寒碜的，可别见笑，随便坐吧。"

武豪的爱人正在厨房里洗碗，听到客厅里有人说话，抽身出来望了望，又回去忙活。女儿在她的房间里上网玩电脑，连看也没有出来看一下。

三个女人也不介意，只顾围着武豪站着，还是一脸的微笑。武豪找出一次性纸杯，去端热水壶，想要倒水给客人，三位齐声说不用不用了。还是那位稍胖的张阿姨开口说："武老师，你家还忙着，我们就不吵烦了，照直说吧。"

武豪说："不忙不忙，你们是贵客上门嘛，坐下慢慢说，有什么用得着我的地方尽管吩咐。"武豪一边说，一边把三人引导到沙发坐下。

三人坐下后，那位叫李大姐的又站了起来，从口袋里掏出一张折成四折的纸，打开了递给武豪，说："武老师，我们没多少文化，写了这个倡议书，请你看成不成。"

旁边那位黄医生说："李阿姨以前是工厂宣传科的，算是我们的秀才，她写的都是我们想说的话呢，现在拿来让武老师修改修改，看妥不妥。"

武豪伸手接过倡议书，嘴里说："有张老师在，哪有妥不妥的，我欣赏欣赏还可以。"

张老师说："我是教数学的，写文章是赶鸭子上架，武老师你就别谦虚了，仔细帮我们看看吧，这事我们还要请你来领头干呢。"

武豪把倡议书大概浏览了一下，听张老师这么说，便再认真看了一遍。

倡议书只有一页，文字是打印的，内容如下——

幸福小区的全体住户：

大家好！为了保证卫生清洁，创造安静和谐的人居环境，我们倡议养狗者务必管好自家养的狗，可以到小区楼下遛狗，但不要把狗带到公共场所来逗耍。

为什么要提出这个倡议呢？首先是因为狗养在小区里有时候会叫吠，影响左邻右舍休息，特别是一些老人，一听到狗叫声就很难入睡，人睡不好就头疼心躁，甚至要生病，危害到健康，所以，不要让狗叫。其次是把狗带到公共场所来玩，狗就要同人争地盘，狗有腥臊气味，还会随地拉屎拉尿，不卫生。再次是最重要的，狗会发狠，会咬人，已经看到狗咬过两个小孩、一个老人了。虽说狗咬了人，狗主人都赔了医药费，但是狗可能携带狂犬病，可以传给人，打了针能不能防治要等好多年才知道，这更加让人担心。

上面就是我们提出倡议的主要理由。谢谢合作！

年　月　日

倡议人：（赞同者请在下边空白处签名）

武豪仔细看了倡议书的全文，总体觉得还可以，观点鲜明，言之有理也有据，也就不想提些什么意见，反正文无定法，能表达意思就行。于是就连说好好好，我赞成，我支持，就看别人接受不接受了。

倡议书得到武豪的赞赏，特别是武豪说他支持这个倡议，三位大姐都高兴了，话也就多了起来，一见如故的样子，仿佛找到了知音。

武豪的爱人洗完碗筷走出厨房，开口便说三位大姐想得真是太好了，我也是反对养狗的，那些狗有什么好呢，我一点都看不出来。她说着一边找出杯子倒开水，一边责怪武豪只顾说话，怠慢了客人。

三位老大姐连声道谢，几乎是同声说不必见外不必见外。

武豪的爱人说："刚才听你们说要把这个倡议书贴到公告栏上去，我看还不够，我建议把它打印出来分送各家各户，还要特别送给物业管理处，由物业公司出面来管理。"

张老师说："好哇，这个建议好！"

武豪说："送给各家各户就不必了，估计那些养狗的人家会反对，我们先呼吁呼吁吧，先把倡议书贴出来，看有多少人签名赞成再说。不过，我们也可以送给物业公司一份，让他们知道有这些群众意见，如果他们肯出面强制执行最好了。"

武豪的意见得到了大家的赞同，于是几个人就倡议书如何制作进行了讨论。武豪对倡议书又再看了一遍，对正文结尾部分做了修改，把那些容易刺伤养狗者感情的语句删去，换成比较温婉的话，使倡议书变得有理、有礼，能够让人接受。

告辞时，三位老大姐热情邀请武豪的爱人加入她们的队伍，晚上一起跳健身舞。武豪的爱人愉快地答应了她们。

第三天下午，幸福小区的公告栏上果然贴出了一份关于呼吁管理好宠物狗的倡议书。倡议书是粉红色的，有二开报纸那样大，一边印刷着倡议书的全文，另一边留空，提请同意的人在上面签上自己的名字。武豪和那三位大姐的大名已率先写在上面，笔迹各异。

武豪是个做什么都想要有结果的人，可是倡议书没有给他带来预想的结果。

倡议书贴出了两天，没见有一个人在上面签名，第三天有了两个，第四天没有，第五天也没有，第六天早上发现倡议书被谁撕掉了。

武豪和张老师她们不甘心，又重新印制了一份倡议书贴上去。但同样是好几天也没见有人来签名。看来小区里的人多是自扫门前雪各顾各的那种，难以形成合力，或者根本就不赞成他们的倡议。

张老师打电话对武豪说：“武老师，没有人支持我们就算了，今天我发现倡议书上被人贴了医治性病的广告，还写了个又粗又黑的办证电话，我就把它撕了。那些狗，我们管不了，就自己躲远点吧。”

武豪回话说：“我试找物业公司看看吧。”

武豪去找物业公司。

公司办公处坐着两个头发都染成了栗黄色的女人，一个二十多岁，一个约莫四十岁。她们回答说：“你们那个倡议书

上的要求在城市养狗管理规定里没有写,我们不好乱干涉。"

从物业办公处出来,武豪又去找小区大门管车辆进出收费的保安。保安说,他们只负责车辆管理,狗的事不归他们管,你去找搞清洁卫生的吧。

武豪找到了正在电梯里扫地的女工。那女工说,她是清洁工,看到那些狗到处拉屎也正烦着呢,可又不敢说,也不知向谁说。她说她一个下岗工人,人家聘用她,她知足了,哪敢嫌七嫌八的,忍住了。她说武豪这样的人,会说话,面子大,去反映反映看,说不定能管住这个事,管住了,她感谢他。

武豪讨了个没趣。

倡议没有得到好的回应,武豪有一种失败的感觉。他的女儿依然怕狗而不乐意出门活动,放学回来依旧宅在家里。爱人倒是胆子大了,还迷上了跳健身舞,几乎晚晚都出去同张老师她们扭出一身汗才回来。爱人变得越来越苗条,女儿变得越来越胖,武豪越发觉得必须改变女儿的生活方式。

武豪特意买回了一副羽毛球拍和一筒羽毛球,打算在周末带女儿打打羽毛球。小区内有两处比较大的空地,不让人泊车,专供大家晚上唱歌跳舞,武豪觉得白天可以到这两处地方打羽毛球。可是,女儿只同他下来打过两次球就不干了。武豪问女儿干吗这么不爱活动。女儿说,她看到那些狗就害怕,下面都是狗。武豪说,你怕它干什么,它又不咬你。女儿嗫嗫嚅嚅了一阵子,最后说她作业多要做作业,之后就干脆不搭理了。武豪感到问题还是在那些狗。

武豪怀疑女儿是得了恐狗症。

武豪去找医生咨询。医生也说不清楚,他说这个可能是病也可能不是病,有些人看到猫看到老鼠也害怕,看到蛇许多人都害怕，可有些人连老虎也不怕，这怎么说呢？是有病吗？还是正常反应？不能一概而论的。武豪问有没有药治。医生说没有，还是靠练胆量吧，见惯了就不怕了。

武豪等于白找了那医生。

物业处那两个"黄头发"说要跟她们的领导汇报遛狗的事，可两个月都过去了，一点声息也没有，她们到底汇报了没有呢？是不是敷衍他？武豪觉得这应该有个回音，物业公司每个月收取业主的物业费，就该为业主服务，不能不回应业主的诉求，办不了的事至少也应该有个解释。

武豪再次来到了物业管理办公处。

办公处里坐着两男一女，那女的是武豪上次见到过的那个年轻的，一个胖胖的中年人正在对一个瘦瘦的青年人交代着事情，大意是让青年人尽快找人把小区里的一些草地铲平，铺上地砖，用作车位。他说小区车位不够，一些人家有几部车，没地方停放都在埋怨，管理费不是问题，安全是大问题，这个必须为业主着想。

武豪等那青年人唯唯诺诺领了任务出门去后，才走进去问那女的关于小区养狗遛狗的事。那女的想了想，总算想起来有这么回事，于是扬手指向那中年男子，说："这是我们公司副总，你跟他说吧。"

武豪转头面向那中年男子，还来不及开口，那中年男子倒先说话了："你好！我姓曹，曹操的曹，有什么事请说。"

"喔，曹总啊，我们幸福小区的一些住户希望物业公司出面协调解决一件事情。"武豪见那人比较随和就直接入题。

"好的，我们有什么做不到的欢迎业主提出意见，我们能做得到的一定去做，努力让业主满意。"曹副总爽快地说。

　　武豪注意到，曹副总手上戴着一块金黄色的手表，说话时还瞄了一下时间，估计还有其他的事情，就简要地把他和张老师们的倡议从头说了一遍。

　　曹副总又瞄了一眼手表，说："这个，呀，这个事、事情不好办，这个……你们怎么有这种想法呢？这狗嘛，人家爱养，是人家的自由，人家的爱好，你们的要求没有依据，管不了，没法管。呀，再说呢，狗算是人类最忠实的朋友了，看家守院，做伴解闷，逗耍取乐，很好的嘛，关键还是个人的问题，狗是有感情的动物，我们应该学会和狗交朋友，对吗？至于，卫生问题，我们可以加大保洁的力度，多派些清洁工，是狗造成的，看看能不能收取适当的管理费，平衡一下业主的利益。"

　　曹副总这一番话，武豪听起来像是对他进行洗脑，于是问："曹总大概家里也养狗吧？"

　　"我们曹总是市里养狗协会的理事，他家有藏獒呢！"那女的接过话，不无夸奖地说。

　　"怪不得！"武豪不抱希望地说，"曹总对狗那么偏护，我们算是没指望了。"

　　曹副总又瞄了一下手表，还是那么和善地说："说不定你以后也会爱上狗的。这样吧，你提出的意见建议我们考虑考虑，看写个通知或者告示什么的，尽量不让狗干扰人的正常生活，但有没有用现在还不好说，听不听是人家的自由，对吗？"

　　"谢谢了！"武豪再次失望而归。

　　后来好多天，武豪算着有两个星期了，也没见小区内贴出什么告示。大概那曹副总也是在搪塞他。武豪无可奈何。

　　他们的倡议就这样不了了之了。

学校放了寒假，春节也临近了。武豪把女儿带回农村的老家，想留女儿在乡下陪陪爷爷奶奶几天，等过了春节再回城里。

奶奶看到白白胖胖的大孙女，两眼笑成了一条缝，当晚就宰了一只大阉鸡。

吃饭的时候，武豪女儿吃得很少，挑挑拣拣的，爷爷特意留的鸡腿不吃，鸡肉肥的不吃，鸡皮也不吃。

武豪的弟弟武杰就笑问她："是不是要减肥呀，吃鸡肉胖不了，吃零食才会胖，这鸡肉那么香，城里是吃不到的，多吃点。"

武豪说："她哪里是爱吃零食，都是懒得活动造成的，回到家里就对着电脑，动也不动。"

武杰说："这样不行，小孩子要读书好，也要身体好，要劳逸结合，适当活动活动。"

"她就是不爱活动嘛。"武豪说，"这孩子懒。"

"我懒吗？我在学校不是锻炼了吗？"武豪女儿不高兴说她懒，大声反驳。

"学校里连体育课都少上了，做那几个操全都懒洋洋的，也算锻炼哪？"武豪顿了顿，又说，"回到家里叫散步不去，叫打球也不打，你呀！"

"我，讨厌那些狗！"女儿气鼓鼓的，眼泪快要流出来了。

武豪母亲见了忙制止："吃饭吃饭，少说废话！咱孙女爱怎样就怎样！"

"你换个地方住给我看！"女儿又塞了武豪一句。

"……"武豪出不得声，光瞪着眼。为了女儿，他也想过搬家躲开那些狗，但想了几回也都忍住了。在城里落了户，租房不如买房，而且始终得要买，他和爱人挑来选去，在学校附近看中了一套一百二十平方米的，已经交了首付，但最快也要等到明年年底才能住得进去。他现在坚持住在堂姐那套房，就是为了省房租攒钱买房的，女儿她哪里知道！

"哥，那些狗怎么回事呢？"武杰问。

武豪将幸福小区车多狗多的情况简单说了一下，捎带把女儿见狗就哆嗦的状况也说了。

武豪母亲听了说："那些狗是近不得，你们出门要带条棍子。"

武豪说："妈，哪有出门就带棍子的，你当是在农村哪？是在城里，人家不笑话吗？"

武杰说："哥，这事简单。我今年开始做爆竹生意了，你拿些炮回城里，有种炮一摔就响，狗最怕炮声了，管保它躲得远远的。"

武杰说完起身到里屋拿来一个纸盒子，小心打开，里面整整齐齐装着二三十个蜡丸一样的东西，灰色的，不是很圆，有拇指头那么大。

武杰说，这叫摔炮，摔地就响，是蜡纸包的。

武杰的儿子伸手就抢："给我给我。"

武杰拨开儿子的手："这是给姐姐的，你还玩不够哇！"

武豪女儿说："我不要。"

武杰拿出一个摔炮给儿子，说："试摔给姐姐听，出外面去，离远点。"

武杰儿子接过摔炮欢快地跑出门去。随即，一声脆响，硝烟弥漫，传进门来。

武杰儿子跑转回来，说："再给我一个。"

"去，做你作业去！"武杰喝止儿子。

第二天，武豪先要回城。出门时，家里给的鸡呀米呀他什么也不要，只拿了一盒摔炮，小心放到装衣服的纸袋里面。

临近春节的城里，同样年味渐浓。武豪爱人的生意比平时旺了许多，幸福小区里面已经有人着手进行节日装点。家家户户清扫门庭，购置年货，有的连春联都准备好了，就等着大年初一贴出来。小区内草木新修剪过了，贴着"欢度春节"的灯笼挂到了大门上方，红红绿绿的彩带也遮天悬了起来。武豪走在小区里有一种改天换地的幸福感。

当然，比武豪更加幸福的也许是那些依然优哉游哉地牵着狗的红男绿女。他们的狗，或聚集在一起，或独行于一处，毛长毛短，黑白灰黄，或弱小或壮健，无一不消受着主人的关顾和爱恋。武豪管不了人家，因为——那是人家的自由，人家的爱好。

武豪忽然觉得自己有些不太入群，于是，兴味索然地上楼回家。

进了家门，武豪看到桌上他从乡下带回的那盒摔炮，寻思下去试试看，于是抽出几个放进衣袋里，又转身出门下楼去。

武豪下到地面，一路行走，摸出两个摔炮逐一摔到空地上，叭，叭，响声震耳，尘烟飞扬！

他胸中的闷气似乎也跟着消解了许多……

孤独的自行车

一

赵一乐上中学时，身体比较瘦弱，在同学中属于弱势的那种，常常被拿来开玩笑。想不到毕业后，特别是参加工作后，他身体越来越强壮，体质和体魄就像春天里的树木，生机勃勃，充满活力。这和他注重锻炼有很大的关系。他在企业工会上班，做得最多的事情就是组织职工体育活动，自然他也是活动的主将，篮球、排球、乒乓球、游泳等样样都拿得出手，很少落后于人。

这天，赵一乐收到高中同学聚会的邀请，聚会的地点定在老家那边，距离赵一乐工作的城市约有一百二十公里。赵一乐想想路程并不是很远，就决定骑自行车回去，给自己一个挑战，给同学们一个惊喜。

出门的时候，天气格外好。旭日东升，朝霞满天，把大地映照得如同神话世界。

赵一乐骑着他的山地自行车欢快地穿过大街小巷，出了城区，沿着国道往老家崇山县方向奔去。风飒飒地擦过耳边，两旁的房屋、树木还有迎面而来的车辆，都像后退一样，迅速闪到身后。他只管往前看，往两边看，享受着风，享受着景，享受着神话世界，也扑进神话世界。

这部车跟他有些年了，他几乎每天都骑着它，操作起来得心应手。这部车可以变速。他用拇指和食指操纵着变速器，把速度调到最快，两脚每猛踩一阵子，他便停下来，让车子自主滑行。车速与摩托车差不了多少，他觉得自己像一只鹰，张开双翅在公路上翱翔。

他觉得他的选择太正确，太惬意了！

"多少次天涯别离，今日难得又相聚。我的脸上挂着泪珠，那是流出的欢喜……"

车头的"小蜜蜂"唱到了《相聚》，程琳甜美的声音让他心头都快要流出蜜来了。

这些年，生活越来越好了，人人手里多了几个钱，却越发怀起旧来，于是老同学聚会像刮风似的兴了起来。收到这次高中老同学毕业三十五周年聚会的邀请，赵一乐最初是不想去的。去了，恐怕也见不到几个人的。因为，据他推想，他们班那帮老同学差不多有大半，不是当爷爷、奶奶，就是当外公、外婆了，被孙儿辈缠着，还能走得开？让他耿耿于怀的是，他们班之前有过两次聚会，张德君、罗红英等考上大学的没有一个来过。

他还有更加耿耿于怀的。

高二那年，体育课考试，跑三千米。绕跑道，一圈五百，要连跑六圈。跑到第四圈时，他实在支撑不住，于是故意落后，躲到旁边的厕所里，等同学们跑到最后一圈时，他偷偷跟了上去。体育老师打分，人人合格。可没高兴几天，他就被体育老师叫去重考，说他作弊。

世上没有不透风的墙。后来他得知，是张德君告发了他。

但他无可奈何。毕竟自己不占理，怪就怪自己身体不争气吧！

可是，这一次同学聚会，据老班长李清泉说，就是张德君他们那几个大学生先提议的。叶落归根，人老思故乡。李清泉说，那几个同学已相继调回崇山工作，有的还提前退了休，其中张德君早年就辞了职，现在当大老板，做着房地产和汽车销售生意。

赵一乐了解到，他们班的同学，总体上命运还不错，考上大学五人，考上中专十一人，后来参加乡镇干部招考又有九人被录用。也就是说他们班四十个人，有二十五人吃上了国家饭，端起了"铁饭碗"。至于有人后来辞职或者提前退休，那是人家想过得更好，这是一个自由创业的时代，什么样的人生都会有。就说班上那十几个回乡务农的同学，后来也不是都捆在田地里终日面朝黄土背朝天的，他们有的出去打工，有的跑运输，有的经商去了。赵一乐越想越觉得，他们班的同学个个都是值得尊敬的。

这次聚会的邀请信是李清泉和那几个考上大学的同学联名写的，彩印，然后寄过来，显得特别郑重。在这样的年代，不直接打电话，已经少之又少了。

赵一乐的老婆张爱妹在医院当医生，一个萝卜一个坑，请假很难。除了春节，平时没有什么大事，她是没时间去赵一乐老家的。这次赵一乐要回老家参加同学聚会，不年不节的，她更加去不了。赵一乐明知不可能，但还是问问老婆，是不是同他回去。

张爱妹回绝得非常干脆。

赵一乐说："你不回去的话，那我就骑自行车回去了。"

张爱妹极力反对，说："都什么年代了，有大巴不坐，偏要逞什么能。"

他不以为然，说："你想想啊，坐车、坐船、坐飞机，谁没有坐过？我这是一举两得，你知道不知道？"

他见老婆翻着白眼蔑视他，又说："我那帮高中老同学，谁没过了五十？人到了这个年纪，许多人这痛那痛、三高四高的，腿脚也不灵便了，是不是？到了这个年纪，健康最重要，是不是？所以我说，我这是一举两得，一来可以锻炼身体，二来可以欣赏沿途风景。"

张爱妹说："人家可能都是开私家车去的，就你老土！"

他说："我老土？这自行车时髦着呢！既是交通工具，又是体育工具，相当于小摩托，还是环保的。"

"好好好！我看你呀，你这是光着脚板说鞋不好穿！"

他瞪眼看老婆，不再与她争辩，只管去准备他的行当。

张爱妹说归说，还是替老公着想。买个"小蜜蜂"挂在车头放音乐就是她的建议。赵一乐专门拷了十几首他喜欢的歌，其中就有程琳唱的《相聚》。他想，他可以一路骑车，一路听歌，听熟了，也学会了，同学聚会嘛，没有不唱歌的，到时候他也可以上得台面，不至于跑腔跑调。

张爱妹见他这么上心地准备，说："你要学好几首歌，最好是男女对唱的，像《敖包相会》呀，《知心爱人》哪，争取当个歌星，老同学相会，拆散一对是一对，那有多浪漫哪！"

赵一乐坏坏地笑，说："你说对了，我这就找情人去。"

张爱妹伸出手指捅赵一乐的头，说："就你这傻样，想得美！骑辆破自行车，人家连正眼都不看你！"

赵一乐还是笑，说："恭喜你，你又说对了，我赵一乐命中注定就只有你了，有哪个傻女人会看上我呢？"

张爱妹又捅他一指，笑着说："去你的吧！记得路上打个电话回家，见了老情人也要合个影，回来让我见识见识！"

二

晓行夜宿。

第二天中午，赵一乐顺道先回了趟老家。他的老家在崇山县城附近，城乡接合部。以前县城小，这里还比较僻静，如今搞城市开发，城区外扩，他的老家也就亦城亦村了。崇山县正在申报撤县改市，最明显的变化就是城区扩大了，楼房多了起来。他老家的土地已被征收了一部分。当初，老爸不乐意，还是李清泉跑来找他，叫他帮助做了老爸的工作。家里得了征地款，把老屋翻新了，三弟还在自家菜园子建了座简易的农家乐饭店，日子比以前滋润了许多。老爸显然看到了好处，但面子还要扛着，不过已经不再骂他胳膊肘往外拐了。

赵一乐把带回的行李放下，与老爸老妈坐了一阵子，便骑着他的山地自行车去往同学聚会的地点——闲乐山庄。虽然邀请信上有路线提示，但他毕竟不在老家生活，加上城区有了变化，所以他只明白了个大概的方向。他傍着青水河一路骑行，遇到岔路还得停车问人。

离开大道，赵一乐拐入一条勉强算三级路的林间小道，往林子里驶去。他想起来了，这里是一个林场的分场，一片的丘坡地，如今更加显得林深叶茂了。他乐悠悠地踩着车子，一路欣赏。西斜的阳光从树叶的缝隙打洒下来，路上的光影疏疏密密、斑斑点点，如画布上随意点染的写意画。只可惜没有虫鸣，没有鸟叫，若有，那就更加显得远离尘世了。人上了年纪，大都不爱热闹，选择到这么一处清静的地方聚会，赵一乐第一个感觉就是好。

赵一乐猛踩一下车子，跃上高坡，一座牌坊一样的屋子便吸引住了他的目光。屋子正中上方一块横匾，白底黑字，上书"闲乐山庄"，魏体，苍劲有力。下方两根木柱子，直挂一副对联，行草，上联"千日万日闲它几日"，下联"一生一世乐其一世"。移眼过去，屋子右边是一个停车坪，停放着二三十辆车，有轿车也有越野车，黑色、白色、红色、绿色、青灰色都有，占去了大半个停车坪，像是在办车展。屋子的后面，隐约还有些房子。

赵一乐伸脚支地，四下搜寻，空无人影。他很失望。他的潇洒到来，居然没有谁看到，这与他的想象和期待完全脱节。

"有人吗？啊？"他停好车子，走进屋内，大声问。

喊了几声，从屋子后面钻出一个女人来，肉墩墩的，长发很不协调地披散在脑后。

"赵一乐！是赵一乐吧？"

"罗红英！"

两人几乎是同时喊出了对方的姓名。罗红英读高中时比较矮小，现在还是矮，但变胖了，只是一张圆嘟嘟的娃娃脸没有变。罗红英当年考上南方的一所师范大学，毕业后被分配到桂北，十年前调回本县，进了高中母校当英语教师，只是一直没有相见。如今见到，都能一下就认出对方，说明两人的相貌还没有完全走样。

老同学阔别相逢，是拥抱还是握手？赵一乐稍一犹豫，选择了握手。

"同学们都去哪啦？"赵一乐问。

"喏，都去那里钓鱼或打牌了。"罗红英扬手往屋后方指去。

赵一乐顺着罗红英手指的方向看去，只见屋后不远处，地势低了下去，有一圈竹子和垂柳，中间隐现出个大水塘，只是没有看见人影。

"都到了吧？"赵一乐没有再寻找，回过头来问。

"能来的都到了，你应该是最后一个了。"罗红英说着从包里拿出签到表，放到屋子中间的大板桌上，请赵一乐签到。

赵一乐这时才注意到，这屋子有些像个书画活动室，除了这张大板桌，旁边还有一些凳子，两边的墙壁上挂满了字画，有落款盖了章的，也有只落款没盖章的。

赵一乐看签到表已经签到第二页了，他依次一个名字一个名字地看。

罗红英说："等一下都会见到真人的，就怕你名字和人对不上号。"

赵一乐说："人没有到齐呢？"

罗红英说："来的都来了，有的联系不上，有的联系上了却没来，说是有事。"

赵一乐"哦"了一声。

罗红英沉吟了一会儿，又说："老同学，你还不知道吧？我们班有两个同学已经不在了，英年早逝呀！还有几个，这次实在来不了，周兰花到美国探望女儿，杨喜强、赵如跟团去新马泰旅游，陈有才、张俊驹、梁兆益、马永勇身体不方便。咳，这人哪，上了岁数问题就渐渐来了。"

赵一乐听着有些伤感，说："是呀，岁月不饶人！"

赵一乐签到，交了份子钱，罗红英递了把房钥匙给他，说："你今晚和韦崇俊住一个房。"

赵一乐说："我晚上回家住，不用开房的。"他心想才交两百块钱，又吃又住玩三天两夜，哪里够，想问住宿是不是另外结账又不好意思问，犹豫了一下。

罗红英似乎猜到了他的心思，把钥匙拍到他的手心，说："放心，这次聚会有土豪赞助，回什么家！吃了饭还有活动呢，再说喝了酒就不要回去了，不是说喝酒不开车，开车不喝酒吗？"

赵一乐说："我行李都放家里了。"

罗红英说："你回去拿来吧，离吃饭时间还有一个小时呢。"

赵一乐说："那我现在就回去拿，这回是得好好聚聚。"

见赵一乐去推出他的自行车，罗红英问："要不要我开车送你回去？这样更快一些。"

赵一乐说："不用，就几里路。"

赵一乐刚要骑上车，李清泉开着车迎面驶了过来，刹住，滑下车窗，问他要去哪里。

旁边站着的罗红英抢先答："他要回老家拿行李。"

李清泉说："准备吃饭了，我送你吧。"

赵一乐还是说不用。

"怎么不用？上车！"李清泉说着便掉转车头。

赵一乐再也无话，停好他的山地自行车，坐进李清泉的车子里。

李清泉没有考上大学，他高中毕业就去当兵，退伍回乡后进了乡政府，一路摸爬滚打，取得了不错的成绩。他一向讲义气，也不摆架子，赵一乐每次回老家，几乎都能与他见上一

面。他们班前两次聚会，也都是他牵的头。

三

闲乐山庄的格局，大体上就像一个大大的四合院。以牌坊屋为中间点，往后面的鱼塘包围伸延过去，右手边是一串别墅式的客房以及会议室、羽毛球场、排球场、游泳池等；左手边是吃饭喝酒和唱歌、游戏的地方，旁边傍着青水河；正对面就是鱼塘的尽头，有一座小山梁，如同一道绿色屏障，护卫着这一片幽静之地。翻过山梁就是高速公路了。这条高速路北通省城，南达边陲，没有通向东边赵一乐工作的城市。赵一乐回来时走的是二级公路。走高速得拐个弯，先到省城。当然，他就是想走也不能走，高速公路不得上自行车。

约下午五点半，同学们聚到左手边的一个大厅里，来了二十大几不到三十人，分坐在三张圆桌旁。

赵一乐和韦崇俊、罗红英、农浩川、刘芳、吴昌盛等同学坐在同一桌。闲聊时，农浩川、吴昌盛老是拿赵一乐和刘芳开玩笑。读高中的时候，赵一乐曾暗恋刘芳，那时的刘芳非常腼腆，赵一乐也比较内向，两人碰到一起，就像触电一般，都不敢对视。班上一些同学看在眼里，便故意煽风点火，常常弄得他们脸红耳热。刘芳到底对赵一乐有没有意思，连赵一乐也不知道，后来毕业，刘芳考上中专，便没了下文。如今的刘芳身材还算保持得不错，但已是满脸雀斑，性格也大异。她并不回避老同学的玩笑，还帮忙逗赵一乐，追问赵一乐当年是不是真的对她有意思。

赵一乐将玩笑开到底，说："怎么没有？那时候，我连戒指都准备好了，像手镯一样大，是铁做的。"

"喊！"几个女同学笑得泪都飞了。

"各位老同学，晚上好！"

李清泉和张德君几乎是肩并肩走进来的。一进门，李清泉便夸张地大声招呼大家，然后宣布同学聚会正式开始。待大家的注意力集中过来之后，他转请张德君具体介绍这次同学聚会的日程和安排。

张德君话也不多，但讲得大家掌声连连。

张德君当年考上桂海电子科技大学，毕业后进了一家大国企，后来跳槽到深圳，不久又辞职。先是跟朋友合伙创业，再后来便自己另立公司，业务逐步拓展、转行，有没有曲折艰难不知道，人们眼里看到的他都是顺风顺水，干一行成一行，他自己也一路给自己"加官晋爵"，经理、总经理、董事长都让人叫得名正言顺。

张德君最后说："同学们，大家对这次聚会有什么好建议欢迎提出来，有做不到的地方也请及时指正，咱们难得一聚，要聚就聚个高兴！"

李清泉带头鼓掌，然后接过话说："各位老同学，刚才张老板德君老同学讲得非常好，同学之情溢于言表。我们这次高中老同学毕业三十五周年聚会，德君同学力主举办，并慷慨解囊，聚会过后还要印制纪念画册，人手一册，把大家的光辉形象编印进去。顺便说一句，谁要是还留存有高中时的老照片，特别是同学之间的合影和活动照片，请提供出来。另外，每个人都要写一句自己最想说的话，作为同学寄语，放到画册里面。这件事情，具体由罗红英、陈鸿鹏负责，谁有照片，谁写了寄语，发送给他们。这次聚会活动，摄影由周星友、方儒卿

负责。当然，大家谁都可以拍照，现在手机拍得也不错，欢迎大家把满意的照片传给周星友或方儒卿，资源共享。总之，我们要把这本画册编印好。让我们再次感谢德君老同学的鼎力支持！"

李清泉说到这里，掌声又起，张德君忙站起来抱拳拱手。

李清泉待掌声落下来，接着说："我这两日，又重新翻了一轮我们当年高中毕业时的笔记本，看到同学们留给我的毕业赠言，真是感慨呀！感慨之一，就是时间过得太快，转眼就三十五年了；感慨之二，是同学们写的话，有的应验了，有的看来这辈子是实现不了了。张德君写给我的是'苟富贵，勿相忘'。如今，三十多年过去，我富不了，贵不了，倒是他，富了贵了，可没有忘记我，没有忘记大家，这是他自己没有食言哪！"

李清泉说了一通场面话之后，意犹未尽，转而发表他的人生感悟，也说得大家连连发笑。

他说："同学们，有一句广告语，叫'年轻，没什么不可以'，我想，这说得真是太对了。这说明什么呢？这说明，青春是最美好的，有希望，有梦想，有信心，有勇气，就是路走错了，还来得及回头，重新开始。可现在我们，还能怎样呢？年过半百，当官的人到码头车到站，做生意的恐怕也是心有余力不足了。看看在座各位，男的头发比当学生时还要黑，女的还有'黄毛丫头'哇，你以为这是越活越年轻？实际的状况谁不知？看报纸得戴上眼镜，看远处反而要把眼镜脱，尿尿都尿到脚板上了！但是，我们又都不愿服老，所以头发要染黑、染黄。这不过是自欺欺人罢了。都说现在生活好多了，吃的、住的、用的，的确是今非昔比，走路也金贵了，出门就坐车，私家车像青菜一样普遍进入了寻常百姓家。可是，这换来了什么？富贵病一个接一个来了。血压高、血脂高、血糖高、尿酸高，等等，谁不信，你去医院查查看。所以，我敢说，今天咱们老同学聚会，完全可以称得上是'高'朋满座！大家别笑，摊上这个'高'字，可不是闹着玩的，它要钱，更要命。你想长命百岁？它可不配合你。所以，我说，人生在世，健康是第一位的。没有健康的身体，万寿无疆也是痛苦的。那么，健康从哪里来？从开心快乐中来，从科学饮食中来，从坚持运动锻炼中来——对了，我这里特别点赞一位老同学，我们读高中时，他小不点、瘦丁丁的，体育总考不及格，现在他可是大帅哥一个，体不胖，眼不花，头发还是真的黑，而且你们应该还想不到，甚至想也不敢想，他这次是一个人骑着自行车来参加聚会的。从东边那个海边城市到这里，一百多公里呢！身体不好，平时不锻炼，能行吗？他是谁？他就是赵一乐！"

赵一乐想不到李清泉会这样在大庭广众中表扬他，他内心是高兴的，表面上却要装谦虚。他站起来，迎着大家的掌声连连摆手，然后说："让同学们笑话了，让同学们笑话了！老班长这是打我的脸哪！我今天到来，看到同学们都是开四轮来的，我惭愧呀！现在我还买不起私家车，也没有驾照，只有开动自己的两条笨腿，骑车来了。"

"老赵，你不会说你穷得连车票都买不起吧？"座中有谁喊。

"就是！老赵，我还没张口问你借钱呢，你就装啦？"

"我就不装，我买房、买车都是按揭的，当个月光族，我照样享受！"

"我也是！现在装穷已经过时了。"

　　"扯远了！扯远了！"张德君截住大家的话头，说，"班长说的是赵一乐骑自行车回来参加同学聚会，你们倒扯到钱上面去了，钱算什么呢？俗话说高薪不如高寿，健康长寿才是第一位。我建议，我们都要加强锻炼，增强体质，向赵一乐学习，同意的，请鼓掌！"

　　"好！"众人一齐鼓掌。

　　这一晚，赵一乐喝得绝对过了。同学间互相串台敬酒，几乎每个人都与赵一乐碰杯，都赞扬他是骑车高手，要向他学习。他欣欣然，来者不拒，杯杯见底，俨然酒中豪杰。

　　这一晚，赵一乐除了喝酒，还唱了歌，跳了舞。他自我感觉，绝对优秀。

四

　　一早醒来，已是日上三竿。赵一乐睁开惺忪的眼，慢慢回想昨晚的全过程，怎么也想不起自己是何时回的宿舍，又是怎样回来的。他喝酒，喝多了，已习惯失忆。但他还是要想，要回忆。他怕自己失态，出丑。这也是他的习惯性心理。但是，他脑袋里一片混沌，如快要板结的糨糊。

　　旁边床铺的韦崇俊还在打着呼噜，声音从他微张的嘴巴里曳出来，时高时低，像谁在断断续续地拉锯子。

　　昨晚，他们显然都忘记了拉闭窗帘。阳光从窗口照进来，刚好打在赵一乐脸上，他能比韦崇俊早醒，肯定与阳光有关。

　　赵一乐拿过手机，按亮屏幕，一看，吃早餐时间已过了，猛然想起，今天大家要坐船去桃花岛。

　　他翻身下床，先喝了一大杯凉开水，然后去拍醒韦崇俊，唤他起来。

韦崇俊醒来开口就说："昨晚喝多了，太多了，太多了。"

"我更多，简直就是往死里喝！"赵一乐显得后怕。

韦崇俊望望他，说："你酒量不错，老同学，想不到你这么能喝。"

赵一乐说："我是太高兴了。"

韦崇俊又望望赵一乐，神态有些诡异，说："你昨晚……"

"我咋啦？"赵一乐见韦崇俊欲言又止，有些心虚，追问。

韦崇俊又再望望赵一乐，说："老同学，你真是骑车回来的？"

"你不信？"赵一乐心上石头落了地，却又惊讶于韦崇俊为什么要问这个事，顿了顿，才反问。

韦崇俊避开赵一乐的目光，起身去倒开水，说："我信，可是许多同学都不信，怀疑你是坐车回来的，路那么远，一个人骑车，谁会这样呢？"

"自行车是我的，难道它自己能跑来这里？"赵一乐说。

韦崇俊说："托运哪！有同学议论，如果你真是骑车回来，至少要托运一段路，一个人太孤单了，体力也吃不消的，不可能骑这么远的路。"

赵一乐看着韦崇俊，不说话。

韦崇俊被看得不好意思，说："我只是把一些同学的看法讲出来，你不要介意，权当我没说。"

想不到有同学竟然这样怀疑他，真是戴上有色眼镜摘不下来了，赵一乐心里十分反感，口里却对韦崇俊说："我不介意，这是多大的事呀？介什么意！"

洗漱罢，韦崇俊建议去餐厅看看还有没有早餐吃。赵一乐

让韦崇俊先走，说他稍后再去。

韦崇俊离开后，赵一乐就打算收拾行李，不想再跟这帮口是心非的同学聚了。恰在这时，他手机铃声响了。他一看，是老婆张爱妹打进来的。

张爱妹问他玩得怎么样，是不是很嗨。

他回话说："嗨个鬼，我要回去了。"

张爱妹问："干吗就回啦？"

赵一乐说："我不想跟这帮人玩。"

"是不是没见着相好的？"张爱妹故意逗他。

"你神经啊！"赵一乐没心情同老婆逗，他大概讲了昨晚的情况，最后总结似的表达了他的反感，"一个个虚情假意的，居然怀疑我不是骑车来的，太不相信人了！"

电话那头，张爱妹听完了却笑了起来："我以为是多大个事呢，这有什么呀？他们信不信有什么关系？用得着他们相信吗？都这把年纪了，还不成熟！不管这些！只管玩去，同学聚会，又不是表彰会。"

听老婆这么一说，赵一乐心里好受了许多，慢慢恢复了平静。

五

青水河的确是一条美丽的河。

河水是碧绿的，河岸是青翠的，天上的云彩倒映在河中，像流动的画幅。

一艘半新不旧的游船泊在岸边，正准备起航。

同学们兴致都很高，仿佛返老还童了，没大没小地笑闹。

周星友和方儒卿捧着大相机走来走去，对着船内船外一通乱拍。

李清泉从容淡定，安坐在游船的凉棚底下与农志、陈鑫、黄蕊等几个同学烟友吞云吐雾。他的面前摆着茶几，上面搁着盒烟。

张德君腆着个大肚子，一手拿着两副扑克，一手提着瓶酒，招呼大家打牌。

他昨晚喝酒耍滑头，走来走去的，又是督促上菜，又是接听手机，实际上没喝多少，碰杯时还故意把酒洒了小半杯。

没有谁响应他，都说昨晚喝多了，先回回魂。

张德君放眼到处找，说："赵一乐呢？赵一乐怎么不见了？他昨晚表现超好，能喝能唱又能跳，多才又多艺呀！"

陈鑫说："我快要羡慕死他了，你看他把刘芳抱得，一晚都不撒手！"

李清泉二话不说，掏出手机就打，连拨三次，终于通了："一乐，一乐呀，你在哪？"

"我在……在吃早餐。"赵一乐在电话里说。

"干吗才吃呀？船快开了，快出来！"李清泉催他。

"我在街上吃，山庄那里没有早餐了。"

"那也快点，船就在西津码头这里。"

"你们不用等我了，开船吧。"

"你不来？"

"我不去了。"

李清泉的手机开的是免提，近旁的张德君伸手接过来说："一乐，大家都想你呢，干吗不来？"

赵一乐说："我赶不上了，下次再找机会吧。"

张德君说："我们等你,你快点!"

赵一乐说："那……好吧。我现在在新兴街这边,你们把船开过来,我到东城天然浴场那里上船吧。"

东城天然浴场就在新兴街头,大家都懂,那地方是个河湾,水面比较大,这些年搞城市开发建设,那里疏浚了河道,岸边加建了水泥护墙和入水台阶,正正经经辟做了浴场。

"那里岸边可停不得船喔。"李清泉提醒赵一乐。

赵一乐说："我有办法,你们只管开船过来就是了。"

青水河从县城西面向南拐了个不大不小的弯流到县城东面,约莫半个小时,李清泉他们乘坐的游船来到了东城天然浴场。

赵一乐已在岸边等候。他见船来了,连连向船上的同学招手。

于是,游船在江心停了下来。

旁边没有小船、竹筏之类可以渡人的工具,同学们起哄:"赵一乐!游过来,游过来!"

赵一乐在同学们众目睽睽之下,走下台阶,靠向河水。他把身上穿的T恤脱了,又把长裤脱了,一身肌肉顿时裸露在光天化日之下。

赵一乐稍停了停,双手插向内裤的裤头,欲要脱。

这时男同学都嗨了,喊:"脱呀,脱!裸泳过来!"

赵一乐果真脱去了短内裤,并且夸张地扬了扬。

同学们没有看到丑相,赵一乐还穿着一条泳裤。

显然,这是赵一乐在故意逗同学们。

接下来,同学们看见赵一乐先把长裤的一条裤管扎了口,然后把T恤、短裤、手机、钥匙塞进裤管内,再卷起来,用皮带扎紧，一双皮凉鞋也连扣在一起，挂在皮带上。之后，他手抓皮带，把衣裤、鞋子举起来，探脚下到水里，朝游船慢慢走过来。

时值八月，河水不是太冷，大家并不担心赵一乐受不了，都在抻着脖子观看赵一乐如何过得来。

赵一乐一步一探地走着。将近游船三四十米的时候，水越发深了，没到了赵一乐的鼻子、耳朵。赵一乐不惊不慌，用左手抓起衣裤，高举过头顶，右手沉到水里，划动起来，开始侧身游泳。水越来越深，赵一乐踩水前进，丝毫不倦。临近游船，他还把身子抬出水面，胸膛几乎都露出来了。

同学们看得目瞪口呆，一个个情不自禁地鼓起掌来。

游到船边，赵一乐把衣裤递给伸手来接的韦崇俊，然后双手攀到船沿，准备爬上船。陈鑫、黄蕊走过来，伸手各抓过赵一乐的一只手，要把赵一乐拉上来，刚拉上一半，两人却都松了手，赵一乐扑通一声掉到水里，两人哈哈大笑。

赵一乐在水里顺势潜水转了一个圈，才冒出水面。他很享受的样子，对着船上喊："大家下来游水呀，爽得很！"

李清泉马上阻止："这个不在计划内，快上来吧！"

赵一乐游到船边，对陈鑫、黄蕊说："你两个整我呀？小心我把你们拉下来。"

陈鑫说："冤枉啊，是你太重了。"

黄蕊说："手也滑。"

他们正要伸手再去拉赵一乐，李清泉走过来抢先抓住赵一乐的一只手，和陈鑫一齐用力，把赵一乐拉上了船。

赵一乐到更衣间换了衣服，出来走到李清泉他们坐的地方，还来不及说上一句话，张德君手举两杯白酒站到他面前。

张德君说："一乐，你让同学们刮目相看！"

赵一乐接过一杯酒，问："你说的是喝酒吗？"

张德君说："当然也包括。"

赵一乐当的一声与张德君碰杯，一饮而尽，说："请！"

六

第三天上午，同学聚会原定安排是要打排球，这很符合赵一乐的意愿，可是早上起来被告知改为茶叙，说是大家都懒得动了，不如聊聊天，顺便商量确定集体自驾游事宜。

昨天在船上，有人提议同学们半年相聚一次，最好是外出旅游，先就近搞自驾，每次游一个地方。

张德君还建议赵一乐买辆小越野车，说首付五万就可以把车开走。

赵一乐不置可否。

他感兴趣的是自行车。他早就想去青海湖做一次环湖骑车游，做法是先坐飞机飞到西宁，然后坐车到青海湖，再在那里租自行车骑行。可惜他找不到伴，至今未曾如愿。

但大家对他的提议都不赞成，说那太远了。

赵一乐又提议做骑车边境游，或者海边游。

又有人说太累，还是开车搞自驾游爽。

赵一乐生气了，说："你们还说要加强锻炼身体呢，都是假的。"

马上又有人驳他，说："都什么年代啦？难道只有骑车才是锻炼？"

赵一乐只好闭嘴，不再插话。他感觉自己与这帮老同学是那样格格不入。

吃过早餐，赵一乐收拾行李没跟谁打招呼就走了。

出了闲乐山庄，他拿出手机，点开刚建立的同学微信群，退了群。

四周了无声音，只有赵一乐的山地自行车碾过路面，独自沙沙作响。

忽而，一只落单的小阳雀从赵一乐的头上掠过，落在前边的矮树枝上。赵一乐骑行来到它跟前，它也不飞，还对着赵一乐拍了拍翅膀。

"你好！"

赵一乐轻轻地向它打了声招呼。

父亲的树
FU QIN DE SHU

文新外传

文新局包村挂点石等村，实施精准扶贫，被上级评为帮扶先进单位，并将在表彰大会上做经验交流发言。作为局办公室主任，撰写发言稿是我分内的事。通过看材料和实地走访，我收集到大量写作素材，包括帮扶人的许多故事，这些故事不能也不便都写进汇报稿里面，但弃之又可惜，故撰写完发言稿之后，我又另写一稿，取名"文新外传"。

冯步万

当初，委派冯步万到石等村去担任第一书记，文新局上下都心存疑虑，觉得就是等着看笑话。但是新任局长文武平力排众议，硬是一锤定音，并且开车把冯步万送到村里，甚至打地铺同冯步万住了一晚。

冯步万何许人也？

这样说吧，他就是个石头砸到屁股也不吭一声的慢性子之人。局里谁都怕跟他合作，特别是那些火烧上房的紧急之事，更不愿意同他合作。他不是不干事，而是太慢，慢得不温不火，慢得不声不响，你催他，他说快了，可等到黄花菜都凉了，他还在不紧不慢地磨蹭。脾气好点的人还受得了，脾气急的只有一边骂娘一边自己干了。

但人家冯步万脾气就是好，任你是谁，骂也好，劝也好，他就一句话："以后我争取快些吧，抱歉啦。"

大概就因为这么个性子，二十几年来，局里人员换了一茬又一茬，冯步万还是老样子，没有提拔，也没有挪单位，耗成了单位元老。

文武平局长当然知道冯步万的特性。这可是把双刃剑，弄不好会事与愿违。包村工作，挂点扶贫，可是如今天下第一等的大事，派这么个慢吞吞的人去，可真不放心。

文局长笑笑，说："人都下去了，还能换吗？"

冯步万下到村里，吃住用都得在村里，这是硬性规定。好在如今网络几乎没有死角，即使在乡下也能足不出户而知天下事。局里专门配置了电脑给冯步万，他本人也有智能手机，所以冯步万待在村里同待在县城里差不多。

冯步万到任的第一个星期，石等村村委会党总支书记兼村委会主任马亦益对班子重新做了分工，让冯步万分管扶贫和环境卫生。扶贫工作是第一书记的首要职责，他不能推，再多一项，他觉得却之不恭，所以也接受了。

马亦益还指定新来的大学生村官曾锼协助他工作，供他调遣。

冯步万忽然有了当领导的感觉，每天把曾锼呼来唤去的，不是下村屯，就是整理材料、填写表格。曾锼人勤，嘴巴也勤，经常向冯步万请示这请示那，把冯步万的神经置于高度紧张之中。

而这一紧张，却带来好处。冯步万驻村不到三个月，竟然把全村近百户未脱贫的贫困户和已脱贫的跟踪巩固户走了个

遍。而且，不是一般的走，他把所有贫困户和跟踪户的底子都基本摸清了，还对部分帮扶手册上帮扶联系人拟出的帮扶措施提出了商榷意见。这样认真仔细的工作状态，连文武平在电话里听了马亦益的反映后都觉得难以置信。

看来，每一个人都不会是一成不变的。文武平一颗悬着的心不再忐忑。

这天，冯步万又要下村，去卜罗屯。局办公室尤凤茹主任的帮扶户龙有利打电话叫她下来帮助处理个事，尤主任没空，请冯步万代劳。文新局干部的帮扶户都分散在石等村村委会各个屯，局里下来驻村的，平时都要帮着照管些事。这已是常规。

冯步万什么也没有带，叫上曾锟，骑上摩托车就奔卜罗屯。

龙有利被列为贫困户，主要是他一人带着两个小孩，土地少，无其他经济收入。他老婆是他外出打工认识的。回村后，老婆见他家太穷，他又好吃懒做，所以跑了，一去不复返。老婆跑了，龙有利因带着小孩便再不能出去打工，只能苦熬。人穷就罢了，他又惹上了个毛病，只要有酒，没有菜他都可以喝上老半天。每次尤凤茹下来，都得带上三五斤米酒，就为了哄他，不让他年底给差评。

这回到底是个什么事呢？就是龙家屋檐下挂了个黄蜂窝，龙有利叫尤主任下来捅了，炸黄蜂蛹喝酒。

对龙有利这样的人，冯步万可不愿惯着。

来到卜罗屯，龙有利正在巷子里与三五个老大爷老大妈闲扯。曾锟介绍说，这就是龙有利了。冯步万话不多说，即刻叫龙有利带路回家。

龙有利不明所以，很不情愿地往家走。

曾锟告诉他，这是村里的冯书记，是县上下来的，主要管扶贫。

龙有利不说话。冯步万问他是不是叫尤主任来帮他捅蜂窝，又说："你一个大男人怎么能这样？这种事情竟然要叫个女的来帮你，你害不害臊？"

龙有利说他怕黄蜂。

来到龙家，屋还算可以，是砖混结构，平顶，一层，旁边有间伙房，瓦盖的。黄蜂窝就挂在伙房的后边，大如倒扣的海碗，黄蜂密密麻麻，嗡嗡乱飞，确实吓人。

冯步万指挥龙有利穿严长衣长裤，戴上竹笠，用长棍捆上草把，说用火攻，把黄蜂赶跑或者灭了，再把蜂窝捅下来。

龙有利缩手缩脚，试了两三下，没成功。

曾锱急不可耐，抢过火把，举上去就烧。没承想，这可惹恼一众黄蜂，铺天盖地冲过来，见人就蜇。

这可不得了，曾锱可只是穿着短袖衬衣，帽也没戴。冯步万忽然扯下龙有利头上的竹笠奔到曾锱身边。

这下好看了。只见冯步万像干仗一般，呼呼生风，左拨右扇，挥动竹笠奋力驱赶黄蜂。龙有利见此，也不惧了，脱下长衫冲过去，加入了战团……

文武平闻讯，同尤凤茹赶下村来。冯步万、曾锱和龙有利已一字排开，坐在村卫生所的木沙发上打点滴。龙有利脊背鼓着大包，曾锱额头凸出如屋檐、双臂肿得如同大藕节，冯步万脸庞全部变了形，眼睛眯成两道线。

文武平握过冯步万的手说："辛苦了！我看你们还是上县医院去治治吧？"

冯步万说："不用，医生说在这打两天针就好了，后天我还要带十几户贫困户去参观学习养山龟呢！"

文武平脸上露出了不易察觉的微笑。他心上那块石头彻底落地了。

黄安学

国庆黄金周，黄安学的老同事吴建打来电话说要下来看他。

黄安学说："好哇，老朋友你快下来，我带你去乡下走亲戚，吃环保菜。"

吴建想不到黄安学这么爽快。在他一直以来的记忆中，黄安学并不善于与人交往。他主要是抠门。平时大家一起吃小吃，他从没有买过单。他的衣服鞋子之类，全都是最便宜的，多是从路边散摊购买。这种"朴素"的生活特性，直至他结婚成家后依然没改。有一次，他买了半斤猪头皮，回来后发现老婆已买回了猪肉，他便转身急匆匆上街去退。可是，卖家最忌讳的就是退货。黄安学费了好大的劲，差些同人家打了起来，才终于退掉了猪头皮。笑话闹大了。但被旁人耻笑无所谓，黄安学认为不乱花钱才是最最要紧的。

吴建调到省城工作后，已有些年没见到黄安学了，这个假期不考虑外出旅游，怕人多拥挤，就想下乡走一走。

中午到了县城，黄安学微信发定位给吴建，叫他直接开车到菜市场。

车到菜市场，黄安学和他老婆已经买好菜等候在路边。

黄安学说："今天就开你车下乡，不必开两辆车。"

他夫妻两个是走路来买菜的，估计早算计好了。还是那样抠！吴建想。

吴建打开车尾箱，让他们把菜放进去。一副猪大肠，约莫一斤猪肉，仅此而已。

吴建问："青菜呢？"

黄安学说："那里有，绝对比街上好！"

吴建车尾箱里带来一件白酒，是要送给黄安学的。他想着自己空手去别人家不礼貌，说："那我去买袋水果吧。"

黄安学说："由你，我代表我干女儿向你表示感谢！"

"你干女儿？"

"你先去买东西，别的，路上再说。"

一路上，黄安学兴致很高，他絮絮叨叨地向吴建讲述了他认干女儿的经过。

五年前，黄安学受派到石等村扶贫。他帮扶三户人家，有两户第二年便实现了脱贫，有一户至今还没有摆脱贫困。

黄安学分析总结过，时下农村人贫困，主要有几种原因：一是耕地少，产出有限；二是因残，缺劳动力；三是因病，花费过大而致贫；四是因学，小孩都上学读书，负担重，生活捉襟见肘。

剩下的这家贫困户，情况比较复杂。

这户人家，户主叫农先发，全家六口人。他、老爸、老妈、老婆和两个女孩。老爸瘫在床上多年。老妈双目几近失明，已丧失了劳动能力。老婆患有类风湿病，腿脚经常连路都走不了，农活有时能做，有时不能做。两个女孩都在上学读书。农先发这点比别人可贵，让小孩读书，而且是女孩子。要是在别人家，早就让小孩辍学了。他老婆也曾想不让孩子上学了，但农先发不同意。

黄安学与农先发家结对子帮扶后，开始还真想不出有什么好办法，但不做出点成绩又于心不安。农家有十五亩甘蔗地，

年产甘蔗不过六十吨，收入约三万元，扣去蔗种、肥料、农药、请人工等，纯收入不足两万。如果家里能够有一人外出打工，按最低月工资一千八百元计，一年可增加收入两万多，足够脱贫了。可是，农家眼下这状况，农先发是没办法外出打工的，女儿又在读书，难哪！

黄安学起初曾买些鸡苗送农家养，但因缺技术，鸡最终成活的少。农先发又爱面子，再不允许黄安学花自己的钱帮扶。此时，农先发的大女儿高中毕业，考上了一本大学。黄安学就想到要帮他女儿交些学费，成人之美。这笔学费，在农家一定是个大负担。为了让农先发能够接受，黄安学回家同老婆商量，想到了认干女儿这个办法。他们就一个儿子，大学毕业出来工作了，却远在外地，认个干女儿，相当于儿女双全了。

这个想法，与农先发家一拍即合。从此，农先发的大女儿就成了黄安学夫妇的干女儿，黄安学名正言顺扶持她读完了大学，如今毕业回来了。她的心思，就是要在县里考个公务员，方便两家走动。黄安学在县城为她先找了份临聘的差事，吃住都安排在他家，让她一边工作，一边自习迎考。国庆节过后，她就正式到县城上班了。这是好事一桩，农先发一家脱贫指日可待了。

吴建完全感受得到，农先发一家对黄安学夫妇的尊敬和感谢是发自心底的。或许，这一顿饭是农家多年来最美的一顿了。杀了只鸡，鱼是农先发到水库打来的，青菜是农先发老婆从自家菜地拔回的，再加上黄安学买来的，够丰盛的了。席间所有的话都入心入肺，连吴建也深受感染。特别是农先发的大女儿，她从来滴酒不沾，竟然连敬了干爸、干妈三大杯，眼泪都流出来了。

归途中，吴建笑黄安学，说他变得大方慷慨了，四年大学学费可不是小数目，太舍得了。

黄安学说："这是我干女儿，哪有父母不为孩子好呢？这些钱花得值！"

他老婆揭他的老底，说："他呀，做梦都想拿个扶贫先进呢！"

"是吗？"吴建恍然大悟。

车厢里，三个人同时哈哈大笑起来。

钟海明

钟海明与贫困户龚山辉就是一对冤家。

钟海明觉得摊上这么个帮扶对象是倒了八辈子霉。她向局领导反映，向县扶贫办打报告，要求换人，但都没有如愿。这是可想而知的事。结对子帮扶哪能挑三拣四呢？换给别人，还不是同样有困难。好在她帮扶的另外三户没有给她为难，而且都已经脱贫了，变成了跟踪户。可这个龚山辉，嘻！钟海明感觉就像一块豆腐——死活提不起来！

龚山辉到底怎么啦？他最大的问题，就是对脱贫压根就不上心，或者说，他不认为他家是贫困户。他甚至肆无忌惮地对钟海明说，他现在最需要的不是什么脱贫，是要讨老婆！

听听！这都是什么话？

如果钟海明是个男的，这没什么，可钟海明还是个未婚姑娘！

这叫人情何以堪！

但是，没办法，钟海明只能硬着头皮继续去做工作，去尽

到她的帮扶责任。

龚山辉这个人并不缺胳膊少腿，眼不盲耳不聋，也不是好吃懒做。当初，工作队入户识别时，最后打分综合，他家仅三分之差，被列为贫困户。这是他最不认可的。但分数摆在那里，他说不认也不行。他家之所以贫困，是因为学费。他的小孩一个正在上初中，一个正在读大学，而他老婆前些年去世了，他一个人种十几亩土地收入有限。想外出打工，家里有个老母亲，他又离不开，所以，困难。

按龚山辉的说法，他家的困难是暂时的，等他女儿大学毕业了，有工作了，立马就改变。可四年大学，哪能一下子就毕业，所以，他贫困，得帮扶。

看到钟海明这么个黄毛丫头进门，龚山辉很不爽。他觉得如果是派个大领导来还可以，这么个小丫头，能帮他什么？

也许是这种心理作祟，每次钟海明到访，他都爱理不理的，问三句才回一句，甚至一句都没有。问烦了，他就说："我都说多少遍了，我这算不得贫困户，你以后不用来了，每次来了抄抄写写的，有什么用？有本事你就发工资给我，你行吗？"

还有更难听的。他说："你能嫁给我吗？不能吧？你要嫁给我，我也不敢要。你要真想帮我，就帮我找个老婆吧！等我有了老婆，我就出去打工，增加收入，这是最好的办法。"

钟海明转身立马出门，差点哭出声来。

如果钟海明是个男的，恐怕连打龚山辉的心都有了。

可是，钟海明没有撂担子，该进门还是按时进门。龚家该得到的帮助、政策都一一落实，比如产业奖补、政府贴息贷款，龚山辉一样都不错过。

一晃四年过去，龚山辉的女儿大学毕业了，他的儿子又考上了大学，钟海明算是舒了口气。但龚山辉的女儿一时还找不到工作，钟海明还得一如既往地帮扶，按时上门调查了解情况，落实帮扶措施，力度不减。

　　这期间，龚山辉一直没有找老婆再婚，他在钟海明的帮助下，进村委会做村容整治协管员，每月有三四百元的报酬，基本够儿子生活费了。他对钟海明的态度也明显好了许多。也许当初他说讨老婆的事，是戏耍钟海明的。

　　龚山辉的女儿想考研究生，龚山辉不同意，钟海明却支持。她做龚山辉的工作，说现在大学生满大街都是，读个研究生出来，文化程度更高，找工作相对更容易，女儿又有这个志气，做父亲的不应该拦着。钟海明主动担保贷款，供龚山辉的女儿读研，这让龚山辉无话可说。

　　龚山辉的女儿与钟海明很投缘，头一次见面就管钟海明叫姐姐。

　　龚山辉的女儿果然考上研究生。这让龚山辉像变了个人似的，在人前说话都不再吞吞吐吐了。他女儿可是本村头一个读研究生的。

　　钟海明趁热打铁，对龚山辉说："家有读书人不会永远受穷，孩子争气，你也要多动些脑子，想点什么门路，正经多找几个钱。"

　　龚山辉答得爽脆："好的，那是一定的。"

　　钟海明结婚举行婚礼那天，龚山辉不请自来，还封了个一百元的红包，并高兴地告诉钟海明他正在养鹅，保证年底就能脱贫。

　　没过几天，钟海明拿了那一百元，再加了些钱，买来三十

只鹅仔和一本关于如何养鹅的科普书，帮助龚山辉把养鹅规模扩大。

唐秀花

唐秀花说话大声大气，走路风风火火，喝茶，喝酒，还会划拳猜码。这性情举止与她的名字很有些脱节。用北方话来形容，她不像个"娘儿们"，倒像个"爷儿们"。可她运气就是好，嫁个又能干又听话的老公，家务事除了生孩子她几乎不用管。在单位里也差不多，除了扫地、烧水、接接电话，写材料、整报表之类技术活她全不用干。整天她就嘻嘻哈哈的，把日子过得大而化小、小而化了。

可是，开展扶贫攻坚工作以后，要精准识别贫困户，要精准帮扶贫困户，任务人人皆有，唐秀花也不能例外。这对她可是个大的考验。

扶贫工作不可能坐在办公室里电话遥控，必须下乡入户，与贫困户面对面，了解具体情况，解决实际问题，做到因户施策、精准扶贫。

按照任务分派，唐秀花帮扶三户人家，都在同一个村子。头一次上门，唐秀花就几乎把这三户人家吓了个遍。

一户人家户主姓韦，老婆耳朵半聋，生了四个孩子，最大的八岁，最小的两岁。唐秀花一看就觉得这夫妻俩是对糊涂蛋，不懂得优生优育，穷是注定的。但既然生了这么多孩子，不能不养。如何养？唐秀花开口就下死命令："韦大哥，你家田地不多，你手艺也没有，绝不能再生孩子啦！"但骂归骂，唐秀花还是认真帮老韦家谋划，让他家把畲地全改种甘蔗，把水田转包给人家连片开发、搞立体种养，还帮老韦找了份给人值夜看守仓库的差事。

另一户人家，是两个光棍汉，守着老娘过日子。两兄弟长得不赖，就是懒，还好酒，把日子过得昏天暗地。唐秀花转身到村上小卖部买来两瓶白酒和两袋干花生，拿出三只饭碗，摆开阵势说："你两兄弟爱喝酒是不？来，我和你们比一比，看谁先醉，我先醉，我不说你们一句不是，你们先醉，就全得听我安排。"兄弟俩平时喝的都是低度米酒，这五十二度的瓶装酒何尝喝过？他们瘫倒时，唐秀花还像没事一般。唐秀花第二次上门，就不容置辩地安排兄弟俩：老大在家种地，照顾老娘；老二到城里打工，已经联系好了，去建筑工地搬砖搬沙搬水泥。唐秀花算账，兄弟俩分一个出去打工，每个月至少收入三千元，租间便宜点的民房住，再省吃俭用些，把酒戒了，到年底拿个八九千块钱回来应该不成问题，这立马就脱贫了。这么一安排，兄弟俩的老娘一张老脸早笑成了花。唐秀花说："大娘，你两个儿子不是没本事，就是脑袋都被酒浸坏了，这回听我的，保准他们都变个样，还能娶上媳妇，你就等着享福吧！"

再一户人家，是个寡妇当家，丈夫过世了，留下两个正在上小学的孩子。她家住的是瓦房，家徒四壁，她丈夫生前治病耗光了家底。唐秀花同情寡妇，但一时拿不出什么办法帮扶她家。后来她了解到寡妇有心招个男人上门，可她家大伯、二伯反对，说家中田地、房产要留给亲侄子、亲侄女，绝不能分给外人，如果想嫁人，就嫁出去。唐秀花到县民政局问个仔细，转头上门去做那大伯、二伯工作。两个老男人不是认死理，就是装聋作哑。唐秀花最后发狠说："我不管你们真不识法，还

是假装不懂法，要是真有那么一天，谁拦着，谁干涉，谁动粗，你就等着戴手铐、坐监牢吧！"有唐秀花撑腰，这寡妇没多久，果真"娶"了个中年男子。办事那天，外边的人她谁也不请，就单请唐秀花夫妇。这天，出了件事，把唐秀花的泼辣性格表现得淋漓尽致。这一带农村的风俗，结婚办喜宴，猪肉要有，鸡肉要有，鸭肉也要有，可没承想，新婚夫妻俩买回来的两只肥鸭没关牢，跑到村前大水塘里去了，人在岸上这边赶那边呼，它们就是不上岸，似乎知道死到临头，下决心要逃难了。唐秀花到来后，也着急，叫丈夫下水去赶，丈夫说不会游水，唐秀花回房间，换上新娘子的旧衣服，拿了根长竹竿，噌噌噌跑出来，扑进水塘，扬起竹竿，撵得鸭子摸爬滚打上了岸。

唐秀花下乡帮扶这几年，除了老韦家还仍然困难些，另两家均已脱贫。最近有了新政策，老韦家要全家纳入低保，脱贫指日可待。

这几年，唐秀花三次被文新局评为扶贫帮困先进个人。

好一个大大咧咧的唐秀花！

马三春

马三春是个吃货。

一桌人坐在一起，有人忌牛肉，有人忌羊肉，有人不吃无鳞的鱼，还有人连竹笋也不碰，而马三春什么都能塞进嘴巴，大快朵颐。用他的话说，除了桌板、桌脚吃不得，端上桌的都是美味佳肴。

他的最爱是油爆猪大肠和黑黢黢的炒牛杂。这些动物内脏许多人视为健康大敌，马三春却把它们弄得香远四溢，什么

"三高"病、痛风症，仿佛和他全无关系。

在马三春的家里，有各种各样的自泡酒，如三蛇酒、蛤蚧酒、酸梅酒、稔子酒、桑葚酒，等等，大概有十几种。马三春认为喝这些酒能够舒筋活络、强身健体。这有没有科学依据，尚无专家考证。但马三春如今身体健旺是明摆着的。

马三春腰粗肚子圆，坐着像一团肉坨子，站起来变成了个陀螺，两头尖尖，中间鼓鼓。有次他去做新裤子，裁缝量了他腰围腿长，叫他一星期后过来取裤子，他有事过了两星期才去取，却没取成。老裁缝量马三春的裤长是三尺一，裤头三尺四，他以为是弄颠倒了，不敢下手裁剪布料，所以误了，只能重新明确了裤子的尺码，再等。

马三春能吃，吃出了道理。

马三春体胖心也宽，整天就乐呵呵的。"酒肉穿肠过，佛祖心中留。"吃字当头，马三春觉得什么罪过都不会有。他常说，他叫马三春，一年有三个春天，过的是春风得意的好日子，能吃是福，民以食为天，何罪之有？马三春为自己找到了通天道理，自己都不得不佩服自己。

马三春能吃，还吃出了新高度、新境界。

这天，马三春被部门纪检组找了去。

纪检组的同志并没有给他冷面孔，而是和颜悦色地同他谈家常、谈工作，尤其是了解他对贫困户帮扶的详细情况。

聊着聊着，马三春就明白了，是有人举报他拿贫困户的东西，鸡呀，鱼呀，连青菜也拿，最近还宰了贫困户一头猪。

这些都是事实，但有出入。马三春打包票说，他没有白拿贫困户的东西，他对得起自己的良心。

纪检组的同志也说相信他不会犯这种低级的错误，提醒他

要谨小慎微，要严于律己，始终做个干干净净的帮扶干部。

这分明是一次诫勉谈话。马三春心中老大不舒爽，感觉自己无端被抹了黑。他最后丢下话说："我自己做了什么我知道，但我不想解释，也不便解释，你们还是亲自下去调查调查吧。"

纪检组下去调查的结果是：马三春买了些鸡仔送贫困户养，鸡大了，他帮助推销，都卖给了亲戚、朋友，价钱并没有低于市场价，卖鸡所得，全交给了贫困户，其中包括马三春留作自家过年食用的五只鸡，也按斤论两付了款；有一贫困户善于钓鱼，到湖里、河里钓得的鱼，马三春上门碰上了，他认为这是很环保的野生鱼，就掏钱买一两条回家；至于青菜，算是白拿，因为贫困户坚决不要他的钱，拿贫困户的青菜，也就两三回；关于宰贫困户的猪，调查人员听贫困户说话的意思，那还得感谢马三春。这事容仔细说说。

那是元旦前夕的一天，马三春早早下村到贫困户家做例行的节前慰问。他给他帮扶的三户人家一式三份带去了花生油、大米和一袋糖果大礼包（附注：这些都是单位统一准备的，非个人掏钱）。慰问到卢桂花家时，正遇见卢桂花和叔伯婶嫂几个在发愁。卢桂花丈夫早些年因病去世，留下孤儿寡母三口人艰难度日。她一个人又耕田又种地，还养猪。她家养的猪，因无钱购买饲料，都是用老办法来养，吃的是野藤野菜，饥一餐饱一餐在所难免，所以长得也慢。别人家养三四个月猪可出栏，她家却要养上八九个月猪才算长成长膘。可也歪打正着，这样久养的猪，人称"土猪"，肉实好吃，比速养的"饲料猪"强得多，在市场上非常抢手，几乎是一见就被买光。约好的，这天她家要宰猪去卖，屠猪匠也按习惯提前一天把宰猪工具拿来放到她的家，可从一早等到日上三竿，也没见屠猪匠到来。打电话过去问，屠猪匠先是哦哦呃呃，后来才明白说是骑车出门撞了树，不能来了。卢桂花清楚，出这样的事，猪宰不成了。民间有些人迷信，出门不顺当，就要停几天才出门。

正当卢桂花叔伯婶嫂几个人将要离开的时候，马三春到了。问清了缘由，马三春走到猪圈去看见肉猪也就百来公斤，于是他问："猪宰了有谁会拿出去卖？"卢桂花的大伯是肉贩，说："这有何难，这样好的土猪肉，怕没出村口就会卖去大半了，剩下的也不用去圩场，到附近一两个村走走，保准一两都不剩。"

"好！屠猪匠没来，我来！"马三春自告奋勇要帮宰猪。

马三春想了想，然后打电话给开饭馆的好朋友赵老板，叫他赶快下来买土猪肉。"包你生意兴隆！"他在电话里大声宣扬。

宰鸡宰羊是马三春常干的事，这回头一次宰猪，他果真也宰成了。猪肉是这样卖掉的：赵老板整整拿去了半边，还多要了两只猪脚和一个猪肚子；马三春自己买了一小半前胛猪肉和一半猪肝、粉肠；剩下的，由卢桂花大伯拿出去卖；卢桂花家留下个猪头，用于祭祀祖宗，之后吃猪头肉、喝猪骨粥。

大约一个月后，马三春在街上碰见纪检组的一位同志。

马三春笑问："领导，怎么处分我呢？"

那同志说："向你学习，你这个帮扶方法，难得，难得！"

送你一幅画

一

　　远山如黛，天空飘着些白云。一匹枣红色的马，肌腱凸起，正在江边的草地上低头吃青草。几只黑色的鹩哥站在马背上，有的用喙整理自己的羽毛，有的张着嘴巴东张西望。不远处，三个小孩童背着竹篓，赤脚在田间捡田螺……

　　一张彩报，平端在罗宝田的手上，他反复端详了许久。

　　看画，也看评语。

　　评语云："该画作再现了宁静乡村优美闲适的自然生态，蓝天绿地，怡然骏马，无忧鸟类，童真童趣，这在喧闹而同质化的城镇化建设趋热的当下，不啻一声春雷，唤醒世人对于恬静、美丽乡村的珍惜和守护，表达了画家内心深沉的忧思和对美好的向往。作品格调清新，意境明丽，明暗对比精准得当，笔法技巧臻于完美。"

　　这是一张宣传画报，专版介绍B市美丽乡村专题美术创作比赛获奖作品。这幅画的名称叫"马吃江边草"，列居一等奖作品之首，作者是罗山歌。

　　罗山歌是罗宝田的大儿子，现在B市群众艺术馆工作。

　　儿子的作品获得了大奖，罗宝田高兴，所以看了又看，爱不释手。

这张报纸是村委会文书农有才上街见到了带回来的，特意拿给罗宝田看。

前段时间，罗山歌回来画画，白天背块画板外出，晚上回来作画。罗宝田并不在意大儿子做什么，想不到还是搞出了名堂。

当初，山歌要考美术院校，他也是不看好的，甚至是反对的，但无效，儿子还是考了。从那以后，他对山歌的事爱管不管。儿子大了，路由他自己走。他这个老爸，文化程度没儿子高，还是顺其自然吧。

山歌大学毕业有了工作，在城里买了房，结了婚，算是成家立业了。现在，又得了奖，真是值得高兴。谁不高兴呢？搁谁，谁都会高兴的。

山歌回老家来画画，说全市要搞个大奖赛，专画美丽乡村。他也想到村里能够画画的地方不少，但要找出特别好的地方又确实没有。

山歌这幅画，在画的下方用毛笔字标注"罗山歌作于老家帽子村"。他觉得儿子很不该写这样的字，要是评委知道了，准会把奖收回去。

为什么呢？

因为山歌画的地方现在不是这个样。

就因为这，他只能高兴在心里头。在人前，他不露声色。

二

一大早，罗宝田就徒步往细江那地方走去。

　　那是山歌画画取景的地方，在村子的西头不远，有一条石渣路通往。这条路勉强可以通行大卡车，是糖厂修建的，方便运输甘蔗。路还算平直，只是偶尔有些坑坑洼洼，所以糖厂几乎年年都要维修一次。

　　罗宝田穿着拖鞋，踢踏踢踏走在路上。两旁都是甘蔗林，连连绵绵的，从高处一望，看到的是大片的甘蔗海。帽子村就像漂浮在甘蔗海上一动不动的船。

　　帽子村种植甘蔗已有二三十年的历史了。以前，种的大多是水稻，因为这里的水利条件比较好。

　　帽子村是B市金凤区青峰镇秀山村委会的一个自然村，虽属山区，但这里地势相对低平，仿佛哪位仙人在群山之中踩了几脚，把山踩平了，踩凹了，踩出了这块山间平地。帽子村之所以叫作帽子村，大概就因为它像一个大竹帽，扣在这块山间平地上，中央微微凸起，犹如帽顶，周围伸展出去。东面、北面、西面还有小河，尤其是在东面这边，沟沟渠渠，水洼密布。在以粮为纲的年代，帽子村绝对称得上是个鱼米之乡。那时候，除了村子前面亦即南面是畲地，种着玉米、红薯、木薯或花生，其他三面都是水田，种水稻，刚放水耙田的时候水汪汪一片，禾苗长起来了是绿油油一片，稻谷熟了又是黄灿灿一片。可现在，这些都成过去了，所有田地几乎都换种了甘蔗。种甘蔗比种水稻、玉米等收入高，但甘蔗是旱作物，种了甘蔗，那些水渠就废了，甚至不见了，水田当然也不复存在，村子周边的景象变成了另一种样子。过去，帽子村是高踞在水田之上的，现在虽然村子几乎都建起了两层的"甘蔗楼"，但还是显得不够高。

　　路上没有别的行人，也没有风。间或有一两只鸟飞过，啾的一声就没了踪影。

种甘蔗的好处是不用太多侍候。尤其是宿根蔗，还省去了换种蔗种这道工序，除了施施肥、剥剥蔗叶，就是砍运甘蔗入厂了。现在已入秋，但离榨季砍甘蔗还有些时候，所以是没有什么人来甘蔗地的。再者，从两年前起，这些甘蔗地都不属于哪家哪户了，因为全村所有的甘蔗地都流转了，租给大州公司搞连片开发，实行机械化种植和砍运，租期是十二年。村里人干手净脚，只管领取租金。大州公司农忙时聘请村里人做临时工，另外付给劳务费。

不大一会儿工夫，罗宝田就走到了目的地。这个地方村里人叫它"细江"。因为这里有条小河，叫细江，江名代表了地名。这条江，如今水瘦瘦的，几乎要断流了。以前可不是这样，水流涣涣的，很适合游泳。江边两岸也变了，只长乱草，不见了竹木。江对岸屏障一样的山还在，山顶黑黝，山脚到山腰攀爬着树林子。罗宝田不用猜，也知道那都是桉树。现在几乎所有的山坡都种了桉树。江岸这边是块高亢地，从前是荒草地，现在不是了，眼前除了桉树还是桉树，树干密密麻麻，差不多都有碗口那么粗，算是成材了，可以砍了。

是的，可以砍了，罗宝田认为。

这些桉树属于速生桉，大约五年就可以砍一轮。人说速生桉是抽水机，种了它，地下水都会被抽干。罗宝田没看出来，他看到的是树下地面几乎是光的，杂草杂树很少。这些速生桉的确霸道，种了它，其他植物很难插得进来了。这块林地约有两百亩，主人是韦青松。韦青松同帽子村签了协议，租这块地十五年，用来种速生桉，已经有十三四年，快到期了。站在这块地边，罗宝田竟然不由得想到小时候经常来这里放牛、放

马的情景，他和小伙伴们用马尾毛拴在牛背上、马背上套取鹩哥、戴帽雀等一些喜欢来站牛背、马背的飞鸟，很好玩，很有趣。他套得了鸟雀回来，还要关进笼子里养。那时候，家里早晚都传出鸟叫声。其他人的家里，也传出鸟叫声。

罗宝田忽然明白，山歌为什么要那样画画。

山歌小时候也喜欢来这里套鸟。

只是，草地和马，这里没有了。但是，回忆很美。

罗宝田打定了主意，要砍掉这片桉树林，恢复草地，养上马。

现在B市美丽乡村建设活动火热进行中，帽子村又是青峰镇重点指导和打造的乡村之一。前段时间，他由镇政府组织，去参观了全市一些建设得比较好的村子。有村容村貌整洁的，有旅游开发成功的，有文化生活丰富的，都各有各的亮点。他想，如果恢复细江这片草地，养上马，供城里人来拍照玩耍，搞乡村旅游，每年"三月三"，还可以在这草地上举办歌坡、抢花炮活动。这样，帽子村的美就能够与众不同，更有自己的特色。

他是秀山村党总支书记兼村委会主任，他正愁找不到工作亮点。

三

罗宝田的担心到底还是来了。

作为配合全市开展美丽乡村建设活动的宣传项目之一，B市这次美丽乡村美术创作比赛作者响应热烈，收到参赛作品达四百多幅。评委是聘请广西美术家协会的名家来担任的，作品评定后，市里不但颁了奖，还在各县（区）进行巡展，让优秀艺术作品进机关、进学校、进工厂，以期营造出全民关心、支持美丽乡村建设的浓烈氛围。

想不到节外生枝，罗山歌的获奖作品《马吃江边草》受到了一些人的质疑。

《马吃江边草》注有"罗山歌作于老家帽子村"的字样，让不少人以为这是写实画，是作者照搬照画老家的风景，于是有熟知帽子村的某位观众在网上发了个帖，指称罗山歌造假，因为帽子村并没有这样的景，是作者无中生有，是骗人、骗奖，建议撤销该画获奖资格。一时间网上热议纷纷，甚至讨论到艺术家的人品问题。

罗宝田的手机也是可以上网的，而且还设定了关注本地新闻网，这些乌七八糟的议论他打开手机便会自动跳出来，不由得不看。

到了村委会办公楼，农有才急不可耐地凑过来悄悄告诉罗宝田。

罗宝田没事一般，漠不关心，只说一声知道了。

在办公室简单议了几件事，做了布置，罗宝田即抽身向楼下走。

中午近一点钟，罗宝田开着他那辆皮卡车来到B市群众艺术馆住宅小区，找位置把车子停放好，便径直走向五号楼，爬楼梯登上六楼儿子罗山歌的家。

这住宅区都是老房子，也没有电梯，山歌早就嫌弃，说有了钱他一定去买套商品房，住高楼，坐电梯。

罗山歌想要换房子，罗宝田觉得那是儿子自个的事，不闻不问。

　　罗山歌开门把罗宝田迎进家，头一句就问老爸吃过了没有。

　　罗宝田说没吃，便自顾自走向餐桌，揭起桌罩，见只有一碟萝卜干。

　　山歌说："没有什么菜，要不煮面条给你？"

　　"有粥就行了。"罗宝田说。于是他熟门熟路，自己找碗筷，自己舀玉米粥来喝。

　　儿媳农艺瑶去南宁进修三个月，山歌一个人在家，一般都是随便对付肚子，一锅玉米粥，就着腌制辣椒或者麻辣萝卜干，从早吃到晚。如果有例外，就是煮碗面条打进两个鸡蛋，或者出门吃快餐。这点，罗宝田清清楚楚。结婚都三四年了，孩子也没有，老妈懒得来理他们。罗宝田理解老伴的念想，但皇帝不急太监急，没用。

　　罗宝田在喝粥，罗山歌则在看电视。他没有午休的习惯。

　　罗宝田问儿子是否知道有人说他的画。

　　罗山歌说："知道。"

　　"那奖是不是要退？"

　　"神经！"儿子说。

　　"人家说的也不是没有道理。"罗宝田又说。

　　"有什么道理？难道专业的要听外行的？作品获不获奖谁比评委有发言权？真是笑话！"罗山歌终于明白了老爸来家的缘由，感到可笑。

　　听儿子这么说，罗宝田有了底气，放心了，于是提出要把《马吃江边草》那幅画拉回老家去。

　　"拿回去干什么？"儿子问。

　　罗宝田把他想要恢复细江那块草地，养上马，搞乡村旅游的想法告诉儿子，说："拿画回去给全村人都看看，宣传宣传，统一思想，统一认识，才能统一行动。"

罗山歌听了，却笑老爸头脑发热，心血来潮，现在都在搞什么农家乐，搞乡村旅游，一窝蜂，一阵风，还是免了吧，少凑那个热闹。再说了，那片地是人家租了种桉树的，租期没到。就是到了，还是再租给人合算，说不定又有谁盯上了，要租，要承包。

罗宝田说："不租了！两百多亩地，一年就五千块，十五年总共才七万五，还分三次付给，顶不了什么事的，塞牙缝都不够，不给租了。"

"那是以前的协议，现在肯定不止七万五。"罗山歌说。

"现在讲农业现代化，土地流转，小块并大块，机械化耕作，许多农村人一心进城务工，或者另谋职业了，谁还有心思去侍候土地？"罗宝田说。

"有心思的人多了，你没有人家有，就你这个脑袋当然没有了。"罗山歌抢白老爸。

罗宝田没有生气。他望了儿子一阵子才说："我看你这是看报纸少了，上面不是说嘛，要金山银山，也要绿水青山，市里为什么要搞美丽乡村建设？你为什么要画那个画？难道那些不是你想要的？"

"可是，种草就等于地丢荒了。"

"这个，就不用你管了，你把那个画给我带回去就行了，我保证不给弄坏的，你放心。"

"可是……"

"可是什么，老子借用都不给？"罗宝田不耐烦了。

"可是，我这幅画人家拿走了。"

"什么？送人啦？"

　　"不过，我留有照片，你拿照片回去也是一样的。"罗山歌没有正面回答老爸，转身去画室里拿出来一张彩色照片给罗宝田看。

　　罗宝田看了照片，有些失望。他觉得照片太小了，尽管比在家看到儿子刚画出来时好看。罗山歌当初在老家作画时，是画在画布上，还没有装框，效果没这么显现出来。

　　"这张照片我放大给你，效果是一样的，而且不用还，就当我送给本村的。"罗山歌说。

　　罗宝田在罗山歌这里住了一天，等儿子拿照片去请人喷绘放大并装裱装框后才回家。

四

　　罗宝田把帽子村村民小组长梁树高召到家里来，说有事要商量。

　　梁树高是位退伍军人，比罗宝田小十几岁。他除了务农，还养白鸽，开小卖部。村民们选他，除了看中他会搞经济，更看中他肯为大家做事。罗宝田比较器重他，有什么事都喜欢找他。

　　罗宝田把带回来的大照片摆在堂屋中间，梁树高走进来，感觉就像走进画里面，很是惊讶，不由得停下脚步。

　　罗宝田乐呵呵地笑，问梁树高知不知道这画是画的哪里。

　　梁树高上前细看，看见了文字标注，说："哇！这是山歌画的画？太漂亮了！"

　　梁树高惊叹之后，皱着眉头，一时想不起来画的是哪里。

　　罗宝田说："你看画里面有条河，后面还有山。"

"哦，我知道了，这是细江那地方，以前就是这样的！"梁树高恍然大悟。

"所以，我叫你来，就是要恢复这地方老样子。"罗宝田说。

"这怎么恢复？都种了树的，还有，去哪里找马？"

"你要做三件事：第一，把这个画扛出去摆，让全村老少都看看，宣传宣传。第二，你去找韦青松，叫他配合美丽乡村建设，把桉树提前都砍了，剩下一两年租期，他若要补偿，叫他来找我。第三，还是老办法，你去发动发动，全村集点资，每人二十块，不，三十块，用来改造这块地。其他，由我来办。"罗宝田三下五除二就给梁树高布置了任务。

这哪是商量！

不过，梁树高并没有感到罗宝田过分。

罗宝田是梁树高的前任，当过两届帽子村村民小组长，所以他对梁树高是用不着客气的。梁树高也是这样，除了在村委会开会时称呼他罗总或者罗主任，平时都叫他罗叔，是不把他当作领导的。罗宝田任帽子村村民小组长期间，最大的政绩就是联系上级，引来资金，拓宽拉直了进村水泥大路和硬化全村巷道。同时积极倡导兴建家庭卫生厕所，大力整治乱搭乱占现象，使帽子村的村容村貌获得了极大的改观。这一点本事，梁树高打心里头佩服，而且还要学着他。

罗宝田在任时整治帽子村的思维、气魄和大刀阔斧的动作，非常契合B市后来开展的美丽乡村建设的工作部署。罗宝田当时的想法很简单。他认为帽子村是秀山村委会办公所在地，村委办公楼、篮球场、图书室、秀山小学都在这里，换句话说，帽子村就是整个秀山村委会的行政中心和文化中心。中心嘛，就应当有中心的模样，不能够闭闭塞塞，肮肮脏脏，凌凌乱乱。他当上秀山村党总支书记兼村委会主任后，还把这个思路和做法推而广之，要求每个自然村都要讲卫生，讲整洁。"这绝对要当一回事，不光是自己需要，也是形象需要，不要让外面进来的人觉得你像是住在狗窝里、牛栏里。"他有时讲话有点粗有点糙，但道理讲得明白。

帽子村在这次 B 市美丽乡村建设活动中成绩不俗。用罗宝田的话来说，那就是水更清，地更净，树更绿，人更清爽了。这等于是表扬梁树高。梁树高这两年下的力气可不少。

当然，基础也很重要。

帽子村本来条件就好，仿佛一个美人坯子，又经过这些年的连续打造，就如女大十八变，越变越漂亮了。

过去，村的背面和左右两侧有大片的林子，后来人口增多，村民一个跟着一个，把树林砍了，占地起了房子。如今村的周边，甚至一些人家的屋旁，又种上了一些树，如杧果树、天桃树、鸭脚树、九层皮树等，让村子渐渐又掩映在林木之中，显出了秀美之气。

特别是村东头，大水塘边，那棵上百年的大榕树，高大宽阔，独木成林，经过培土杀虫，依然生机盎然，四季常绿。人们在树下乘凉、聊天，显得是那样怡然自得。

那口大水塘，经过清淤和修通引水排水渠道，水深处可达五米，微风吹来，碧波荡漾。加上四周又砌墙做了硬化，岸边栽上翠竹和垂柳，这塘就越发成了人们游泳和钓鱼的好去处。

这口塘被罗宝田的小儿子罗山水中标承包了好些年，放养有草鱼、鲢鱼、鲤鱼、大头鱼、罗非鱼等多种鱼类。罗山水开办的"家常菜"农家乐饭庄就傍在鱼塘的一端。再连过去，是罗家的畬地，有三十来亩，大半种了嫁接龙眼、火龙果，小半种蔬菜，罗山水散养的鸡自由自在地在果树下觅食。鱼塘里养有鱼、有鸭，岸上有鸡、有各种蔬菜，客人来了，指什么可以吃什么。时间长了，这里竟成了整个秀山村年轻人聚会、休闲的场所。城镇里不时也有一些人专程来这里度周末。帽子村南面不远，有高速公路和二级路通过，从 B 市城区到这里二十多公里，从青峰镇镇政府到这里也就五公里。

梁树高领了任务，就忙他的去了。

五

韦青松同意提前砍树，但他拿不到砍伐指标。

金凤区林业局新近换了局长。这位局长姓吴，是从其他部门调过来的，办事一向严谨细密。

韦青松现在就是碰上这种情况。

砍伐林木，哪怕是你自己种的，都须经过林业局审批，否则就是乱砍滥伐，属于违法。

韦青松把这个情况告诉梁树高，梁树高又告诉了罗宝田，当然最急的是罗宝田。

罗宝田心想，细江这片桉树林成材了，是完全可以砍的，韦青松应该不会不配合，不会拿假话来搪塞。

晚上，罗宝田打罗山歌手机，问认不认识金凤区林业局的吴局长。金凤区党政机关都设在 B 市城区，罗宝田以为儿子在市里工作，会认识人多。可罗山歌回复他的却是不认识。

罗宝田一时无语。

罗山歌没有挂断手机，他主动问老爸要找那个吴局长干什

么。

罗宝田说了原因。山歌说他认识分管的副区长，他问问看。

砍树这件事没有落实，梁树高做的另一件事同样也不顺利。

梁树高派人把罗山歌那幅画的大照片扛到村头大榕树下摆，又扛到村小学校园摆，反应都好，都说帽子村以前真的很漂亮，可是要发动集资就没有多少人家响应。这张照片引起了所有老年人的美好回忆，年轻人却回应寥寥。甘蔗地租赁出去后，村里的年轻人闲不住，做生意的去做生意，打工的去打工，很难见到他们的身影，若要征求他们意见，只能一个个打电话。这样问题就来了，老年人没有经济大权，都是年轻人管着家，甘蔗地租金一年就领一次，领到了不是存到银行就是用了，其他的收入老年人根本不知道，所以要捐款或者要集资，得由年轻人答应同意才行。帽子村硬化村中巷道、种树、建灯光球场，集过资，都是有年轻人支持，大家积极性高，才集得成的。这次是拿来种草买马，一些人的答复就模棱两可，一些人干脆认为没必要，甚至说村干部是"吃饱了没事撑的"。

梁树高有些泄气了。一泄气，他就把问题都交给了罗宝田。

罗宝田望着蔫巴巴的梁树高一时也不知如何是好。之后，他说："你再动员动员吧，应该可以的。"

罗宝田打算亲自去做一些人的思想工作。不过，他没有跟梁树高明说。

六

罗宝田到青峰镇参加干部作风促转会。会议空隙，镇长周怡宾过来找他，问他是不是急着要砍一片树。

罗宝田说："是呀，你怎么知道？"

周怡宾说："你状都告到赵副区长那里去了，我能不知道？"

"哪个赵副区长？我没有告状啊！"罗宝田丈二和尚摸不着头脑。

"就是分管农业的赵副区长。"周怡宾说。

"哦，我知道了，我有什么状告的？我只是求他关心关心，我们想动作能够快一点。"罗宝田想着一定是儿子罗山歌找到了那副区长那里，于是连忙解释，把他想砍掉细江那片桉树林、种草养马搞乡村旅游的打算一五一十告诉了周怡宾。

周怡宾听了很赞成罗宝田的想法，说镇里也正有这个意向，将要逐步清理速生桉，换种其他树木或者作物，创优生态环境，赵副区长已经打电话通知他了，最快就在这两天区林业局和镇林业站派人去实地察看，符合砍伐条件的马上给办证。周怡宾还说，等到再开春，镇里负责找些竹子、木棉树，种在细江两岸，叫罗宝田届时发动群众会同镇直机关干部一起搞个义务植树活动。

罗宝田好高兴，早知道镇长如此支持，不如一开始就找他。

果然，第二天，韦青松引着金凤区林业局和青峰镇林业站的人来到帽子村察看细江这片林地。罗宝田生怕他们卡得太严，看完地即招呼他们到他儿子罗山水的饭庄吃饭，但是人家不去，说还有事就走了。

看了林地不吃饭，这让罗宝田心里没谱，到底能不能拿到砍伐证还是个未知数。于是，他又打儿子罗山歌的手机，把上面派人来看了桉树林的情况说了一番，叫儿子再找那位赵副区长，帮忙催一催，促一促，别把事情搞黄了。他还顺带责怪儿

子，去找赵副区长也不叫上他。"你会不会办事呀？"他说。

事实是，罗山歌只是同赵副区长通了一回话，人面可没见着。

"这个笨蛋儿子！"罗宝田暗骂了一句，心里越发没有谱了。

他想打镇长周怡宾的手机，按键按了一半又停了下来。他觉得儿子说的有道理，急不得。

一个星期后，韦青松得以砍树。他按照梁树高和罗宝田的要求，把所有的桉树全部砍了。细江这块地方又显得宽敞空旷了起来。

罗宝田马不停蹄去糖厂，请求糖厂支持，出动钩机帮助挖掉树根。甘蔗地是糖厂的"第一车间"，从发动蔗农种蔗到维修蔗区道路，不少工作都离不开村委会的协作，所以蔗区农村的事情，糖厂能帮的都乐意帮。罗宝田亲自来找，糖厂领导听说还与美丽乡村建设有关，当即就表示同意派钩机去帮助帽子村挖树根，只要求帽子村负责购买油料并为司机吃住提供方便。罗宝田喜出望外，连声感谢。

离开糖厂，罗宝田又跑去找大儿子罗山歌。集资的事还没有真正动起来。他改变了主意。山歌那幅画不是白送人，买家给了十八万。他要动员山歌至少给他两万，先把树根挖了。

老爸说借钱，罗山歌感觉就是老虎借猪，有去的不会有回的，所以干脆说没有钱。

罗宝田直说："就借那卖画所得的款。"

儿子说他要买车，钱付出去了。他说的没错，不过只是付了定金。他那辆桑塔纳，买时是二手货，现在已经变成"松塌塌"，很不方便上山下乡，他打算用这笔卖画所得款换一辆新的SUV。

罗宝田讲明真的是借，等村集体甘蔗生产提成款到账后就如数归还。

罗山歌松口，问老爸是集体借还是个人借，这得明说，不能搞糊涂账。

罗宝田瞪眼望了儿子一会儿，然后说："你要写借条吗？要写那我要借五万，算集体借。"

罗山歌说："集体有没有钱还，什么时候还，鬼才知道！"

罗宝田说："集体没有就算我的，行了吧？先把地整出来再说，这个事你不支持谁支持？"

罗山歌再无话，到银行领出两万给老爸。借条没写，五万和两万那是有区别的，能少则少。实在老爸不还，就算了，就当卖画少拿了两万，他这么想。

七

拿了儿子罗山歌的钱，罗宝田顺利挖完了桉树根。油钱没花去多少，两位司机连劳务费也没要，说厂里已给了工资，就当是为美丽乡村建设做点贡献。罗宝田心里自然高兴，为了答谢，好说歹说，把他们请到儿子罗山水的饭庄小啜了两杯。

钩机挖起的树蔸东倒西歪散满一地，罗宝田和梁树高逐个巡看，一边看有没有可以搬回去做成根雕的，一边商量如何处理这些树蔸。正说话间，镇长周怡宾来了电话，问罗宝田在哪里。

罗宝田说在细江。

周怡宾说他马上就到，叫他就在原地等。

　　周怡宾只同司机两个人来。有个老板想到青峰镇建个无公害蔬菜基地，请周镇长帮找找地方，周怡宾来细江就是要看看这块地合不合适。

　　镇长说这是招商引资项目，罗宝田和梁树高无话可说，镇上的项目，得优先。

　　周怡宾还带来了好消息，说大州公司和糖厂商议，秀山蔗区的道路要全面升级改造，通往细江这段路也包括在内，裁弯取直，并改成水泥路，今后来细江更顺当了。

　　这的确是个好消息。路通财更通，这大概也是周怡宾突然看好细江这块地的主要原因吧。罗宝田心里想。

　　周怡宾站在地头瞭望一番，然后绕着地块走了半圈，走到细江岸边，探头察看细江的水，回过头来继续看地，还蹲下身子，抓起一把泥土，捏了又捏。

　　一群不知从哪里飞来的麻雀落下来，在新翻的泥土里觅食。麻雀曾经是乡村的一大风景，随处可见。后来由于农田过量施用农药，致使它们濒临灭绝。眼下在野外又见到成群的麻雀，真是难得，像是隔世的老朋友又相遇了，他们几个的眼睛都亮了，贪婪地追着看。

　　梁树高弯腰拾起土块，扬手就要扔过去，麻雀呼地一齐飞起来，未几，又落到了地的另一头。

　　罗宝田制止梁树高，说："不要惊它们，不要惊它们。"

　　梁树高说："逗它们的。"

　　周怡宾站起身来，说："算了，还是留给你们做草地吧。种蔬菜，这地势高了些，土质也不够好，还混杂不少石块。"他顿了顿，又说，"这地方确实不错，有山，有水，如果再有草地，不说在秀山，就是在整个青峰镇，也难找到第二处了，搞乡村旅游，倒是可以试试。"

罗宝田说："有你镇长支持，我们一定能搞成。"

周怡宾告辞，刚要上车，又忽然想起什么似的，转过头来，对罗宝田和梁树高说："你们考虑过没有？建草地，搞乡村旅游，怎么搞？我意见，最好还是按商业化来运作，要不然，业主不明，管理不规范，会搞不好，也坚持不下去。"

这个问题，罗宝田的确没有考虑过。他曾同梁树高商议好，把细江这块地平整了，闲放它一年，草也会自己长出来，到那时再合伙买几匹马，就成了。

周怡宾又说："再说这土地，是集体的，那就是公共资产，拿来建公共活动场所可以，拿来经营搞创收，性质就不一样，起码这土地的使用权得有偿转让，出卖，或者出租。"他建议还是搞出租好，说这样容易操作，就像租给人家种桉树一样。但是，租金多少，租期多长，村里得开个村民会议，统一意见，这就叫作村民自治，村务公开。

罗宝田望向梁树高，梁树高也望向他。这个问题，他们更加没有考虑过。

罗宝田脑子里转了转，开口说："这块地，过去租金每年四五千块钱，我看就按这个数，我租下来，或者我和树高一起租下来，总可以吧？"

周怡宾说："租金多少不重要，只要村民意见统一就成。不过，你们都是村干部，还是找别的人来干更合适。我不是说你们干不好，是不想惹什么麻烦，不希望你们被别人拿来说事，你们自己干，难免有自私自利、以权谋私之嫌，是不是？"

周怡宾见他们两个都无语，犯了难，接着说："我可以提个办法，你们思考，看行不行。"

"什么办法？你说。"罗宝田和梁树高几乎是同声问。

"现在农村也兴合作办事，村民以资金、技术或者土地入股，成立经营合作社，面向市场需求和潜力，对接国家产业发展方向和政策，创办高新农业产业园、示范园、综合开发基地，等等。你们不妨搞个乡村旅游合作社，让村民都参与进来，做到资源共享、利益均沾。这样，也许更受欢迎，更可持续发展。"周怡宾说。

"行啊，我们就这样干！我们成立个'家家乐'或者'人人乐'旅游休闲合作社，订立股份条约、管理规则，推选合作社主任，或者叫总经理、董事长，反正是个头头，我看，这个头头，就由树高来干！"罗宝田一点就通，兴奋地说。

"不，不，这个头，还是由罗老总来做，我做不了。"梁树高连忙推辞。

周怡宾说："你们考虑考虑，可以先去参观人家怎么干，回来再决定。我还是那个意见，这个头，最好不要村干部来做，做也不是不可以，关键是群众公认，村民公推，只要不违规不违法，又有利于合作社发展，都可以大胆去试。"

"好的，这件事，我们再好好商议一下。"罗宝田说。

"祝你们心想事成、马到成功！"周怡宾调皮地笑笑，挥手告别。

送走周怡宾，罗宝田即刻同梁树高商量召开村民会议事宜。周怡宾的意见，他们觉得很有道理，当务之急，首先是要把村民的积极性引导出来，把牵头负责的人选出来。

八

帽子村村民大会开得松松垮垮,也没有完全达到预期目的。

原本,梁树高通知每家至少来一个人,上午十点钟准时在大榕树脚下开会,可过了十一点半,才稀稀拉拉来了不到二十个人,还几乎是白头发。全村四十多户,来人没到一半,害得梁树高又得打手机催。

为什么不选在晚上开会呢?梁树高考虑到田地租出去了,家家农活少,一些人外出多是在中午以后,所以选在上午开,想不到一些人还是早早就外出了,或者留宿城里还没有回来到(本村有不少人家在城里买有房)。

因为老人要回去煮东西给放学回来的孙子孙女吃,会议只好改期至下午一点。来人凑够了三十五个,超过一半以上,可以开会了。没能派代表到来的人家,在电话里表态说,开会讨论的事,他们没意见,怎么干,怎么定,都行,也支持。

罗宝田言明他是以普通村民身份来参加会议的,但梁树高宣布开会之后还是把他"抬"了出来,请他具体讲讲开会的目的和议事内容。

既如此,罗宝田也就不便推辞,开讲起来。他从儿子罗山歌的画讲到三四十年前帽子村的生态景观,讲到如今开展的美丽乡村建设,讲到他去参观过的村子,讲到帽子村建设的成效和差距,讲到本地抢花炮民俗和歌坡盛会,最后才讲到为什么想要恢复细江那片草地,讲到搞乡村旅游,讲到创办帽子村旅游休闲合作社,讲到推选合作社负责人,等等。

毕竟是当了多年的村干部,罗宝田口才不错,不说口若悬

河，起码也算得上是头头是道、有条有理。在他讲话过程中，除了间或有几个小孩追逐打闹，会场上基本是安静的。

罗宝田讲完话，梁树高脑子里也更加明朗了，明确把开发利用细江那块地同美丽乡村建设挂上钩，争取把帽子村建设得更加美好，更加引人注目。他问大家对恢复细江草地，养上马，搞旅游，有没有意见，同不同意。

同意！

同意！

同意……

与会者几乎是异口同声说同意，这让罗宝田和梁树高都止不住喜上眉梢，感觉会议开得很顺利。其实，他们不知道，细江那块地是集体的，又不具体属于哪家哪户，用来干什么，村民们并不都上心，搞乡村旅游，是件新鲜事，人无我有，好玩，也就乐得同意了。

梁树高高兴，即刻提议讨论细江这块地的使用权问题，讨论旅游合作社的名称和推选合作社领导成员。

有人说，这块地是集体的，拿来做集体的事情，就不用讨论了，用了就是了。

有人说，我们自己搞乡村旅游，能不能搞得好，能不能长期搞得下去，这是个问题。我们本村自己搞，地是可以不要钱的，若是以后转包给外人，那还是要收取租金的，所以趁现在开这个会，最好定下来。

有人说，这块地租给人家种桉树，每年租金也就四五千块，今后也按这个幅度收租好了。至于我们自己搞旅游，自己的地自己用，难道要自己收自己的钱？

梁树高说："我有个建议，我们村成立旅游合作社后，人人参与，人人有份，土地使用权不用转让，还是集体的，免费提供。"

"同意！"马上有人高声赞成。

"那就这么定了，大家表决，同意的举手。"梁树高说。

"等一等，我说一句。"罗宝田站起来说，"如果是这样，集体都没有一点收益也不好，我看这样，细江这块地用来种草养马搞旅游，头五年免费，五年后，应该有收入了，每年交集体五千块，作为集体经济收入，行不行？"

"还是罗叔想得周到！同意这样的举手表决！"梁树高提议。

于是，大家举手一致通过。

"下面，我建议，成立帽子村旅游休闲合作社，合作社名称：帽子村细江人人乐旅游休闲合作社，有意见请发表，没意见请举手。"梁树高趁热打铁。

大家又举手，一致通过。

"最后，我们来推选合作社领导班子人选，建议选合作社主任一名，副主任一名，财务会计一名，出纳一名，选谁来当，请大家先酝酿酝酿。只要是帽子村的人，十八到六十岁，来不来参加这个会，都可以选，来开会的，有谁愿意挑这个担子的，欢迎。大家先酝酿好，然后把人选提出来，等一下我们投票表决，少数服从多数，得票最多的当选。"梁树高宣布会议最关键议程。

意想不到的是，这选举却变成了难产。

与会者没有谁愿意干，说不懂得如何干，没见过，都没有信心；又不方便推选不到会的人，因为不知道人家是否同意。最后，大家的意向，都是选罗宝田、梁树高来担任正副主任，说会计、出纳也由他们两人找。再动员，大家干脆说，你们两

 父亲的树 FU QIN DE SHU

个领导如果不干，认为不合适，那谁会干，谁合适，你们去找，找谁，我们都没意见。

这样的结果，不是罗宝田、梁树高想要的，只好暂时先搁置，散会。

望着来开会的人一个个散去，梁树高心生一计，向罗宝田建议，请罗山水出来当合作社的主任，说山水有生意头脑，其他人选也由山水来挑选组合。

罗宝田定睛看着梁树高，说："我看你最合适，你来当正的，山水当副，怎样？"

梁树高忙摆手，说："我们两个还是都不当这个头为好，做做顾问可以，在后面帮扶他们。"

罗宝田又再定睛看梁树高，说："我看你也只是个语言的巨人行动的矮子！"

"我本来就没你高嘛。"梁树高笑笑，说，"那我去做做山水的工作？"

罗宝田不置可否，自顾自走了。

九

罗山水对建草地、养马、搞旅游，一点也没感兴趣，梁树高白给他灌了十几二十大杯米酒，脸红彤彤的，酒劲都上头了。

"梁叔，我跟你说，养马搞旅游那是瞎掰，我爸不知发什么神经。我哥画那画是赚到了，可理想不是现实，我就不相信会有谁来骑什么马——哦，你说，是德保矮马，还是蒙古马、伊犁马？怕摔伤人不说，还得花钱，会有谁这么傻吗？来我这里，家常菜饭庄，钓鱼，打牌，摘摘瓜果，吃新鲜蔬菜，吃环保鱼肉，喝喝小酒，那倒是实打实的享受——来，再干一杯！"罗山水显然酒足饭饱，话也多了。

梁树高举杯碰，说："你也别光想着赚不赚钱，就当是造个风景，说不定人就来了呢？到时候，人到那边玩，来你这里吃饭，这不就成了一条龙服务，一条线生意了吗？"

"要不我说，梁叔，我知道你和我爸肚子里的蛔虫，帽子村是要建设，美丽乡村谁都喜欢，但地也不能浪费，是不是？你要我干，可以，但是，我只想自己干，不想搞合作。细江那块地，少说也有两百亩吧？给我承包，至少给我承包二十年，我拿一半来种果，一半种草。将来，草地免费提供给村集体搞旅游，果树收入归我，我以地养地，五年后按年交承包金，也就是开会说的土地租金，行不行？"

"这个，我不敢答复你，得众人同意才行——我先跟你爸商量商量。"

十

小儿子罗山水的要求，罗宝田没答应，一口就回绝了。

他梦里的画面是草地开阔，纵马奔腾！一路费心尽力走过来，他脑子里已经把罗山歌的画深化了，动感十足。他甚至充满了期待。

所以，当梁树高把罗山水的想法告诉他时，他不假思索就否定了。

他对梁树高说："既然都没有谁愿意干这个事，那求人不如求己，我，你，就亲自来干吧，我们先把土地平整了再说，走一步看一步！"

"好！我跟着你干！"梁树高这回答应得爽快。

罗宝田打电话给秀山小学校长，说："细江那些桉树蔸送给学校做柴火，明天村里找几辆车去装运到学校，学校能不能配合一下，搞个劳动课，就一个上午，派些老师、学生到细江一起平整土地？"

校长说："完全可以！"

罗宝田转头又对梁树高说："你通知一下，明天到细江劳动，村里谁愿意参加谁就去。"

第二天，天气晴好，太阳像个橘黄色火球似的冉冉升起，送来万道霞光。

罗宝田穿上迷彩服，第一个来到细江。

昨晚，他打电话告诉罗山歌，说："明年，或者后年，细江就真的变成一幅画了。你去绿化站问问看，有没有好的草种，买些草籽回来种上。你再多画些画，能卖钱的尽量卖，以后你负责买回几匹马，到那时，你再画一画细江，真真实实，美丽可爱，让谁都眼红帽子村！"

罗山歌说："爸，哪有那么容易！你儿子的画还不值钱，有些画，送人都不要的，不过，我绝对支持老爸，等细江真的建好了，我动员B市美术家协会和摄影家协会到那里去挂个牌，定点为创作实训基地，我们现在正在寻找这样的好地方。"

"好的，很好！保证让你们能挂牌！"罗宝田像捡到了个宝，有一种开门见喜的感觉。

不一会儿，秀山小学的老师和学生排着队到来了。随后，运树蔸的三辆小卡车和一些在家的村民也相继来了。

于是，年轻力壮的装树蔸上车，学生和其他老人用锄头、铲子盘土平整土地。工地上，一时间人山人海，热闹非凡。

隐形的翅膀

一

认识邹小芹，缘起于我写的一本书。

前些年，我用两年多时间，连续走访同一座监狱，深入采访了八名服刑人员，全方位剖析了这些人犯罪的前因后果和心灵轨迹，然后结集出版了《堕落》一书。这本书面世后，便很快热销，收到了比我预想还要好的社会效果，在读者中引起了巨大的反响。我因此而一举成名，由记者变身为作家。目前，我这本书已是第二次印刷，但书店里书架上已然告罄。这是我万万想不到的。

之前，我一直以为，现在的人心浮气躁，很少有能够静得下心来阅读的，如果要读，也是快餐式的，蜻蜓点水，不甚了了。除非是那些花边新闻、挖人隐私的猎奇文章，哪怕再长一些，或许还会有一些读者可以全文照收，耐着心浏览下去。至于其他的文本，能够看个标题也就不错了。

我的这本书出来以后，是个另数。它不但让我看到了一个明晰的写作方向，同时也进一步提振了我的写作信心。

在这本书中，我记录的八个人，可以说是大同小异。当然，他们年纪不同、高矮胖瘦不同、入狱前所担任的职务和

类别也不同。我说的大同小异，是指这些人都不是开始从政就是贪污腐化堕落者，相反，他们刚开始从政时都是那样的意气风发，心怀高远，以至于被视为政治明星，深孚众望。只是后来，他们才出现问题，最终走上了这条人生歧路。这些人之所以出现问题，原因各有各的不同，发展的速度、深度和广度也有差别。他们的故事本身就生动吸引人，我几乎不用多想，只是如实记录，采用写实的手法、绝对非虚构的手法，就把他们写出来了。只不过，我写作的重点不是放在博人眼球上，而是着重描写这些人心灵堕落蜕变的过程，描写他们的挣扎和放任、恐惧和侥幸、沉溺和迷醉。我试图透过他们的行为表象，放大他们的内心世界，说明"堡垒"可以从外部夺取，更容易从内部夺取。我在写作的时候，力图把可读性和思想性融合到一起，以期照顾和吸引更多的不同层面的读者来阅读。这个目的，现在看来，应该是达到了。我的这本书，不但在书店里畅销，据说有的地方，纪检部门还特地向广大党员干部推荐。我觉得，我做了一件非常有意义的事，一件对社会非常有益的事。

我这样王婆卖瓜自卖自夸，并不是我想要继续推荐我的这本书。如果没有接到一名自称"小邹"的女读者的电话，或许，我对于我这本书的絮絮叨叨的话题就永远挂断了——毕竟做人还是谦虚一点、低调一点为好——但是，接到这个小邹的电话之后，我又欲罢不能了。

那天晚上，是九点钟左右，我喝了点酒，正在散步回家。我刚接听完一个朋友喝醉后打来的骚扰电话，手机才放进裤袋又响了起来。我以为是这位朋友仍意犹未尽，便不再接，任由铃声自顾自响下去。我的手机铃声设置是音乐，正好让我欣赏。我平时如果不是正在写作，一有空闲都会听一听音乐。我开车时十有八九要听音乐，散步的时候也往往一边慢走一边听。这回，我任由手机里的音乐声响到自己停了下来。我想，要是打我手机的醉鬼朋友见了面骂我，我就说是我上厕所了，没有听到，事后也没有注意看，抱歉。我刚这么想，我的手机又响了起来。这回，我不忍心不接了，弄不好是朋友真有事哩，于是我把手机掏了出来。我一看手机屏幕，欤，这不是朋友打来的，是一个陌生的手机号。我按了接听键。

"喂……"

"是吴老师吗？您好！"

"你哪位？"我听到是个甜柔柔的女声，问。

"您好，吴老师！我姓邹，您叫我小邹吧。"

"我不认识你，你找我有什么事？"

"吴老师好！我看了您的书《堕落》，好感动，所以就打听到您电话了。"

哦，又是一个粉丝。我的那本书出版以后，给我打电话或者来信的读者不少，他们有的称我为记者，有的称我为作家，叫我老师的也有，但不多，这是其中一位。

"请多指教。"我谦虚地回了一句。我对陌生人都非常客气。

"吴老师，冒昧问一句，我能跟您聊聊吗？"

"聊什么？就现在吗？在电话里？"

"不是的，我想跟您约个时间，好好向您请教。"

"请教什么？写作的事？我可不会当老师。"

"不仅仅是。"

"如果是写作的事情，我觉得我真的不适合，也没有空，这段时间手头事多，我建议你另请高明。"我尽量把话说得委婉一点，语气和缓。

"吴老师，我知道您忙，可是……"对方欲言又止，然后说，"吴老师，我想向您了解一个人，您书中写的。"

"谁？"我来了兴趣，问。

"邱向东。"

"你认识他？"

"不……不认识。是我一个亲戚，我一个亲戚托我的。"

"你那亲戚是他的家人吧？或者是朋友？同事？为什么不自己去看他？可以探监的。"

"她……她不方便。她住在另一个城市，很远。"

"告诉你那亲戚，不管怎么远，都应该去探探监，亲自去看看邱向东，如果是家人或者朋友，最好去，更应该去，现在老邱还没有完全调节过来，还很失落，很悲观。"我觉得对一个服刑之人，亲人的关心抚慰非常重要。

"您说得对，吴老师。我一定告诉她，叫她去。谢谢您，吴老师，我另找个时间约您，咱们见个面，认识您这位大作家我很荣幸！"

"你哪里人？"

"与您同城。"

"哦，再见！"

"再见！"

二

邹小芹，或者她的亲戚，为何想要了解邱向东呢？是关心，还是另有隐情？难道邱向东还有别的什么事？我颇费思量。

在我采访写作的这八个人中，邱向东是最不配合的一个。正由于这一点，我对他的采访次数最多，也最为艰难。但是，我想要挖取的东西，我认为最终还是获得了。精诚所至，金石为开。古人的经验，的确不无道理。

关于邱向东，我在《堕落》中给出的篇幅是最少的。这一方面，大概与我挖到的料相对较少有关；另一方面，我感觉到他这个人也比较单纯，不像其他七人那样经历丰富，关系复杂。所以，我不想着墨太多，也无从多着墨。

与那七个人相比，邱向东年纪最轻，工作时间也最短。他并不是一开始就从政，而是先当教师而后从政，大概属于学而优或者教而优则仕的那种人。同他接触，我有一种感觉，他的外表是忧郁的，他的内心深处仍留存着那么一点点知识分子的清高和纯粹。对这样的人，我的采访可想而知，是不可能顺畅的，得有耐心，讲技巧。事实上，采访这个人，我根本就没有办法按计划进行，尤其是第一、第二次采访，我就如同唱独角戏。他并非完全不配合，也不是一问三不知，因为有监狱民警的帮助和干预，他不能做得太过，不能不给我面子。但是，他总是问一句他就答一句，用词简短、简单到最简，仿佛一棵光秃秃的树，没有树叶，只有树枝，甚至连树枝也只有粗疏的枝丫，因而我只能东一榔头西一榔头地零敲碎打，所得信息量也是干巴巴的。

第三次采访，我改变了方式。我征得监狱的准许，把邱向东请到了一间小办公室，像老朋友一样，一边喝茶一边交谈。这样的安排，虽说仍然在高墙内，但环境清雅多了，气氛也显得比较轻松。这次采访，我收获很大，我想探问的东西，邱向东几乎都向我坦陈了。在着手构思写他时，我又去见了他一

次，补充了解和核对了一些事情。也就是说，我写邱向东，一共采访了他四次。

邱向东被判的是受贿罪，有期徒刑十年。与其他贪官相比，邱向东算得上是一个比较"单纯"的罪犯。一般来说，贪污相伴着贪色。许多官员往往是栽倒在女人的石榴裙下，是为了博取美女的以身相许而铤而走险，以至于一发而不可收的。邱向东没有这方面的情况，至少从我掌握的材料上看没有这方面的反映。我采访他和走访他以前的同事时，都没有听到这方面的事情。

邱向东为什么要收取贿赂？这是我写他这篇稿子时着重探讨的问题。

对于这个问题，如果我懒惰，会有许多现成的答案可以套用。

一般而言，贪官之所以贪，许多说教和警示材料往往是从人性、人生观、制度等等方面去考察、去剖析，得出的结论几乎也千篇一律。

我不否认，人的本性有诸多不足乃至缺点、缺陷。所谓"人性恶"，生来就"恶"，私字当头，见财起意，贪念与生俱来，以至于"人心不足蛇吞象"，以至于"人为财死，鸟为食亡"。这是强调和放大了欲望对于人的控制和支配，等于在说受贿是"不以人的意志为转移"的，是人性使然，是天生的贪欲在作祟——只要是个人都会贪，不贪不正常，不贪就"人不为己，天诛地灭"。这种说辞，无异于为贪官开脱罪责——都不能怪我，怪爹妈生了我这个人，怪组织把我放到了可以贪钱的位置上。这是一种悲观的论调。持这种观点的人，提出的教导意见，支的招、开的药方，就是主张禁欲——高山有头，不畏浮云遮望眼；流水无意，任你落花乱纷飞。这似乎很管用，我们可以回到无为而治的小国寡民之世去了！但是，能吗？可以做得到吗？所以，我认为，如果从人性恶这方面去检索邱向东受贿的动因，可能会流于教条主义。

关于人生观的问题。这是个后天性的问题，关乎人生价值观，的确可以左右一个人的人生取向。有什么样的人生观，有什么样的价值观，就会有什么样的人生思考、人生态度、人生遵循和人生兴味。人生观，是可以通过学习和体验来建树和改变的。通常情况下，学习越深，造诣越高，人生观、价值观越高洁、越正确，越不会受到迷惑和蒙蔽。但是，就邱向东而言，我却百思不得其解。邱向东上大学，学的就是哲学，其政治水平不可谓不高，人生观该没有问题吧？但他偏偏也步了贪官的后尘，被关进去了，这是何道理？

再说制度问题。我觉得这应该是个最靠谱、最管用的问题。值得庆幸的是，我们现在的用人制度、用权制度，越来越规范，越来越完善，越来越科学。想为所欲为、肆意妄为，是不可能，也不那么容易了。然而，现实中仍有少数某些人，视制度乃至法纪为无物。

基于上面这些思考，对于邱向东为何收取贿赂的问题，我试图找到另一种答案。

现在的邱向东情绪很是低落，甚至有自暴自弃的倾向。

我采访邱向东，写作邱向东，感受最深，想得最多的问题，就是常在河边走，难免要湿鞋。邱向东的鞋湿了。这是他不想湿的，但是就是湿了。假如邱向东一直待在学校里，假如邱向东工作不是那么顺，不是那么青云直上，他的人生该是怎样的呢？

这是我在写他这篇稿子时，试图引出的思考。一方面，是为了有别于对其他贪官的写作；另一方面，是我就邱向东其人其事的特殊性所做的假设。

我的写作意图可能有失偏颇，甚至是矫情的。可是，这难道不也是一种思考吗？

<h1 style="text-align:center">三</h1>

周末上午，我到办公室加班赶稿，顺便等邹小芹。

虽然已是初秋，但南方的天气依然闷热。我的办公室开着空调，门没有关。

十点整，邹小芹准时到来。

"您好！是吴老师吗？我是小邹。"

我循声从电脑荧屏前抬起头来，望见来者留着齐耳短发，上穿白色短袖衬衫，下着黑色西裙，肩挎紫色坤包，手提一个牛皮纸袋，端端正正地站在我办公室的门口，轻轻地问。

我招呼她："进来吧，小邹，我正等你呢。"

邹小芹穿着高跟鞋橐橐地走进来，很大方地伸出手同我相握，然后将牛皮纸袋放到我办公桌上，说："吴老师，打扰您了，第一次见面，送您一饼普洱茶，不成敬意，请笑纳。"

一饼普洱茶，说贵也不很贵，我若推辞，反而显得拒人于千里之外。我请邹小芹坐到对面沙发上，然后用一次性纸杯给她倒了杯刚煮好的红茶，开玩笑说："谢谢你送我好茶！我这不算受贿吧？我这个写反腐败的，这回也腐一次败了！"

邹小芹双手接过茶，红了脸，说："吴老师真幽默。"

我说："不是幽默，是你太客气了——不过，你怎么知道我喝茶呢？"

邹小芹说："你们当记者、作家的，有哪个不喝茶抽烟，经常写东西，需要提神嘛——抱歉，烟我可没给您带。"

"我不抽烟，你幸好没带，带了你还得拿回去。"我说。

"不抽好，不抽好，现在很多人都不抽烟了。"邹小芹连连称赞。

我到办公桌拿了我的茶杯，坐到邹小芹旁边。我注意到她化了淡淡的妆，一股若有若无的清香从她身上飘散出来。她三十多岁的年纪，面容姣好，媚而不俗，想必是个有较好职业的女性，但我猜不出她是干什么的。我问："你也写东西吗？"

"我哪会写呀？会就好了！"

"谦虚吧？你在哪工作？"

"在城东温泉国际大酒店。"

"好哇！那是个很高档的酒店！"

"您住过？"

"没有。只在那待过半天，是去见一位来访的朋友，大概是在两年前吧。"

"很遗憾，我没机会亲自接待您，我是去年底才到那里的。"

"你在那负责哪方面？"

"贵宾部，负责接待重要客人。"

"你之前是……"我想问她在到酒店之前还干过什么，话刚出口忽觉不妥，这像是在调查人家，于是改口道，"真抱歉，现在是我接待你，可惜太简单了，对不起喔。"

邹小芹又是两颊绯红，说："吴老师真逗！今天是我来打搅您，害得您不得休息了。"

　　我把话截住，说："好吧，咱们言归正传。小邹，你想了解邱向东什么事呢？"

　　邹小芹沉吟了一会儿，说："吴老师，您书中写的八个人我都看了，我觉得邱向东大哥太落难、太悲观了。"

　　我记得她说过不认识邱向东，现在称老邱为大哥，我忽感有戏，问："你叫邱向东大哥？你们？"

　　邹小芹意识到什么了，定睛看了我一会儿，然后坦诚地说："不瞒您说，吴老师，我也是青山县人，而且和邱大哥是同乡。"

　　我"哦"了一声，说："难怪！你们很早就认识了吧？"

　　"没有。邱大哥读书出来早，比我们大。他在我们那里很有名，四邻八村几乎没有人不听说过他。"

　　"你和他同村？"

　　"没有。是相邻的一个村。"

　　"噢，那你……"

　　邹小芹没等我把话说完，问："我想知道，邱大哥真的像您写的那样吗？"

　　"我写的都是事实，小邹，我以我的人格担保。"我说。

　　"对不起！吴老师。我不是那意思，我指的是邱大哥家中的变故和狱中的情况。"

　　"哦——这个也是真的。所以，老邱需要振作起来，痛改前非，重新做人，不应该一蹶不振。"

　　"他曾经那样优秀，那样善良，不能就这么——他不应该是这个样子的。"邹小芹似在自言自语。

　　我站起身，去提过茶壶，为邹小芹续茶，又从桌面拿过一本《堕落》翻看。

邹小芹说："吴老师，您不送我一本吗？"

"你不是有了吗？"我说，"你都看完了。"

"我要您亲笔签名的，收藏。"

"那就送你一本吧，谢谢你看得起哟！"我把书拿到桌前，提起笔，问，"邹小姐尊姓大名啊？"

"邹小芹。邹，文绉绉的绉去掉绞丝旁右边加个耳朵的邹；小，是大小的小；芹，是芹菜的芹。"邹小芹一字一顿地解释说。

"多好的名字呀！通俗，接地气。"我夸赞了一句，然后在书的扉页写上"邹小芹女士雅存"，并签了我的姓名和时间。

邹小芹接过书本，连声道谢，我则返身去找另一本《堕落》。我要重新浏览一下邱向东。邹小芹关心的问题，我大体还记得，只是有些细节模糊了。

邱向东犯的罪代价太高了，令人扼腕。

邱向东曾经有一个幸福之家，但在他犯事之后毁了。

邱向东是1984年考取大学的。他就读的高中并不是重点中学，升学率不是很高，他复读补习一年，考两次才考上大学。大学录取通知书邮到学校后，学校敲锣打鼓把它送到邱向东的家，闹了很大的响动。邱向东离开村子去省城上大学的时候，家里宰了一头大肥猪，办了场欢天喜地的升学宴，把所有亲戚和邻居都请来了。邱向东有四兄妹，上有一个哥哥、一个姐姐，下有一个妹妹，家境还算可以，所以热闹一回有这个能力，也应该。毕竟，邱向东是在恢复高考以后本村第一个考上大学的大学生，这在四邻八村也是凤毛麟角的，可喜可贺。

邱向东大学四年，在学校里默默无闻，学生会、班干部都没有他的影子。毕业后他却捡了个大西瓜，被分配回本县一所

重点中学，教高中政治课程。他非常用功，任教不到三年就成了学科带头人，性格也有了变化。第四年，学校让他兼任政教处主任。两年后，他被调到县委党校任教。再两年后，又被下派到乡镇担任副书记。此后，他几乎两年或者三年就换一个地方一个职位，最后坐到了出事时的位置。

我算了一下，邱向东出来从政正式踏入仕途是在1996年。这一年，他三十岁才冒头。古人云：三十而立，成家立业。他业算立起来了，但家还没有成，也就是说，婚尚未结。他有没有女朋友谁也不知道。他一米七一的个子，皮肤白皙，戴着副镜片厚厚的眼镜，文质彬彬的模样，应该有女人缘。可没有谁见过他单独同哪个女孩子在一起，也没有见过有哪个女孩子专门来找他。他这个年纪没结婚，若在农村就属于婚姻困难户了，在城市，哪怕是在县城，也还说得过去，并非绝无仅有。

有人猜想，邱向东是一心奔着做官，等官做大了，再娶个百里挑一的嫩美女。

其实，邱向东的心没有那么大。

他当上乡党委书记第二年，闪电一般结婚了。

邱向东的妻子是乡镇卫生院的一名护士。小他八岁。相对于邱向东来说，确实是年轻了，外表还有点像香港的某位女明星。瓜子脸，大眼睛，只是身材略显娇小，称不上大美女，不过与书生气的邱向东还算般配。

邱向东结婚后不久，他又迎来了升迁的机会，被异地交流到另一个县担任县委宣传部部长。他的妻子稍后也随他调到了这个县，在县卫生局工作。同一年，他的儿子降生人世。他母亲从老家来随他生活了一段时间，帮他照看孩子，但隔一两个月总要回去一趟。他父亲在他大学毕业不久就病故了。母亲回老家口头说是挂念他大哥在家辛苦，实际上是不习惯城里的生活。母亲来去自由，邱向东悉听尊便。就是母亲来了，他也照顾不到她。他在这么个职位上，会议多，出差多，在家的时间不多，家里没法指望他照顾谁。事实上，从孩子出生直到上学读书，邱向东都没有仔细照料过儿子。他大部分时间是在外面过，经常是他回到家时孩子已经睡了。家，像是他的旅馆。但他的妻子从没有抱怨过他。家婆来与不来，妻子都能够把家打理得清清爽爽，把儿子调教得乖乖巧巧。从这些方面去看，邱向东绝对是娶了一位相夫教子的妻子，一位贤妻良母。我采访邱向东时，问起他的家庭情况，他止不住悲从中来，潸然泪下。

现在的邱向东，儿子没了，妻子疯了，母亲也去世了。这一连串的打击，都是发生在他出事之后。

听到丈夫被"双规"，邱向东的妻子如闻晴天霹雳。丈夫在她心目中一向为人正派，群众口碑也一直很好，怎么也会有问题呢？是不是组织搞错啦？她心想丈夫很快就会回来的。她告诉儿子说是爸爸出差了。等到丈夫被正式批捕之后，她觉得天真的塌了，整个人仿佛向着黑暗深深地沉下去。但她仍然没有告诉儿子真相。她打电话给邱向东的大哥，商量着要为邱向东请最好的律师。而就在这个时候，儿子却出了意外去世了。

人死不能复生。儿子没了，邱向东妻子的精神一下子崩溃了。随之而来的，是一个蓬头垢面的妇人像祥林嫂一样在街头扯着行人问："你见到我儿子了吗？"

邱向东的老妈、大哥、大姐和妹妹悉数从老家赶来，看到这种情景，何止是悲伤而已！他老妈原本就心脏不好，一口气顺不过来，也走了！

邱向东戴铐回来奔丧，无颜面对家人，双手直砸自己的脑

袋。遭此大变故，邱向东人也傻了一般，从此寡言少语，默默垂泪。

据狱警披露，曾与邱向东同一监室的几个囚犯是人渣中的人渣，夜里经常欺负邱向东。他们也许对当官的特别忌恨，得知邱向东进来前是个不小的官，他们更觉得报复的机会来了。他们安排邱向东睡在最靠近大小便的地方，大小便时还有意无意触碰到邱向东，目的就是不让邱向东睡个安稳觉。言语中，他们总是挑逗、侮辱邱向东。邱向东想发火又不敢，他们人多势众，硬碰硬显然要吃亏，邱向东只好退避忍让，以沉默来抗议。邱向东耻于与这些人为伍，但又由不得他来选择，心想自己也是人渣了，只能隐忍着。真的是脱毛的凤凰不如鸡。有一次，他们中甚至有个人直接小便到邱向东睡觉的地方，邱向东忍无可忍，终于老虎发威，爆发了，结果寡不敌众，被打得鼻青眼肿。如果不是狱警闻讯迅速赶来，后果会更严重。发生如此暴力事件，那几个人渣当然最终也没有好果子吃，邱向东换了监室，但自尊心几乎被摧毁了。他心中的懊悔、自责和无奈，难以言状。但是，又悔之晚矣！这种沮丧心态，在他家里发生一连串悲摧事件之后，变得更加一发而不可收。他把家中所有的不幸全部归责到自己的头上，心想如果他不干出这种事，不被关进来，家里就肯定没有那样的事。他痛心不已，痛心到要把自己不再当人来看。他觉得自己猪狗不如。退一步而言，他可以百分之一百、二百甚至三百倍地去承担他受贿的责任和处罚，但是对于儿子、妻子、母亲的罹难以及由此而承受悲痛的任何一个家人，他觉得他今生孽债难还，也无法清还。他想到了死。死是最大的谢罪，也是最大的解脱。但监管严密的监狱里，他不是想死就能死的。所以，在如此生不如死的心境下，邱向东深深地陷入万劫不复的痛苦中，被动地、落寞地、消极地度过一天又一天……

这是我对邱向东的解读。

我把这些感觉写到了文章里。我没有夸大其词。至少在我采访邱向东那时候，邱向东的内心就是这个样子，有他的悔恨为证，有他的神情为证，有他的沉默少言为证。

我对邹小芹说："老邱家发生那样的事谁也不愿意看到，不知老邱现在好点了没有。"

邹小芹说："吴老师，您要想办法帮帮邱大哥，不能让他就这么消沉下去，要让他走出痛苦，重新做一个热情、有作为的人。"

我想了想，说："你和老邱是老乡，要么，你去看看他，如何？"

邹小芹说："我不是不可以去，但我隔好多年都没有见过他了，可能他都记不得我了，所以……"

我问："你是什么时候认识老邱的？怎么认识的？"

邹小芹认真思考了一会儿，说："吴老师，我跟您讲个故事吧。"

"好哇，我最爱听故事了。"我对邹小芹笑了笑，说。

四

下面，是邹小芹讲的故事。我稍加整理，略有删减。我发现，这故事藏着另一个邱向东。我在采访邱向东时他没有说到这些，现在权当补录——

我最早认识邱大哥，是在2004年8月。

这里，先得说说我妹妹邹小青。如果没有她，我们或许同邱大哥无缘。

2004年，我妹妹小青初中毕业，参加了中考，自我感觉考得不错，可以报读县里的重点高中。可是，小青又不打算上高中了。

按当时的宣传，一个初中生毕业，如果要继续读书，有两条路选择，一条是读高中，一条是读职业技术学校。读高中，主要是为了考大学；读职校，是学技术，学什么的都有，出来后一般可以马上找到工作。相比之下，读高中，最后能不能考上大学还不确定，考上了还要花四年的学费和食宿费，毕业了也得找工作；读职校，国家有补助，学校是按社会需求办学，甚至搞订单教学，也就是帮一些企业、行业培养技术工人，毕业后可对应对口就业，虽文凭不高，但有一技之长，想赶紧找工作的学生适合走这条路。

我妹妹小青想去读职校。

小青产生这个想法有她的道理。本来呢，读高中需要参加中考，读职校不用考，直接报读就可以了。但小青参加了中考，又要放弃读高中，我不想给她放弃。

让她参加中考，是我的主意。小青当初也没有反对，初中读了三年，她也想考考自己的能力。可考上了又不想去读，我的想法就不单单是可惜了。

我对自己最最遗憾的，就是没有读过高中，更没有读过大学。我初中毕业后，去读的是职校，学的是宾馆酒店管理专业。我选择走这条路是因为家庭情况不允许我有更高的选择。如果我不去读职校，就只有弃学去打工。我爸爸原来是工厂的工人，工厂倒闭改制了，爸爸下了岗，都五十多岁了，花了家里全部积蓄办了个汽车修配厂，由于竞争激烈，结果办不下去了，亏了大本，只得到处去找零工短活做，一个月也挣不回几个钱。妈妈是农村妇女，在老家种十几二十亩地，年轻时能干，到老了就不能了，还得了风湿病，疼起来时动都动不得，吃药的钱比买菜的钱还多。我初中毕业了，不敢多想，对爸妈说去读职校，还好，他们没有反对。我想，他们也对得住我了。到了我妹妹小青，我想要有改变，不能同我一样，要读高中，要上大学。我比小青大五岁，她初中毕业，我已出来打工两年了，是在一家民营大酒店当服务员，负责营销业务。工资不高，一个月底薪只有一千元，提成八百到一千五不等，这和业绩挂钩。

我对小青说："妹，你要读高中，姐供得起。"

小青说："姐，我不读，读了考不上大学白浪费钱。"

我说："你不读怎么知道考不上？你一定能考得上。"

小青说："考上了毕业出来还不是找工作？"

我说："那不同，大学生文化不同，毕业了找到的工作不同。"

小青说："喊，现在大学生多的是，种田养猪的都有。"

我说："你要听姐话，先读高中再说。"

小青说："读就读，你先让我去跟你打打工，我要自己挣学费。"

就这样，小青报读高中之后，从老家跑出来跟我住了一个假期，我找老板安排她进酒店端茶端菜，当临时服务员。

有一天晚上，酒店接待了一桌比较重要的客人，有几位是省电视台的记者和编辑，我们老板认识。

　　这一桌客人由我妹妹小青来服务。

　　本来，一切都进行得好好的。可在中间帮客人换骨碟的时候，小青不小心碰倒了一个小汤碗，汤水沿桌边迅速流下来，淋脏一位客人的裤子。这客人是电视台的编辑，大概平时也特爱干净，这下子可不得了，他一边扯过大把纸巾擦拭裤子，一边大声训斥我妹妹小青，然后又说叫老板来，查她是不是童工，毛手毛脚的，必须辞退。小青哪里见过这种场面，吓得都快哭了。我闻声跑进包厢，忙不迭连声向客人道歉，同时亲自动手帮忙收拾干净桌面。小青闲在一旁，冷眼看我，倒像没事一般。我叫她出去拿热毛巾来，她出去了便不再进来。我出门找她，见她站在门外过道边生闷气。我用家乡话劝她忍一忍，回包厢里去。小青说她不服侍那种人，狗模狗样的，又凶！

　　恰好这时，同包厢的一个客人出门接听手机回来经过我们身边，听到我们讲家乡话，也用我家乡话问："你们两个妹子是青山的？"

　　要知道，会说我们家乡话的人并不多，就是在青山县，说我们这种话的只有邻近的几个村，其他地方的人听起来还以为我们是讲外语。

　　这个人见我们没有回他话，又继续用我们家乡话说，刚才这个妹子也不是故意的，什么客人都有，不要在意他，以后注意就是了。

　　他说的家乡话非常地道。我觉得是遇到真老乡了，便同他交谈起来。

　　他递给我名片，这下我更加惊喜了，原来他就是我们早就听说的邱向东，我们邻村石上村人。

　　老乡见老乡，而且见到的是我们心中的榜样人物，我和小青深感意外，也特别高兴，正想多说几句话，这时从包厢里走出来个人请邱大哥回座，说是客人想走了。

邱大哥回头对我和小青说："来，你们两个同我进去。"

进了包厢，邱大哥端起酒杯，说："不好意思不好意思，刚才接个电话长了些，没办法，人家不放电话嘛，我自罚一杯。"

邱大哥说自罚一杯并没有喝。他拉过我和小青，介绍说："兄弟们哪，刚才是大水冲了龙王庙，这两个靓妹是我的小老乡，真正的同胞两姐妹，不容易呀。从小山沟到大城市来打工，请大家多多支持，多多理解，多多包涵。"他举杯专门对向那位编辑，说："陈大编辑，我替我老乡向你致歉，我敬你一杯。"

陈编辑连忙说："不客气不客气，刚才都是酒话，都是酒话。"

于是，全桌人同喝了一杯酒，气氛又再活跃起来。

有人开起邱大哥的玩笑，不相信我们是老乡，说："邱部长朋友遍天下，老乡妹妹也遍天下吧？"

邱大哥哈哈一笑，不理会他，改说起我们家乡话来。他问我和小青出来多久了，经不经常回家，还问我爸是谁，我说了我爸的名字，他居然知道，便问起我爸身体还好不好，最近忙什么。我简要做了回答。

在座的其他人听不懂我们说了些什么，只是礼貌地听着。最后他们终于明白了，邱大哥是在用另一种方式告诉他们，我们是真老乡。于是，他们终止我们说话，举杯敬酒。

邱大哥邀我和小青坐下来一起陪客人。他说他们是专门来请电视台的朋友吃饭，但他没有具体介绍。坐了十来分钟，酒席也就散了。邱大哥他们送客人出门后，直接回客房休息。

邱大哥他们在我们酒店住了一晚，第二天一早，我和小青早早等在餐厅。邱大哥下来吃早餐时，我送了他两纸箱家乡特产大头咸菜。

邱大哥并没有推辞。他看着小青说："你这个妹妹还小嘛，应该去读书。"

小青说："这是暑假，开学了就回去上高中。"

邱大哥问小青读几年级了。

小青说："还没正式上高中，初中刚毕业。"

邱大哥问："中考考得怎么样？"

小青说："还不知道，分数还没公布，可能试卷还没改完。"

邱大哥又问报读哪所学校。

小青说："青山一高。"

邱大哥高兴了，说有志气，上一高就等于准备上大学了。他说他在一高教过书，那里的老师都是他的老朋友，他鼓励小青好好学习，有什么问题和困难可以打他电话。他还批评说："现在有不少孩子特别是女孩子，甚至连初中都不读就跑出去打工了，不知他们的父母是怎么想的，太可惜了，人生一辈子，读书少年时，这有他们后悔的。"

听邱大哥这么一说，我心里就想：要是他还当老师，多好。

小青读高中后，每逢放假都跑过来跟我住，目的就是想多挣几个钱。我爸妈也同意她这么做，毕竟家里不宽裕。补充说一下，我和小青都有一个爱好，就是唱歌。我还会弹吉他，在职业学校读书时，我是学校文艺队的骨干，常常参加演出，也常常自娱自乐。小青歌声柔软，喜欢邓丽君，邓丽君的歌她几乎都会唱。从高二起，小青放假过来同我住，主要是为了晚上一起出去唱歌赚赚钱。那时候，我们这座城市管理还没有这么严，街边夜宵饮食摊点非常多。南方嘛，天气热，待在屋内闷，街边凉快，设摊的成本也低，所以很热闹。特别是沿河路一带，一眼望去，真是灯红酒绿，花天酒地。我和小青拿着自制的歌本，一摊摊游过去，我弹吉他，妹妹小青唱，客人点一首歌十块钱，也有收八块、六块、五块的，这要看具体情况，看地段。小青也真够努力的，她学了好多歌，新歌老歌都有，新歌一出来，是热门的，流行的，她马上就会了。我真不知她平时是怎么读书的。我曾叮嘱她、警告她，千万别耽误了读书。她乐呵呵回答我，说她学习、唱歌两不误。

　　小青读到高三第一个学期，家中发生了非常意外的事情，遭了难。爸爸在街上被三轮摩托车撞倒，伤着了脑袋，去医院也没有完全救过来，回家后就一直卧床不起，成了废人一个。开三轮车的肇事者也是个下岗职工，态度还算好，可就是没有钱，家里也穷得叮当响，勉强支付了我爸爸住院的医疗费，后续的赔偿连我们都不敢再指望。他那个人还算个男子汉，不耍赖，不回避责任，每个月都自己跑去我老家一趟，帮我爸抹抹身子，熬熬中药。我爸我妈都没有怪罪他了。

　　家里弄成了这么个样子，小青就打退堂鼓，想辍学回家照顾我爸。我爸不出声，我妈巴不得有个人在家帮她，还说不读就不读，一个女人家书读再多嫁了人还不是围着锅台转。但我坚决不同意。我对着眼泪汪汪的小青妹妹喊："你回来又能做什么？你照常把书读下去，争取考上大学，不能中途作废，作废了就全输光了，你傻吗？"我对着我妈吼："反正是要嫁出去，你叫她回来干什么？服侍你一辈子？"我回过头轻声告

诉我爸："爸，我希望我们家能出个大学生。"我爸使劲点点头，眼眶湿润了。

高中毕业，小青参加完高考，自信能考上大学，所以只回家待了两三天就跑出来跟我，想抓紧攒钱凑够学费。她知道，如果她不来的话，我自己是不会出去的。她来了，我们晚晚都出去，风雨无阻。

那时候，我又换了工作，到一家移动电话公司门店当导购员。跳槽到这里来，并不主要是为了收入更加稳定一些，而是因为上班时间比较有规律，我可以只上白天班，晚上全由自己掌握。

就是在这段时间，我们第二次遇见了邱大哥。

我清楚记得，那是2007年7月26日的晚上。

那天晚上，天气变得凉快了一些，有风，还下了一阵毛毛细雨。但街边的夜宵摊照常开张，并没有受到影响。我和妹妹小青像往常一样，依旧要到街边各处规模相对较小的摊点先扫一轮，然后再去河边那个地方。一般来说，客人听歌，多是在喝了一定的酒以后才有兴趣，酒喝得越多越高兴越大方，不过小动作也越多，越不文明。我和小青妹妹出来唱歌，也要事先防着客人胡来，即使是在大热天，我们也要穿长衣长裤，都不敢穿薄薄的衣衫和裙子。遇到客人喝醉了，要出洋相了，我们惹不起躲得起，不跟他们纠缠，去别的摊，避开他们就是了。

那天晚上，我和小青来到一处叫作"坡顶"的地方，这里有三个夜宵摊，相邻排在一起，起的名字也都是三个字，一个叫"客回头"，一个叫"醉八鲜"，还有一个叫"鱼世界"。我和小青首先走进"客回头"，转了一圈，都没有一桌客人肯花钱听我们唱歌。我们又走到"醉八鲜"，也没有人请。到了

"鱼世界"，见里面才坐了四个客人，我用家乡话问小青还进不进去，小青也用家乡话说进去试试吧，反正都来了。

这真是缘分天注定。如果我和小青妹妹当时放弃这桌客人，我们肯定就没有机会再次见到邱大哥了。

邱大哥当时穿着白色T恤，同另外三个人围坐在一起，正好面对着我们。

他看着我们走进来，又说着家乡话，也用家乡话跟我们搭讪。

我和小青以为他是冒充的假老乡，懂不了几句我们的家乡话，如今挖空心思讨女孩子喜欢的花心男人太多了。

但是，当我们走近一看，双方都惊讶了。邱大哥认出了我们，我们也认出了邱大哥。

整三年未见，邱大哥身材变化并不大，还是戴着副眼镜，面容清瘦，文质彬彬。

我和小青几乎是同声喊："邱大哥好！"

邱大哥请我们坐下来一起吃鱼。他叫服务员加来碗筷，他旁边的一人主动从邻桌扯过两张凳子给我们添座。

邱大哥说他们到省城来是要拜访客商，刚到，就住在这里附近的宾馆。

我和小青因为还要唱歌，不喝酒，婉谢了，不入座。

邱大哥问小青高考考得怎么样，准备想上哪所大学。他记性真好，没有忘记小青已读了三年高中，毕业了。

小青说估分不错，就怕考上了也没有钱去读。

我心里责怪小青乱说话，但听邱大哥追问小青为何这么说，也就不相瞒，将我爸瘫痪的事全说了。我最后说："家里虽然这样，但小青一定要上大学，我爸也是这么想，除非小青

考不上。"

邱大哥沉默了一会儿，说："你家里毕竟还有你妈，困难会有，但从长计议，你的想法是对的，我赞成，知识改变人的命运，小青能考上大学干吗不去读呢？"

他对小青说："小青啊，没什么大不了的，办法总比困难多，大哥提前祝贺你，你可是咱们那山沟沟里的金凤凰，一定要飞，展翅飞起来，外面的世界更精彩！"

邱大哥说完从我手中拿过吉他，拨弄几下，说他来弹，由我们唱。

邱大哥弹了一曲《我们拥有一个名字叫中国》。他弹得音准不是很到位，但我们都听得懂，于是一齐跟着哼唱起来。

邱大哥弹了一曲就不再弹了，说："好久不摸吉他了，全生疏了。"

邱大哥让我们唱几首歌听听。

我和小青一共唱了五首歌。我记得其中两首是邓丽君的，最后一首是张韶涵的，叫《隐形的翅膀》，是首流行的新歌。小青唱歌，我弹吉他。小青唱完《隐形的翅膀》后，邱大哥他们热热烈烈地鼓起掌来。

告辞时，邱大哥又对小青说："收到大学录取通知书后别忘了告诉我，我要看着家乡的金凤凰张开翅膀，飞向灿烂的未来！"

坐在邱大哥左手边的一位大哥掏出钱包，抽出一张一百元递给小青，我和小青连连摆手。

邱大哥说："干吗不要？这是演出劳务所得，我也有份呢，拿去！"

小青考取大学后，邱大哥托他大哥送来一张银行卡做贺礼，里面有三千元。此后，每个学期初，邱大哥都向银行卡打入一千块钱。

在我家陷入困境的这些年，邱大哥的资助，如同雪中送炭。我和小青打心眼里把邱大哥看成了自己的亲哥哥。我们心想，等以后我们有钱了，就首先把邱大哥的钱还上。可是，邱大哥现在这样子了，我真后悔好久好久都没有主动去见过他。我是想不到哇！但不管怎么样，邱大哥永远是我和小青的大哥，亲大哥！

小青读的是师范大学，毕业后报名去到西藏支教。如果她知道邱大哥现在这样子，也一定会伤心的。我还没有告诉她。

五

监狱张警官到省城出差，我请他吃了餐饭。他郑重邀请我元旦到监狱去参加他们举办的文艺活动，说我写到的那八个人搞了个合唱，太有意思了。他还说："特别是那个邱向东，比较有点文艺细胞，自报了个自弹自唱的节目，这些天正在苦练吉他呢。"

我答应他，说："到时候我一定去，而且，我去了还要写篇报道。"

张警官很高兴，说我够仗义，相当于他们的编外教导员，我去了就是帮大忙了，是对监狱工作的最大支持。

他的话说过头了。我知道，他这是变相绑定我，让我届时不得不去。

其实，这是一个非常好的新闻由头，作为一名联系法制这条线的记者，他不请，我若知道了也会自己寻过去的。

我心里还想着，这回要把邹小芹带去。老邱看来是逐步走出生活的阴影了。

　　上次，邹小芹同我见过面之后，我就感到眼前像有个亮光，这个亮光应该可以照到邱向东的内心去，让老邱慢慢振作起来，走向新的生活。

　　当时，邹小芹没有立马同意我带她去见老邱。她说要等小青妹妹回来后再一起去。

　　我只好等。

　　有一天，我正在办公室看稿，邹小芹悄悄走了进来。

　　一个暗影罩过来，我抬头一看，既高兴又惊讶。

　　邹小芹还是那么端庄秀丽，脸上却显着疲惫。

　　我招呼她坐下，又给她倒了杯水，说："你来得正好，我正想找你呢。"

　　邹小芹没有接我的话，而是说："吴老师，我是来求你的。"

　　"什么事？"我感到意外，问。

　　邹小芹从包里掏出一个白色的瓶子，说："吴老师，我想请你帮帮忙，看在省城能不能找到这种药。"

　　我接过瓶子看了看，瓶子上面写的是英文，我的英文水平没帮到我，我只好问邹小芹这是什么药。

　　邹小芹说，这是一种特效药，主要针对精神分裂症，进口的。

　　"哦？你要它干吗？"我问。

　　"不是我要，是给邱大哥的爱人。"

　　"哦？你去看过她？"

　　"是的。"

"她现在怎么样？"

"她现在住她母亲那里，总算没那么糟了，但情绪时好时坏，好的时候可以帮做做家务，坏的时候就自顾自地说话，见谁都害怕。"

"她家干吗不送她去医院？"

"她母亲不让去，她说她懂得女儿的病在哪里，要养在家里慢慢调理。"

"她母亲是医生？"

"不是，是个农村妇女。"

"这不是瞎胡闹吗？她应该送女儿去医院的——对了，邱向东家里是什么态度？我是说他哥、他姐、他妹，都不管不顾吗？就这么丢给娘家？"

"不是的，他们都去看过，不止一次，也主张送医院，并且表示共同分担医疗费用，只是她母亲，邱大哥的岳母不同意，坚持她的意见，她的做法。"

"哦，那可难办。她不相信科学。如果去医院，病情会好转得更理想。"

"可是，她母亲的法子还真管用。"

"哦？"

"她母亲每天都陪在女儿身边，就像女儿还没长大似的，不让她见陌生人，专教她织毛衣，织成了又拆，拆了又重新织。"

"哦？"

"后来，又加上吃这种药，病情就慢慢稳定下来了。邹大哥爱人有个表姐，表姐和表姐夫都是医生，给她母亲带来了这种药。"

"到底还是吃药管用嘛。"我说。

　　"都有用的。"邹小芹说。

　　"那为何让我帮找药？她表姐那儿不是有吗？"

　　"他们是在县医院，小地方，这种药不是经常有，现在就没了。"

　　"哦。"

　　"所以，请吴老师在省城这里帮找找。我去好多个药店问过，没有，去医院，人家不外卖。"

　　"哦，那我试试看吧。"

　　"谢谢！谢谢！"

　　"谢什么呀？我还不一定有办法的。"我不敢保证。

　　"你关系广，面子大，一定能买得到的。"邹小芹给我戴上高帽子，说。

　　"这种药为什么药店没有卖，是不是禁药，得问问，进口的东西，大概也贵，不轻易买得到的。"

　　"他们家说是五百块钱一瓶，一瓶可以吃半个月。"

　　"这么贵呀？这可不是一般的药，难怪外边没有卖。"

　　"试试吧，吴老师，请你一定帮帮这个忙。"邹小芹几乎是在求我了。

　　"好吧，我试试。"能不能办得到先不管，我得先让她放心。

　　邹小芹从包里掏出一个信封，递给我，说这是药费，两千块，先帮买四瓶。

　　我不接，说等真买到了再说。

　　邹小芹把信封放到我桌面上，看着我笑，说："你不拿就是不想帮，我求你了。要是邱大哥爱人全好了，你就是大恩人！"

"恩人谈不上，帮帮老邱倒是应该的——对了，若是邱向东的爱人恢复正常了，对老邱绝对是个极大的安慰！"

"我也这么想。等邱大哥爱人好了，我就带她去看看邱大哥。"

"好主意，小邹！"我真心夸奖。

邹小芹又露出细白的牙齿浅笑起来。

"对了，小邹，我们一起去看一看邱向东，如何？"我又再次建议。

邹小芹还是说等她妹妹小青回来后再一起去，或者，等邱大哥爱人病好了再去。

她忽然想到什么似的，又去包里找，掏出一封信来，递到我手上。她说小青妹妹那边发生了雪崩，道路不通，学校也被雪水冲毁了一部分，她得参加抢修，所以要等到春节才能回来了。小青给邱大哥写了封信，却不知道怎么寄，就先寄到了她那里，想要通过我转给邱向东。

我接过信，说："好的，我一定尽快转送给老邱。"

邹小芹离开的时候，又再三感谢我。

六

邹小芹交给我的信，信封没有封口。姐妹俩的意思，或者邹小芹的意思，显然是可以让我看。这是她们对我的尊重和信赖，我乐意充当这个鸿雁传书的信使。信的全文用钢笔书写，字迹整洁、娟秀。如今年轻人基本都使用电脑写作了，邹小青还用手写，足见她对这封信非常重视。

邹小青的信无一处直言邱向东入狱之事，字里行间却充满

了一个小妹妹对一位大哥哥的感激、伤感和期盼——

敬爱的邱大哥:

您好!

我现在是在西藏羊卓雍湖畔一座学校的帐篷里给您写这封信。

这是一封不该迟到但迟到了太久太久的信。我对不住您,邱大哥!

今天姐姐跟我说到了您,我有千言万语涌心头,却又不知从何说起。

此刻,夜已深沉。帐篷外万籁俱寂,大地苍茫,低垂的天空布满星星,它们近在咫尺,却又遥不可及。

这样的夜晚,我注定难以入睡,也无心入睡。握笔窗前,遥望星空,我多想有一双飞翔的翅膀,让我飞越千山万水,飞回到家乡,飞去看您。

可是,我没有翅膀。我所能做的,只有默默地祝福您,向您道一声:大哥呀,请您千万保重!

世事难料,人生苦短,唯有健康快乐最重要。留得青山在,不怕没柴烧。大丈夫拿得起,放得下。三十年河东,三十年河西。山重水复疑无路,柳暗花明又一村……邱大哥,在您面前,我举笔如椽,说什么都是苍白的,只能背背诗文俗语,让您见笑了。

但是,今晚我又特别想和您说说话。我一想起您,心里头就有一种暖暖的感觉。邱大哥,我一辈子都感谢您!

多年前省城的两次不期而遇,我有幸结识了您这位心地善良的邻村大哥,从此,我的生活如同有了亲哥哥的关照一般。

是您的鼓励，使我曾经犹豫不决的心变得不再犹豫；是您的资助，让我的学业得以更加顺利地完成。在我们那一带山村，您知道，像我这样的女孩子，尤其是像我这样困难家庭的女孩子，能够读上大学，是不多见的。我非常幸运。

回想这些年来，我家的日子过得很不容易，家人吃的苦似乎就没有个头。我妈是那个样，我爸是那个样，我却要上学读书，苦扛苦撑的是我姐。我姐是个要强的人。她自己有梦，但没有办法去实现，便想寄托于我。我家没有男孩子，我姐就是我家的顶梁柱。没有她，我不会有今天。所以，如果说要感恩，我第一个感谢我姐，第二个就是您了。您的出现，您的帮助，不只是帮了我，同时也是帮了我姐。

我姐曾对我说过，您是我们家的恩人。但对于您这样的大哥，我们又无以为报，也不知何以为报，所以除了口头说声谢谢之外，我唯有发奋读书，争取成人成才，才能不辜负邱大哥您的好意。

如今，我大学毕业已经两年多了。我选择到西藏来支教三年，然后回到家乡工作。这是我和组织人事部门签订的协定。

再过两个多月我就可以回去了。回去后，我希望能到青山一高当一名语文教师，需要的话，还可以兼课教教音乐。我喜欢一高，那是我的母校，也是您工作过的学校。我高中时的班主任马文飞老师课讲得好，待学生也特别好。他知道我是您的同乡，常常在我面前提起您，说您学识水平高，责任心也强，为人又热情、开朗、和善，可惜改行了，如果继续在学校干下去，在教育界发展，肯定是位非常优秀的老师，绝对的桃李满天下。现在我回过头去想想，觉得马老师说的话太对了。我多么愿意您一直是一名老师呀！当老师，没那么复杂。与学生们

在一起，会单纯得多，快乐得多，心态永远年轻。

我现在是越发爱上教师这一行了。想当初，我之所以报考师范大学，是因为考虑到有国家政策扶持，毕业后就业相对有保障。如今看来，我的选择更没有错，是百分之百的正确。我太适合当教师了。如果说，读大学时，我还有些心猿意马，到现在出来实践之后，我是心无旁骛了。

我现在支教的学校是所小学初中连在一起的学校，学生不多，只有百来个。西藏的乡村学校规模都很小。我教的是汉语文。这里的学生年纪相对比内地大一些，所以我用不着婆婆妈妈，只要认真备课、上课就行。我的课也不多，因为老师足够，我有的是时间，可以做点别的事情，比如写作，比如旅游，等等。当然，去旅游是要调课的，不过，学校允许，尤其是对于我们这些从内地来支教的老师，学校还鼓励我们多出去走走，去看看西藏各地的风光和风土民情。

西藏的确是个美丽的地方，难怪许多游客拼了命都想来看看。这里空气稀薄，我刚来的时候也有些不适应，整天头晕晕的，像发着低烧。现在习惯了，适应了。两年来，我去过西藏的许多地方，藏南、藏北，城镇和乡下，首府拉萨我去了好几次。我们学校距离拉萨七十多公里，路还算好走，就是曲曲弯弯多了些，还需要翻过海拔近五千米的岗巴拉山口。毕竟是高原，世界上海拔最高的地方，西藏到处都是浑圆的大山，泥石混杂，可是不长树，只长短草，稀稀疏疏的，灰不溜秋，与我们家乡全然不一样。我们那里一年四季花开不断，草木葱茏，水秀山清。这里一年到头大部分是冰雪世界，夏季很短，绿色像是昙花一现。但是，正是由于这样，才显出西藏的美。西藏就是一个纯洁的地方，空气纯净，人民纯朴。这里的人几乎都信佛，房屋、树上、路旁的石头，几乎没有哪里不挂着经幡，佛寺内佛寺外，甚至在路上，随处看到老年人手拿转经筒不停地转着。我到过一些学生的家，他们住的房子不高，很多就只一层，墙面上还贴着一饼一饼的牦牛粪，他们的生活不算富裕，但人很知足。他们招待客人，家家差不多用的都是干牛肉、青稞酒、酥油茶。这也是没办法，在这样干冷高寒的地方，新鲜的蔬菜瓜果和鱼肉实在是难得一见。我觉得这样也好，顺其自然，随遇而安，简单也是福。

我学校的旁边，就是著名的羊卓雍湖。西藏人把湖叫作"错"。羊卓雍错，是西藏三大圣湖之一，面积六百多平方公里，仅次于纳木错和玛旁雍错。我去看过纳木错，那里海拔更高，达到四千七百多米。羊卓雍错水面海拔据说有四千四百多米，名副其实也是天上湖了。西藏人把这些湖泊视若神明，称为圣湖。能够住在这样的湖边，是有幸的，远望群峰积雪皑皑，近观湖面倒映天光云影，空气格外清新，心胸格外辽阔，直如到了远离尘世的神仙世界，心中往往有飘飘欲仙的感觉。

邱大哥，以后您也来西藏旅游旅游吧，我可以当您的向导。只要您来到西藏，您会觉得人非常渺小，天地非常广阔，什么荣辱得失，什么烦恼忧愁，都不值一提，活着就是硬道理，什么都可以从头再来。就像这里的小草，虽然一年之中才闪绿一小段时间，但冰雪融化之后又重新钻出地面，举一星点绿色，继续展现自己的精彩，向天地表明自己的真实存在。小草的生命是顽强的，人的生命绝对比小草更加顽强！我说得对吗，邱大哥？

西藏的天气真是捉摸不定。前段时间，这里突降暴风雪，农牧民受灾严重，我们学校也塌了几间房子。我考虑到我很快

就支教期满回去了，既留恋这里，也希望能够多为学校做点事情，所以暑假没有回家。等到了新年，春节之前，我一定去看您。我要高高兴兴地向您汇报我在西藏的学习、工作和生活，让您看看我这个小妹妹是不是长大了，是不是飞得起来了。您说过的，我是我们那山沟里飞出的金凤凰。这是您当初对我的祝愿，我把它当作您对我的期望和鞭策而一直铭记在心。我想成为真正的金凤凰，能够飞翔的金凤凰！

好了，天快亮了，就写到这吧。

衷心祝愿邱大哥健健康康，快快乐乐！

邹小青

10月15日

一周之后，我专程去了趟监狱。

采访了那么多人，写了一本书，监狱领导对我视为同事一般，都混得很熟了。

张警官派人去帮我叫邱向东，并简单介绍了邱向东的近况。他说，邱向东已经不那么消沉了，监狱发挥他的长处，让他负责狱内黑板报和小期刊的编写、编印工作，他很积极，也很认真，还亲自写过几首小诗和几组表扬好人好事的快板词，文采确实不错。

门外响起脚步声，我站起身来，到门口迎接邱向东。

老邱显得越发清瘦了，短发已然全白，一身囚服松垮垮的，仿佛架在衣架上。

见了我，他主动伸出双手，我连忙也伸出手，同他热情相握。

我说："老邱，好长时间不见了，今天我到这里走走，顺便来看看你。"

"谢谢!"

坐下来后,我首先询问他最近身体状况和工作上、生活上的事。

邱向东一一作答。

之后我特别说到了他爱人现在的情况,请他放心,不要多想,等他爱人全好了,她就会来看望他。

邱向东听了,分外高兴,连声说感谢,感谢他岳母,感谢各位亲戚,也感谢所有关心他的朋友。

"另外,我受人之托,给你带来了一封信。"我看时候到了,说。

邱向东抬起头,茫然不解地望着我。

我问:"你还记得你那两个小老乡吗?"

邱向东还是茫然地望着我,不说话。

我说:"邹家姐妹,邹小芹,邹小青,还记得吧?"

邱向东嘴角嚅了嚅,视线移过另一边,似乎在思索,之后是点点头,又摇摇头。

邱向东的这个反应我看在眼里,猜想他是在犹豫,是感觉无颜再见邹家姐妹。于是我也就不再往下多说什么,直接告诉他,说姐妹俩都惦念着他,希望他好好保重身体,她们将找个时间一起来看望他。说完,我把邹小青写的信交到他手上,让他回监室后再慢慢看。

张警官陪着我们,不发一言,只是一直在用眼神鼓励着邱向东。

邱向东离开时,表情有些木然。他走了几步,又回过头来,让我转告两姐妹,不要来监狱看他,他不认识她们。

七

元旦这天，我上午十点钟出门，绕城一半，到城东温泉国际大酒店去接邹小芹，顺便把买到的药带给她。

怕她酒店忙，我提前几天就约了她，好让她请个假。邹小芹很高兴，不假思索就答应了。

车到酒店大堂前面，邹小芹已在那里等候。我按下车窗玻璃，招招手，她就快步走了过来，高跟鞋嗒嗒的，体态婀娜。她穿一身紫色的长裙，胸前飘挂着淡蓝色的丝带，手提一个灰白色的纸袋，一束鲜花从袋口探出头来。

邹小芹自己打开右边后车门，钻进车来，一股清香旋即填满了整个车厢。

几乎是一路无话，车行半个多小时，我们便到达了目的地。

监狱大门口挂起了四个大红灯笼，从左到右，分别贴着"庆祝元旦"四个金色大字。哨楼上、围墙上，插满了五颜六色的小彩旗。

演出场地布置在平时狱警和囚犯们打篮球、打排球、做操的小广场上，没有搭建起舞台，只是在地板上铺了一大块方形的青灰色地毯权且充当。地毯前面是观众席，分多个方形区域，整整齐齐摆满了塑料小矮凳。中间两行的凳子稍高一点，有靠背，竖排到底。

文艺演出于下午三时正式开始。监狱长宁强首先走上地毯，登"台"致辞，然后就交由节目主持人主持节目。

我和邹小芹被安排到中间有靠背的塑料凳就座。我看节目单，安排演出的节目有合唱、独唱、相声、快板、小品、二胡演奏、吉他弹唱、舞蹈等。其中，相声、小品和舞蹈三类节目，据监狱领导说，是请了外面的文艺团体来客串。

第一个节目，是全场大合唱。"台"上"台"下，全体起立，齐唱《我们走向光明》。刘副监狱长站在"台"中间的凳子上，亲自打拍指挥，手势虽然比较单一，但果断有力。

接下来，节目便按节目单依次进行，都在"台"上表演。

邱向东他们八个人的合唱安排在第七位，连唱两首歌，一首是《祝酒歌》，另一首是《明天会更好》，没用专人打拍，只由其中一人先发声，总体上唱得还可以，应该是他们合练过多次。

邱向东的吉他弹唱被安排到节目倒数第二位，算是压轴演出。

主持人报过节目之后，只见邱向东手提吉他，身穿白色长袖衬衣，衣脚插进裤腰里，精精神神，健步登"台"，向观众深深鞠了一躬，然后坐下来，稍稍酝酿了一下情绪，便轻拨琴弦，数声过门之后，他边弹边唱了起来，而且愈唱愈入情，愈唱愈有味：

每一次都在徘徊孤单中坚强，
每一次就算很受伤也不闪泪光。
我知道我一直有双隐形的翅膀，
带我飞，飞过绝望。

不去想他们拥有美丽的太阳，
我看见每天的夕阳也会有变化。
我知道我一直有双隐形的翅膀，

带我飞，给我希望。

我终于看到所有梦想都开花，
追逐的年轻歌声多嘹亮。
我终于翱翔用心凝望不害怕，
哪里会有风就飞多远吧……

歌是心灵的诉说。邱向东太投入了。他的歌声，摇摇曳曳，飘飘荡荡，仿佛也长了翅膀，盘旋在观众的心头，承载着悲欢，也承载着梦想！

我的双眼湿润了。

我偏头看邹小芹，邹小芹已是粉脸垂泪，低声啜泣。

在邱向东的弹唱即将结束的时候，连我也想不到的情况出现了。只见邹小芹从座位上站了起来，手捧鲜花，径直地，向着邱向东走去。

刹那间，全场的目光像被电光火石吸引了一般，一齐投向美丽的邹小芹。

所有的声音一下子都静止了，就连邱向东的弹唱也戛然而止，停住了。

邹小芹迈着优美的步子，穿过人群，踏上地毯，双手把鲜花捧到邱向东的面前，哽咽着喊："邱大哥！"

当邱向东做梦一样接过鲜花时，不知是谁带头鼓起掌来，随即，掌声暴起，在整个监狱的周遭和上空，如惊涛拍岸，经久不息……

后记

　　我尝试小说创作，大约始于2010年。我写的第一篇小说是个小小说，也叫微型小说，题目叫作《感悟》，发表在《百花园》杂志上；我写的第一部中篇，叫《吉安》，参加《小说选刊》第二届全国小说笔会比赛，得了个"中篇小说二等奖"，并参与结集出了书；我写的第一篇短篇小说叫《突然》，发表在《广西文学》。

　　一敲起键盘，就说了上面这么些，有王婆之嫌。我只是想表明：我从此越发喜欢小说了。

　　2012年底，我获得资助，有机会出版一部文学作品集。我的小说数量不够，最后出成了一本文学作品综合集，里面有小说、散文、诗歌、随笔，太杂了。但也只好这样了。

　　2013年以后，我专注于小说创作，陆陆续续写了中篇、短篇、小小说六七十篇，现在结集出版的就是其中的部分短篇小说，算是比较纯的了。

　　我没有受过专门的文学创作培训，都是自行摸索，全凭兴趣爱好。可想而知，我的所谓小说，或许难登大雅之堂，也贻笑大方。但我还是斗胆把它们出版了。我想以此就教于宽容而有爱心的读者朋友。一个愿意接受批评、虚心求进的写作者，应该能够被读者接受吧？

　　我手写我心。文学即人学，风格就是作家本身。也许我对于人性的参悟是肤浅的，也许我对于生活的理解是片面的，但我的创作是发自心底的。收录到这本集子的小说究竟如何，评判权在于读者。泼出去的水，作者再难收回，由它们去吧！如果是美女，可能找到好人家；如果是丑小鸭，兴许会变成白天鹅。

　　人生漫漫，小说相伴。小说是语言的艺术，是文字排列组合的魔方。小说虚构的世界，把作者和读者联系在一起，隔空交流。

　　感谢读者！

莫灵元
2022年秋日